邹元辉 著

浙江科学技术出版社·杭州　中国经济出版社

图书在版编目（CIP）数据

续航 / 邹元辉著. -- 杭州：浙江科学技术出版社, 2025.4. -- ISBN 978-7-5739-1741-6

Ⅰ. I247.5

中国国家版本馆 CIP 数据核字第 2025X11G82 号

书　　名	续航
著　　者	邹元辉

出版发行	浙江科学技术出版社
	杭州市拱墅区环城北路 177 号　邮政编码：310006
	办公室电话：0571-85176593
	销售部电话：0571-85062597
排　　版	杭州万方图书有限公司
印　　刷	浙江新华数码印务有限公司

开　　本	880mm×1230mm　1/32	印　张	10.75
字　　数	240 千字		
版　　次	2025 年 4 月第 1 版	印　次	2025 年 4 月第 1 次印刷
书　　号	ISBN 978-7-5739-1741-6	定　价	58.00 元

责任编辑　马瑶瑶	责任校对　徐　岩
责任美编　金　晖	责任印务　叶文炀
特约编辑　姜　静　马伊宁	插　　图　万　里

如发现印、装问题，请与承印厂联系。电话：0571-85155604

目录

一 /1

二 /17

三 /38

四 /68

五 /84

六 /106

七 /127

八 /147

九 /182

十 /208

十一 / 223

十二 / 240

十三 / 264

十四 / 287

十五 / 306

十六 / 314

十七 / 320

一

1976年，宁波首场春雨下得比往年迟，犹如一名踌躇的棋手，手捏棋子举在半空磨磨蹭蹭不知该落何处。

春分这天，从半夜起空中传来隐隐的雷声，仿佛头顶有一盘巨大石碾来回不停滚大桥。一会儿由远及近，一会儿又由近及远，其间还会有几道耀眼白光在奋力撕开巨大的黑暗天幕。但奇怪的是雷声不急不缓地滚来滚去，舍不得重重炸响，就像被点燃的炸药包，只听见导火索"嗞嗞"作响就是不爆。天色刚亮，憋了一夜的雷终于接连不断地发出震耳欲聋的声响，随着一个个霹雳照亮天幕，天空终于垂下一条条雨丝。

第一声雷炸响时，傅抱石正利索地往头上套线衫。自十年前全家跟着李阿牛迁回镇海后，傅抱石早已听惯了这种不同于沈阳的春雷，甚至还习惯了本地梅雨时节闷热潮湿的日子。

从沈阳调到镇海，组织仍安排傅抱石做人事工作，虽然单位从之前的化工厂变成了县人事局，但丢了"乌纱帽"，成了普通的工作人员。李阿牛也从全国首家专业化铸造大厂的研究所所长，降格为县小机械厂的科长。起初，傅抱石对这样的安排颇有微词，但自"五一六"通知发布后，夫妻俩接受了数次的政治审

查。惴惴不安的傅抱石再也没了之前的不满情绪，她既怕自己的抱怨惹出大麻烦，更担心曾和美国人阿乐美打过交道又会英语的李阿牛被定性为"特务"。好在两人始终有惊无险，随着时间的推移，李阿牛的能力越来越受到组织的器重。

早在1972年中共浙江省委、省革命委员会召开计划会议后，李阿牛被抽调至县机械检查组并担任组长，对全县8个机械厂的19台机床及其电动机进行检查。检查结果让李阿牛大吃一惊，不光10台机床整机合格率为"0"，而且抽查的176个零件，产品合格率也仅为33%，甚至连生产援外连杆配件的镇海县农机修造厂，不合格产品几乎也居二成。这不仅严重影响相关机械的使用，甚至还会损坏国家的声誉。所以检查结束后，有专业技术的李阿牛当即被任命为镇海县农机修造厂的革命委员会副主任。上任后，李阿牛借助学习大庆人"三老四严"的作风，狠抓生产全过程，在逐步建立起产品产量、品种、质量、原材料消耗、劳动生产力、成本和利润七大考核指标的进程中，推行了岗位责任、考勤、技术操作、质量检验、设备维修保养、安全生产和经济核算七项管理制度。不但确保了产品质量、降低了生产成本，还蓬勃开展了全员性的技术革新和综合利用活动，不断涌现出质量过硬的新产品。

就在李阿牛信心满满准备学沈阳黎明铝制品厂搞高压锅生产时，一纸调令又让李阿牛的身份变成了镇海县化肥厂的革命委员会副主任。虽职务还是副主任，但两家工厂的生产规模与影响力有天壤之别。镇海县化肥厂生产规模虽不能与沈阳化工厂相比，更无法和沈阳铸造厂对比，却是镇海县最大的国企。厂子于前年建成投产后，当年就累计生产出505吨碳酸氢铵。由于碳酸氢铵具有优良的农化性能，施入土壤很容易被农作物根部吸收，加上价格便宜，深受老百姓的青睐。所以，李阿牛还没到化肥厂报到，就有熟人闻讯登门，恳请李阿牛日后照顾着批点化肥。后来，甚至有人走起了"曲线肥地"路线，请傅抱石帮忙吹吹"枕边风"，哪怕只是多批几包化肥也行。每每遇到这种事，傅抱石左右为难，拒绝似乎不近人情，毕竟这些人要么是抬头不见低头见的同事，要么就是开门打照面的邻居。可不久她就想通了，得罪所有人等于谁也没得罪，而一旦开了口子，反而会有人因批的量比别人少而嗔怪，倒不如干脆一概婉言回绝。果然，这一招刚开始让许多人都拉下脸来，甚至背后还说起坏话。不过时间一久，大家都认可了傅抱石的作风，慢慢又恢复了之前的交情。

一对儿女的出路让傅抱石喜忧参半。儿子李磊磊因种种原因不能读大学，也没有参军，好在没有和大多数同龄人那样下乡当知青，而是留城成了镇海供销社的职工，一度让许多人羡慕眼红。已读高二的女儿李淼淼出路仍是个谜，各种政策目前不明朗，成了傅抱石的一块心病。

作为家里辈分最高的婆婆贝氏，傅抱石之前以为她会成为家庭的大累赘。不承想，这十年来，婆婆不但身体越来越硬朗，而且神志也越发清醒。即便眼睛和耳朵各残了一半，也丝毫不影响日常的生活，还能时不时算准退潮时间去海涂摸些小海鲜回来，让缺油少荤的餐桌丰盛了不少。现在不光李淼淼爱吃婆婆烧制的各种小海鲜，自己和李磊磊也喜欢上了用咸菜或舀上一勺咸菜卤烹制的小海鲜。傅抱石很奇怪这并不起眼的配料，但无论鱼虾蟹，还是贝螺蚬，加了这个东西，马上闻之香气扑鼻，食之鲜美爽口。不过对于醉旁元蟹或腌泥螺等，傅抱石和李磊磊还是坚决

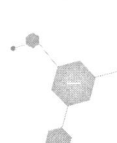

一口不碰。

傅抱石刚穿好衣服准备开房门,只听外间贝氏惊讶叫道:"阿牛,你怎么回来了?吃饭了吗?"

李阿牛掀下雨衣帽加大嗓门单手连比带画:"妈,我有事马上要走,帮我弄点吃的。"

"这么大雷雨还要跑出去?"贝氏嘟囔着说完,扭头就去弄早饭,显然这问话不需答案,只是一种关爱的表达。

"妈,不用着急。"

在里间的傅抱石听得清清楚楚,不明白值班的李阿牛为什么一大早冒雷雨赶回家,难道遇到大麻烦?也许心里有着莫名的担忧与恐慌,恰一个"落地雷"在房外炸响,震耳的雷声让傅抱石打了个激灵,不但出门的脚步有点踉跄,而且说话声也有些颤抖:"阿牛,发生什么事了?"

刚解开雨衣扣的李阿牛把包放在一边,边脱雨衣边说:"抱石,我得马上去沈阳。"

李阿牛的愉悦口吻和轻松表情让傅抱石放下心来。但她还是不明白沈阳有什么急事要让李阿牛去跑一趟。是铸造厂研究所遇到难题了?一阵海风刮进屋,她缩了缩脖子,边转向去取毛巾边问:"去沈阳?马上?"

李阿牛没再急着接话,朝门外抖去雨衣上的水珠,等拉上房门回转身挂好雨衣,才接过妻子递来的毛巾,边擦脸边满脸兴奋地解释:"现在我们化肥厂年生产规模才3000吨合成氨,生产的12000吨碳酸氢铵还不能满足全县农业生产的需要。昨天,得知市里批准化肥厂合成氨产量提至5000吨的方案后,我马上和沈阳铸造厂的解主任联系。真是巧,刚好有台反应器后天完工,他答应先留给镇海支援农业生产。县里安排我们八点半出发。"

虽然李阿牛的叙述没有逻辑性,语言也不连贯,但傅抱石还是听懂了李阿牛急吼吼赶回家的原因。她心头一算,脱口问道:"那以后碳酸氢铵年产可达20000吨?"

"对,如果产量能提升,那整个县的碳酸氢铵供应就可满足了。"即便妻子只是从自己给的条件,像小学生一样算准了应用题的答案,可李阿牛情绪还是格外高涨。

"离开沈阳也十年了,真想和你一起回去看看。"

不等李阿牛接话,只见李淼淼从另一个里间走了出来,边梳头边说:"爸,我也好想回沈阳。"

不难听出,傅抱石的回去看看和女儿李淼淼的好想回沈阳所表达的是两种完全不同的心情与态度。前者只是在情感上表达出对故乡的思念,而后者明显是对当下学习和生活的地方怀有不满。是的,从两地的生活条件对比来看,无论是居住还是饮食,镇海远不如沈阳。登上招宝山的鳌柱塔放眼望去,整个镇海县城的楼房加在一起,还没有沈阳工人新村的楼房多。学校大多是低矮的木房,有的甚至由祠堂改建而来。马路大多还是沙石路,刮风让人睁不开眼,下雨则裤脚沾满了泥。但李阿牛不后悔当初回家乡的决定。是的,工作条件的确比在沈阳铸造厂研究所要差,居住的房子也从较为宽敞的砖房变成了平矮的砖木房。也因为房小,马桶只能放在床脚拉块布遮挡,可即便能遮眼差,却无法隔绝大小解发出的尴尬声。好在如今儿子在供销社上班,有宿舍可住,避免了两代同房或兄妹同室的窘况。唯一让李阿牛感到欣慰的是母亲的变化,老人家除了无法逆转脸上越来越深的皱褶,人却从十年前重庆接回时的面如菜色、瘦骨嶙峋,变得如今的面色

微红、精神焕发。李阿牛认为自己这几十年没能尽一天孝,虽然对父亲再也没机会可尽孝,如果能让母亲开心健康地过完余生,哪怕再苦再累再难也值得。如今母亲还尽其所能在帮衬这个家,使自己和傅抱石在家务上轻松许多,可以全身心扑在工作上。从母亲身上的变化,李阿牛认识到亲情对某些疾病的治疗具有不可估量的作用,连妻子傅抱石也认为婆婆身体的康复并非家乡水土的作用,而是在神志半清醒时,一点点从儿子身上和熟悉的场景中找到了记忆,是母爱和亲情创造出了生命的奇迹。也因为如此,李阿牛认为当初返乡的决定完全正确,不过同时也为妻儿陪着自己吃苦深感内疚。只见他捂了两下鼻子,顺着女儿的话敷衍道:"这次就算你放假不用上课,车也坐不下,以后再找机会去吧。"

"你们开车去?"刚给李阿牛倒完水的傅抱石以为听错了。

"火车无法托运,船运时间太长,如果不及时去提货,我怕这台反应器留不住。"李阿牛接过傅抱石递来的水杯,扭头提醒女儿,"今天天气不好,早点出门,上学别迟到了。"

李淼淼用梳子把长发一分为二,梳子往口袋一揣,侧过脸双手捏住左胸前那股长发,边利索编麻花辫,边噘起小嘴满不在乎地抱怨:"爸,其实迟不迟到都一样,没啥好学的。"

傅抱石听不下去了,抢先责怪:"你这孩子,这么个态度去上学怎么能行……"

"妈,你又来了,我说的可是真话。现在学校老师很少上课,老是带我们学工、学农、学军……"

傅抱石本就因被打断话而生气,现看女儿歪着脑袋编辫子的模样,越看越像是梗着脖子在硬杠自己,于是不自觉地加重语

气:"'三学'就是为了反对填鸭式和经院式教育,走与工农兵相结合的道路,不但可以开拓你们的视野,更能锤炼你们的意志和作风。"

李淼淼把手中编好的麻花辫向后一甩,旋即又编起留在右胸前的那股长发,漫不经心地反驳母亲的观点:"意志和作风是有了,可视野我不敢说。现在我们这批高二学生马上要毕业了,不但历史和英语没开过课,而且化学课还是体育老师来代,物理老师才上了半年,说是生病了,就再也没来过学校……"

对于女儿这段再熟悉不过的抱怨,傅抱石每次都觉得听得耳根生疼,可这次疼不同以往,不光耳根难受,而且还像电波一样向心脏蔓延,并在胸口堵成一团无法向外喷射的火焰。她咽了一下口水,再次粗暴地打断了女儿的话:"老抱怨学校,好在你不到半年就毕业了!"

见女儿还要顶嘴,李阿牛当即像往常一样和起了稀泥:"对,淼淼,说不定日后你还和我一样,非常怀念读书的时光……"

没料到话还没说完,一直努力克制情绪的傅抱石突然冲李阿牛恼怒地吼道:"你和孩子胡说八道什么?!"

李阿牛被呵斥得摸不着头脑,直等傅抱石幽怨地转身向里间走去,才恍然大悟。看来自己刚才无意的一句话,又让妻子勾忆起自己在沈阳工学院的那段"初恋"。对于母亲一反常态的言行,李淼淼大为惊愕,印象中母亲对父亲百依百顺,无论是在家还是在外,从来没有红过脸,更别说几近呵斥的失态。她忸怩不安地问父亲:"爸,妈怎么生这么大的气?"

这时一个"拉磨雷"从远处传来,李阿牛放下水杯看了眼窗外,说:"你妈没事。雨小了,抓紧时间洗漱,早点去学校。"

人。但当李磊磊说要向丁浩问这些事时,李阿牛反而紧张起来,万一丁浩告诉儿子自己那些无中生有的事,那岂不是自搬石头自砸脚。傅抱石如今对史冷霜表面很平静,可若真有个引子,估计她还是会折腾出令人头疼的事来。想到这里,李阿牛当即抬手打住李磊磊:"不,不能问。"

理性的李磊磊被父亲制止后,马上意识到这是人家难以启齿的隐私,打听者就是荒谬不经的好事者。这好比自己和鲁芳之间的事,不但知晓的人越少越好,而且日后也不要再提及,不然就是在伤口上撒盐。于是李磊磊眨了一下眼,乖巧地点了点头:"嗯。"

李阿牛瞥了眼五斗橱上的"三五"牌台钟,原以为儿子想离开供销社的原因比较复杂,处理会棘手,没想到原因不但简单,而且不到一刻钟就做通了李磊磊的思想工作。他轻松地站起身催道:"那就赶紧洗漱睡了吧,明天还得去上班。"

"爸,那我现在更不愿去供销社上班了。"

李磊磊的话让李阿牛大为意外,不得不重新坐下问道:"为什么?"

"爸,你不是说丁浩叔在山西追女孩失败后,就转到了沈阳吗?"

李阿牛顿时为刚才的劝说引用后悔不已,并暗自庆幸没提丁浩追傅抱石不成才赌气调往沈阳三机厂工作的事,不然李磊磊要调工作的理由更充分。他理了一下头绪后说道:"这和你不愿在供销社上班有什么关系?就算鲁芳在镇海供销社上班,那也没必要这么做。"

"爸,我觉得在供销社工作虽然轻松又体面,但实在是没有

49

意义。"

李阿牛感觉到了问题的严重性,但对儿子不愿饱食终日的想法内心也颇感欣慰。他重新坐下后耐心地问道:"那你有什么想法?"

"爸,就拿这一周我在七里屿岛体验来说。你看,1865年采用油灯置于玻璃罩内的灯塔,一直用到四年前才改为五等镜机,整整一百多年没升级过。守岛职工的生活单调、枯燥、无趣,一旦台风来临无法靠船,不光每天只能吃土豆和洋葱这些东西,而且连换洗的衣服都没有。那天班长和我说,他们有人最长在又是风又是雨的岛上整整待了近一个月。可他们却说这远比船员好多了,船上不但机器噪声大,而且还要倒班工作,无法有个好睡眠。遇到风浪颠簸,晕船更是家常便饭。夏天低纬度航行晒得脱层皮,冬天高纬度航行冻得拖鼻涕,船程较长时不幸遇到病痛,那真可谓是叫天天不应,叫地地不灵了。"

李阿牛起初对儿子的长篇抱怨莫名其妙,这不正说明在供销社工作好吗?可看到儿子紧锁的眉头,似乎一下子明白了他想表达的深意,于是开口求证:"你的意思是我们的工业水平连这些问题还没解决?"

"就是,供销社天天计划哪里需要哪些物资,再盘算哪里去搞这些物资,这又不会多出来,对国家毫无意义。"

担心解释商业的重要性会挫伤李磊磊做实业的情怀,李阿牛索性继续探问:"那你现在有没有意向干什么?"

"爸,我觉得你干的活挺有意思。"

"你是想学设备设计还是安装?"

"都想。爸,其实高中毕业前,我偷翻过你的设计图,但拿在手中像天书,根本看不懂。"

李磊磊的话音刚落,五斗橱上的台钟响起整时的击打声。李阿牛当即拍板:"这样,你继续在供销社上班,明天起自行车给你骑,下班来厂里找我,开始学看图、制图和安装,等掌握相关知识后再看看有什么地方可以安排工作。"

李磊磊觉得这个方案不错,于是就学李阿牛的模样伸出小拇指一弯。李阿牛会意,伸出小拇指勾住对方,上下刚摇了一下,恰傅抱石出来催两人睡觉,见父子俩竟然像孩子一样拉钩,忍不住埋怨起来:"都过零点还不睡,你们明天上不上班?"

父子俩同时收回了手,李阿牛冲傅抱石点头应道:"这就睡。"说完,转回头催促李磊磊,"你先去洗漱。"

"哎。"李磊磊愉悦应声后,起身就去拿牙刷和茶杯。

入睡前,李阿牛简要和傅抱石说了李磊磊的想法和自己的安排。傅抱石对李阿牛的计划很是满意,不但让儿子能够继续在供销社工作,还能学到一技之长,更可以天天放心盯着儿子回家。不过傅抱石最为满意的倒不是保住了儿子那份来之不易的工作,而是磊磊的子承父业之路有直通行业塔尖的捷径。傅抱石坚信所谓的"将门虎子""书香门第"不过是孩子有了同龄人没有的资源、人脉和经验等优势,现在李阿牛无论是技术还是经验,放在全国都是一流。如果磊磊日后也能在这个行业有所作为,那自然是件值得庆幸的好事。傅抱石坚持认为男人就该像李阿牛一样忙碌,就该像李阿牛一样在行业中受到应有的尊重,即便现在和家人见面时间更少,几乎把家当作了睡觉的旅馆,她也照样希望李磊磊日后能像他父亲一样。

第二天,李磊磊在供销社下班后,就骑车直奔浙江炼油厂。

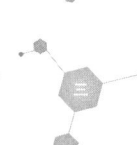

续航

李阿牛对厂里说因家里就一辆自行车,只能让儿子每天路过接送。可谁都知道李磊磊成了浙江炼油厂不拿工资的编外职工,不但帮着整理图纸,而且还在设计人员的指导下,像模像样地帮忙画起了简易的图纸。

这天,李磊磊下班后像往常一样骑车赶往浙江炼油厂。刚进李阿牛办公室的门,李磊磊就迫不及待把这两天抽空画完的一张机泵设计图递向父亲:"爸,看,这是我画的机泵设计图。"

李阿牛放下手中的笔,接过一看,眼睛立马一亮。眼前这张设计图虽说是儿子的处女作,但图纸画得有模有样。李阿牛很是欣慰,看来儿子真遗传了自己的基因,在设计上有着一定的天赋,即便没有受过专业训练,那也不比科班生差多少。之前,李阿牛在教李磊磊时很是奇怪,好歹李磊磊也是高中毕业,居然既看不懂三视图,更对三角函数值、正切公式、二倍角的正弦和余弦等一知半解,几乎是零基础。好在李磊磊基本一教就会,一悟就懂。在肯定儿子这张设计图并指出其中的优点和缺陷后,李阿牛起身拿起放在桌上的一袋月饼,边塞进包里边说:"今天中秋,我们早点回家团圆。"

李磊磊奇怪地问道:"爸,上个月不是刚过了中秋节吗?"

"今年是闰八月,有两个中秋节。上次闰八月你是在沈阳过的,当时你还太小,估计没什么印象。"

"上次是哪一年?"

"1957年。"

"那下一次闰八月哪一年?"李磊磊更为好奇地问道。

李阿牛笑道:"好在今天中午我们分月饼时算过,1995年。"

"每隔19年才重复?"

虽然李磊磊算得又快又准，可李阿牛还是摇了摇头："不一定，比如1957年的上一次是在1900年，有的甚至要隔上一百多年，像1995年过后就要等到2052年。我和你妈这辈子应该有三次机会碰到，你和妹妹争取四次机会。"

李磊磊不置可否，他现在想的是月饼票每户只有一张，即便供销社今天有月饼可供，可居民上个月已经把月饼票用了，一样也买不了。参加工作后，李磊磊这才知道不光油、酱油、醋、糖、肥皂、火柴、煤球等要凭票购买，手表、自行车、缝纫机和收音机"三转一响"的票更是一票难求。李磊磊想起了挂在供销社门市部"发展经济，保障供给"的横幅。是的，保障供给必须基于发展经济。父亲说炼油厂能给经济带来很大的发展，希望能早点建成投产。

又过了十天。这天早上，李阿牛接到长途电话通知，接起电话，只听那头传来丁浩压着嗓子的声音："说话方便吗？"

李阿牛向外望了一下，警觉地应了一声："嗯，放心。"

"我这边已连续三天有大动静，有人在马路上张贴打倒'三公一母'的大标语，看来真要好起来了。"

丁浩所说的"三公一母"是他们之前聊时事的特指，虽这两天民间也在传闻"四人帮"已被打倒，可毕竟没有官方的消息，谁也不敢公开嚷嚷。李阿牛紧贴听筒，手捂话筒问道："确定？"

"你没发现天天大喊大叫的几位大人物已经好多天没露面？"

"哦。"经对方提醒，李阿牛似乎想起这周《人民日报》的确没有"四人帮"的任何信息。

"前天的《人民日报》看过了吗？"

"看了。"

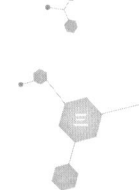

"有篇署名方歌的《要扫除一切害人虫》的文章有印象吗？"

"有。"

"细读一下，大有内涵。"

"好。"

"听说昨天中央下文要传达给全体党员和群众，等好消息吧。"

"太好了。"李阿牛的声音有点发颤。

"这下我们有干大事的盼头了。保重！"

"谢谢！你也保重！"

挂好电话，李阿牛赶紧到会议室报夹找到17日的《人民日报》，当读到丁浩说的那篇文章中"撕下他们披在身上的画皮，戳穿他们的狰狞面目和鬼蜮行径"等句子时，李阿牛内心激动万分，似乎多年积聚的愤恨终于得到了宣泄，而对未来期望大门俨然正在缓缓打开。

晚上，当李磊磊跟着李阿牛从现场回到办公室，月亮已经挂上远处的房顶。李阿牛放好安全帽和图纸，接过李磊磊递来的茶杯喝了口水，说："不早了，收拾一下回家。"

还不等李磊磊转身，只听门外传来阴阳怪气的声音："走？我看你是走不了了！"

李磊磊循声扭头，只见门外闪进四个人，除了浙江炼油厂的保卫科老齐认识，其余三人似乎面生。这时，只见穿绿军装梗着脖子的男人又张开了那双薄嘴唇："老李呀，真没想到竟在你老家会你。"

当那张水泡眼、驴脸的瞿永雷出现在面前时，李阿牛右眼皮竟然毫无征兆地跳了三下。虽然不知道瞿永雷为什么来找自己，但李阿牛肯定对方必定会给自己造成麻烦。不过经历过多年风浪后，他像一名有经验的水手，对于面前看得见的冰山和沉于水下看不见的暗礁，不再恐慌和紧张。只见他脸一沉，冷冷地喝问："你来干什么？"

"哼哼。"瞿永雷冷笑一声指了指自己的鼻子，旋即分别戳指李磊磊和李阿牛，"不是我来干什么，而是你们家想干什么？！"

李阿牛上前把儿子挡在身后，不再搭理瞿永雷，转脸问另两个陌生人："请问你们是哪里的？找我有什么事？"

"我们是沈阳革命委员会机关事务管理处的。"一个理平头的青年说完指着背着双手的瞿永雷介绍，"这位是我们的主任瞿永雷同志。"

被亮明身份的瞿永雷一脸的得意，歪着脑袋打量李阿牛父子。之前自己没什么地位，而对方不但"贵"为沈阳铸造厂的所长，又有人庇护，以至于自己举报不成还脸面丢尽。可即便这次和李阿牛交锋自己身处客场，但在事理上、身份上明显占有极大的优势，就像是站在高处的牛，冲下去肯定能把处于低处的羊顶翻在地。噢，对了，不能光是顶翻就罢手，还得踩上几脚，让他永远不得翻身。李阿牛刚才的应激反应，不但把他儿子挡在身后，更有刻意把事揽在自己身上的打算，这更让瞿永雷判断李磊磊有严重的政治问题，且这个问题李阿牛心里很清楚。现在必须在气势上压倒对方，让他们来不及做心理准备就彻底溃败。想到这里，瞿永雷突然声色俱厉地指着李阿牛说道："李阿牛，你们父子到底做了什么反革命事心里清楚，老实交待！"

即便之前家里受过一定的冲击，可从来没有人对他们态度如此恶劣，李磊磊吓了一跳，本能拉住了父亲的衣袖。李阿牛虽不

清楚瞿永雷指的是什么事,但考虑对方千里带人来镇海,这种架势明显对自己不利。于是他继续若无其事地追问刚刚答复自己问话的平头青年:"请问你有什么事找我?"

瞿永雷勃然大怒,对方竟把自己当作空气一样不存在。他当即瞪眼呵斥平头青年:"不要插嘴!"

"是。"平头青年应声后退了两步,不再理会李阿牛。

看局面完全在自己掌控中,瞿永雷扭头对老齐说道:"齐科长,你先回办公室等我们。"

看来人明显要让自己回避,可场面似乎又对厂机动处的李处长不利,老齐左右为难看着李阿牛,直等李阿牛努嘴角示意自己离开后,老齐这才回应瞿永雷:"行,我就在办公室等你们。"

不等老齐走出门,瞿永雷当即又下起了命令:"准备记录!"

"是。"平头青年退到边上客座坐下,先从包里掏出本子摊在腿上,拔出插在中山装上的钢笔,拧开笔帽做好了记录的准备。

这边,瞿永雷像是这间办公室的主人一样,等一起来的那个脸长横肉的青年搬来椅子,一屁股坐下就单刀直入地问道:"李磊磊,近期你是不是到过大连?"

由于还没摸清瞿永雷的来意,李阿牛不等李磊磊开口,抢先拉着儿子坐在自己的椅子上。李磊磊本就觉得自己在大连没做过任何坏事,加上父亲一脸淡定地和自己拼坐在一把椅子上,顿时有了底气:"是,怎么了?"

"你在大连有没有给过别人诗抄笔记本?"

诗抄笔记本?李阿牛暗吃一惊,虽然不清楚李磊磊到底有没有碰过,但自己和女儿都碰过,而且李淼淼还抄写过。如果这事真让瞿永雷掌握,那还真麻烦大了。这时,只听李磊磊没好气地反问："你说的是谁？"

　　李磊磊的反问让李阿牛越发紧张起来。诗抄早已在全国传播，估计李磊磊也看过、听过。如果没有落笔写在纸上，那就有装聋作哑的"狡辩"机会。可一旦成为白纸黑字且落在他人手上，那可就有大麻烦了。之前，傅抱石就说过上面在严查作者、诵者、传者和抄者，只要参与都按"现行反革命"处分。现在李磊磊的反问表面上听没有答复瞿永雷，可这反问似乎承认自己清楚这诗抄笔记本的事，并在追问是谁。蓦地，李阿牛想起了一个人名——鲁芳。就在李阿牛快速思考如何应对时，只听瞿永雷奸笑一声，指着李磊磊说道："不是你来问我，而是你要老实答复我的每一句话。你有没有诗抄笔记本？你有没有给过别人？"

　　"瞿永雷！我得提醒你，无论你是恶意捏造事实，还是自我臆想或武断祸害他人，我一定会追究你的责任，相关部门也会追究你的责任！"

　　李阿牛所谓提醒式的警告，让瞿永雷又想起十年前向沈阳公安局举报不成受辱的事。那次举报花费了自己大量的调查精力，可最终还是没能扳倒李阿牛，甚至因为打草惊蛇，让李阿牛急急忙忙逃回了根本没有什么工业基础的镇海老家。不过瞿永雷对事件的最后结果还是有点满意，不但在后来的运动中给欧阳副处长和两个调查的警察戴上了"反革命修正主义分子"高帽，每日挂黑牌游斗、写反省材料，而且还让欧阳副处长不堪压力自杀，好歹也算是吐了半口恶气，唯一让他遗憾的是让李阿牛逃之夭夭。好在老天有眼，十年后，自己又无意中抓住了对方绝对翻不了身的罪证。现在就算有人想庇护李阿牛，那肯定也是有贼心没贼胆。瞿永雷暗自提醒自己，这次一定要沉住气，不能像十年前

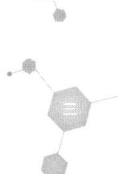

57

为了出口恶气控制不住脾气，丧失了对局势的控制。于是他往椅背一靠，双手叠压在小腹上，刁了眼李阿牛，跷着二郎腿边抖边说："我倒是要善意提醒你一下，如果没事我们伝这么远跑过来干吗？"

从瞿永雷的眼神中，李阿牛读出觊觎已久的狐狸终于逮到进鸡舍的机会，他赶紧扭头把视线转到李磊磊身上。李磊磊知道父亲在等答案，于是斩钉截铁地强调："我没有诗抄笔记本，更没有给过谁！"

对于李磊磊的全盘否认，瞿永雷并没有急着追问，停下抖动的二郎腿，一对水泡眼死死盯着对方，似要从一言一行的蛛丝马迹中找到突破口，找到可以击溃对方的有力证据。

"如果没什么事，你可以出去了。"

瞿永雷根本不在乎李阿牛的态度，更不会搭理这样的逐客令。现在他把李阿牛也当作空气一样忽视，连瞅一眼都吝啬，双眼像雷达一样死死锁定在李磊磊身上。如果人可以不眨眼，他真想就这样无间隙地捕捉每一帧画面。当李磊磊眼神往地面一闪，瞿永雷心中一喜，马上射出关键的一发子弹："鲁芳认识吧？"

"嗯。"李磊磊脸一红，他不明白自己追求鲁芳的事怎么会传到这个长相奇怪、举止怪异的男人耳中。

瞿永雷对自己能掌握节奏的"审讯"大为满意，李磊磊的脸红完全可以证明刚射出的子弹已击中对方要害，现在对方就像一头受伤的猎物，不光跑不快，更跑不远，自己只需锁定目标找准机会再补上一枪，便可让猎物倒地。瞿永雷脑海蓦地冒出"宜将剩勇追穷寇，不可沽名学霸王"的名句，于是放下二郎腿身子一挺，朝一脸横肉的青年递了个眼色。对方会意，马上从包里取出一本笔记交到瞿永雷手中。瞿永雷朝李磊磊亮了一下封面，急促追问："这本子是谁的？"

李磊磊看了眼笔记本，一脸茫然地摇了摇头。虽然李磊磊看不懂，但李阿牛扫了一眼就心惊肉跳，这本烫金红底笔记本太眼熟了，可就算这样还是抱着一丝侥幸，毕竟这样的笔记本又不是孤本，全国会有不少。没想到瞿永雷接着指着李磊磊下令："桌上有纸，你马上写'爱与恨、火山'这五个字。"

这下李阿牛更加确定瞿永雷手上的笔记本就是自己亲手还给韩天的那本，瞿永雷要求写的字就出于第一页"爱与恨终究会像火山熔岩那样猛烈迸发"中的五个字。虽然明白瞿永雷用笔迹这招无效，但让李阿牛困惑的是韩天这本烫手的笔记本怎么会在瞿永雷手上？李磊磊可没碰过这本笔记本，为什么瞿永雷会怀疑是李磊磊？对了，刚才瞿永雷提到鲁芳，难道是鲁芳把脏水泼到李磊磊身上？最让人不解的是镇海这本手抄，怎么会跑到大连的鲁芳手上？

李磊磊看父亲没有阻止，就拿起笔按要求写起这五个字。瞿永雷起身盯着李磊磊的表情和运笔，当对方把纸往自己这边一推时，他已判断本子上的字绝不是眼前这个人所写。不过这并不影响他的基本判断，谁说这里面的字一定是本人所写，请人写或购买传播这样的笔记本同样有罪！瞿永雷瞥了一眼纸张，决定换个角度进攻，于是重新坐下，拍着手中的笔记本恫吓："鲁芳已被捕，她交代这本子是你给的。"

李阿牛这才明白鲁芳为什么没给磊磊回信，看来之前的推断错了。李磊磊听到这里腾的一声站了起来，急着为鲁芳申辩："你们肯定冤枉她了，她天天忙着打理苹果种植场，根本没有时

间干别的。"

瞿永雷并不接话茬,继续拍着手中的笔记本追问:"这是不是你给她的?"

"不是。"李磊磊倔强的头摇得很坚定。

"你想抵赖肯定是赖不掉的,只会罪加一等!"瞿永雷威胁后竟然弯嘴奸笑起来。

从对方进门后父亲的应激反应,李磊磊猜到来人绝非善类。随后的对话更可以证实此人就是口蜜腹剑、笑里藏刀之人,对付这种阴险狡诈的人,就是言语不能有丝毫的犹豫,气场上更不能有一丝怯意,更何况在断定笔记本是个"雷"后,决不能让他有扔向自己的机会。想到这里,李磊磊加大了嗓门:"是我的我不会赖,但不是我的你甭想乱栽!"

话音刚落,只听外面有人在大叫:"阿牛,你在哪里?"

听到是妻子的声音,李阿牛暗自叫起苦来。之前,傅抱石就强烈反对森森带诗抄回家,也提醒过自己要小心处理笔记本,现在她的到来不但解决不了问题,反而会让狡猾的瞿永雷发现其中端倪。李阿牛决定把妻子挡在外面,于是闻声迅即起身:"抱石,我马上出来。"

不料瞿永雷却抬手一横:"在还没有调查清楚前,你不能出这道门!"

不等李阿牛说话,李磊磊如一头雄狮居高临下朝瞿永雷抢先呵叱:"谁给你的权力!"

瞿永雷没想到一个乳臭未干的小子居然敢和自己叫板,一直想控制情绪的他觉得此时该用强硬的手段,让眼前这对"牛鬼蛇神"父子低头、弯腰、认罪!于是嗖的一下起身,狠狠把手中的本子拍在桌上,连声吼道:"是党中央!是辽宁省革委会!是沈阳市革委会!"

"呼——",虚掩的门被重重推开后撞在了墙上,随声进门的是傅抱石。李阿牛见过妻子动怒的样子,但像今天这副模样还是第一次见。只见脸憋得通红的傅抱石头上冒着热气,额头和鼻尖上缀着细密的汗珠,蛾眉上挑,嘴角下咧,由于眼角的皮肤拉得过于紧绷,一对黄褐色的眼珠好像随时要迸出来。更让李阿牛惊奇的是整张脸扭曲在一起的傅抱石居然握紧两只并不大的拳头,仿佛随时要砸向让她动怒的人。即便当年傅抱石误以为史冷霜勾引自己闯进办公室,也没有现在这样吓人。傅抱石径直走到瞿永雷面前,指着对方气咻咻地喝问:"你哪儿来的胆子,敢无法无天冒充党中央?!"

本就气氛紧张的房间顿时弥漫起浓烈的火药味。虽没有和傅抱石打过照面,但瞿永雷事后才知道当年没能扳倒李阿牛,就是栽在这个女人手上。他暗自提醒自己对付这样有智慧和手段的女人,断不能有丝毫冲动,就像刚才自己一激动说出的话,马上被她抓住了把柄。想到这里,瞿永雷推开冲上来挡在身前的一脸横肉青年,很是不屑地"嗤"了声鼻音,顶起拇指往平头青年这边一歪:"今天所有的话都有记录,谁也别想断章取义。"

傅抱石瞄了一眼瞿永雷,把目光移到桌上醒目的笔记本上,平静地说道:"这笔记本我见过。"

如同张开的渔网泛起了一个大水花,瞿永雷眼神闪过一道惊喜,凑上脸追问:"那你说,是谁的?还有谁看过、抄过?"

"这本子的主人是我女儿的同学,叫韩天。"

又惊又气又羞的李阿牛刚想张嘴,不想傅抱石似有预判,抬

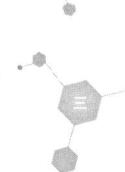

手示意他不要插话。拧着眉头的李阿牛心里连连抱怨,傅抱石呀傅抱石,就算我当初没听你的建议出了这么大的纰漏,但你也不能这么捅娄子嘛。瞿永雷不远万里兴师动众虽然针对的是我,但你这样主动"供述",不但帮不上我,而且还会害了那孩子,更会让人家背后指责我们干缺德事。即便有人不认为这是卖友求安,那必定也避而远之。果然,瞿永雷当即扭头吩咐一脸横肉青年:"马上联系这里的革委会,尽快把这个韩天控制起来。"

傅抱石冷笑了一声,说:"轮不上你操心,我们不但已经找过韩天,并和他的表哥也联系上了。"

怎么又冒出一个韩天的表哥?这人和这起案子又有什么联系?虽然目前不清楚这些情况,可瞿永雷觉得自己即便是冲着李阿牛撒的网,若是无意中网中其他的"鱼",那也是这趟远行的意外收获。他继续叮嘱一脸横肉青年:"把刚提到的韩天表哥也控制起来。"

"是!瞿主……"

"啪!"不等一脸横肉青年应完声,只见傅抱石猛地拍了下桌子厉声吼道:"瞿永雷,你想当反革命不成?!"

经过这些年来的"斗争",瞿永雷早已习惯了这种吓人的架势,今天却有点蒙。这韩天和他的表哥到底是什么角色?为什么傅抱石主动说已找了他们?如果说是为了抢功也可理解,可问题是对方显然是威胁自己不能冒犯的意思。由于一时吃不准,瞿永雷冲一脸横肉青年递了个眼色,等他退到边上,装模作样地警告傅抱石:"如果放跑了反革命,会有人来找你算账……"

"行了,还是算算你自己还能蹦跶几天。"傅抱石像是中央人民广播电台的播音员,字正腔圆地说道,"今天我们已传达了文件,中央已逮捕篡党夺权的'四人帮'!"

虽然已有心理上的准备,但当妻子说出这样的话时,李阿牛觉得身上每一个细胞都在震颤。他太了解傅抱石"两不"的工作原则,即:不是确切的消息,她不会听;不能传达的消息,她绝不会说。现在她能大大方方地说出来,那就证实了早上丁浩的说法,中央确实下文要求传达到党员和群众。此时,隔桌的瞿永雷听了如闻惊雷,虽然今天多次在不同场合,隐约听到一些人在偷偷议论此事。若是在沈阳,他早将这些嚼舌头的人全送到公安机关关起来,可在人生地不熟的镇海,还是硬生生地熬住了这个念头,提醒自己来镇海是为了报仇的,而不是向当地打报告。现在傅抱石证实这些传闻就是来自上面的文件,那可不光眼前的这本笔记本成不了击杀李阿牛的复仇"子弹",自己的仕途也将受到重创。

直等瞿永雷三人离开,傅抱石这才如释重负地吐了口长气,踉跄一步赶紧双手撑住桌面。眼尖的李阿牛看到妻子的腿在哆嗦,上前一把搀扶住:"抱石,你怎么了?"

傅抱石不答,手扶桌沿,在李阿牛的搀扶下缓步走到李磊磊前面,有气无力地说道:"快扶妈坐下。"

李磊磊赶紧配合父亲扶母亲坐下,眼瞥对面的椅子心里直打鼓:妈为什么舍近求远,瞿永雷不是已走了吗?这时,只见傅抱石指着那把椅子对儿子说道:"晦气!磊磊,快把那把椅子扔出去。"

李磊磊诧异地看了看母亲,接着扭头不解地望着父亲。李阿牛觉得这场景和当年自己跟方液仙先生在上海学习时很相似,记得方先生在汉奸傅筱庵离开后,不但当场摔断了傅筱庵坐过的红

木椅,而且吩咐保镖陈浦生马上拎去厨房烧毁。于是他给李磊磊递了个眼色,李磊磊不解地把椅子拖出了办公室。

等平静下来后,傅抱石这才满含泪水、额手称庆,说道:"侥幸,真是侥幸啊,如果这个文件晚一天到,我们就要吃苦头了。"

原来,当天下午镇海县委收到《关于王洪文、张春桥、江青、姚文元反党集团事件的通知》文件后,迅速对这份中央要求传达到全体党员和群众的文件作了部署。在听完文件传达后,傅抱石虽不像别人那样激动,但也长长暗吁了口气,觉得之前压在背上的无形重担一下子卸掉了,不但背直了不少,连走路也觉得脚像生了风一样。当天,刚好韩天表哥陈东东来人事局办证,得知"四人帮"被打倒的消息后,也是如释重负,这才大胆托傅抱石给李磊磊带个信,说是自己在大连出差时丢了个笔记本,有机会请磊磊帮问一下大连那边的人有没有捡到。丢本笔记本干吗如此周折?傅抱石细问后才知,就是那本当时让自己心惊肉跳的"天安门诗抄"。

原来韩天的表哥陈东东是名船员,之前他的货船正好去大连港卸货,由于船上人杂,他想尽快抄完向表弟借读的"天安门诗抄"笔记本,索性下船找了个僻静处席地而坐,屈腿当桌认真抄写起来。约快抄了一半,突然前面码头锣鼓喧天、人声鼎沸,抬头一看,是庞大的"西湖"号远洋油轮在汽笛声中缓缓动了起来。陈东东虽然也见过大轮船,但这样五万吨级的大油轮还是头一次看到,而且之前就听说是中国制造。他连忙把两本笔记本往书包里一塞,起身拖着发麻的双腿朝"西湖"号方向赶去。直等大油轮离岸全速驶去,陈东东才挤出人群准备找个地方继续抄写。可才走了几步,他蓦地呆住了,像机器人瞬间断了电定格在原地。按在书包上的手告诉陈东东包已变得软薄,加上自己笔记本的封面是软黄纸,这足以说明表弟的笔记本已不翼而飞。

陈东东抹了一把汗,低头一看,两道书包扣不知什么时候开了,掀开书包的盖面,里面果然只剩下自己的那本笔记本。由于诗抄内容表弟再三叮嘱要小心,他无法向路人询问下落,只能沿着自己走过的路寻找,希望侥幸掉在地上没人发现。但陈东东心里也清楚,这样精美的笔记本不可能避影匿形,只会十分醒目地吸引路人。找了两圈无果后,看时间不多,陈东东只好返回货船。他不再抱有找回笔记本的念头,而是祈祷捡到这本笔记本的人能安全保管,至少不要追查到表弟这里。

其实笔记本就丢失在离陈东东抄写地不远处,在他边小跑边弯腰用手搓发麻的腿时,那本诗抄笔记本从没有系好的书包中滑了出来。不久,沈阳供销社采购员小巩路过,看见地面有本笔记本,就捡了起来。可翻开后神经立马紧张起来,并以最快的速度把这笔记本扔回了原地。不料还没等小巩转身离开走上两步,就被不远处那个相识的装卸工喊叫着提醒:"小巩,本子掉了。"这下他不得不谢过重新捡起。看这里来往人较多,小巩决定找一个无人处再扔掉这个烫手山芋。当进了苹果种植场后,他觉得这里就是扔掉笔记本的最佳地方。终于在路过化粪池时,乘人不备,甩于把笔记本扔了出去。也不知是太远还是过度紧张,笔记本没被扔进化粪池,而是非常神奇地落在化粪池边上摇摇欲坠,似乎只要小指一弹,就可让它沉入臭气熏天的化粪池。可小巩不敢上前补上一脚,担心被人看见说不清楚。他想反正这本上既没有自己的名字,也没和自己有关的任何信息,即便有人捡到也查不到

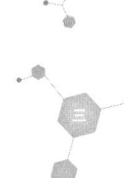

65

自己。于是，小巩迟疑片刻还是快速一走了之。当天，他办妥事离开苹果种植场时，特地朝化粪池方向远远瞥了一眼，可这一眼让他慌得加快了脚步，因为挑着便桶的鲁芳正好弯腰捡起那本笔记本。

　　返回沈阳，小巩越想越不对劲，越想越害怕。如果鲁芳上交那本笔记本，组织必定会严查来源，而自己在码头捡笔记本没人发现，扔笔记本却让装卸工看得一清二楚，如果调查认定这东西就是自己的，且在码头就想扔在地上传播或毁迹，那到时候真是哑巴吃黄连——有苦说不出了。与其日后被人"诬陷"，不如自己尽快主动"说明"。经过一夜的思想斗争，小巩次日还是向供销社领导反映了在大连苹果种植场出差时，无意捡到并扔弃天安门诗抄笔记本的全过程。社领导不敢耽误，立即向上汇报。逐级上报至沈阳革命委员会后，沈阳革命委员会下令机关事务管理处的瞿永雷赶往大连苹果种植场查实。瞿永雷到达苹果种植场后，没想到种植场领导根本不知道种植场有过诗抄本的事。

　　根据小巩提供的信息，在种植场领导的配合下，瞿永雷带人直扑鲁芳的家，毫不费力找到了那本笔记本。由于鲁芳交代不出笔记本的来源，让想乘胜追击扩大战果的瞿永雷大为恼火，不得不排查近期与鲁芳交往的人。也是巧，瞿永雷刚调查到鲁芳前段时间和到大连出差的镇海供销社李磊磊有过接触时，旋即又在门卫处截取到了李磊磊寄来的信。当看到信封上的镇海邮戳和落款姓名后，瞿永雷觉得自己报仇雪恨、扬眉吐气的时刻到了。拆开信一看，果然是李阿牛儿子的来信。瞿永雷心里这个乐呀，真是上梁不正下梁歪，没想到这个小杂种年纪轻轻也骚性十足，出个差就想顺搭个女人。在笔记本本地无主可查后，瞿永雷预感可能和李磊磊有关。于是，瞿永雷向上汇报后，就带人直扑镇海。在前面审问时，他感觉李阿牛这只耗子已被自己锋利的猫爪牢牢按在地上，可没想到时局来了个天翻地覆的大变，一纸文件让本难以翻身的"反革命"，一下子什么"帽子"都扣不了。

就在李阿牛一家人深感侥幸的同时，站在招待所院子里的瞿永雷正在给自己打气：偃旗息鼓只会让日后生活成为万劫不复的深渊，踌躇满志方可卷土重来。历史上无论是刘备檀溪跃马、邓艾险渡阴平，还是项羽破釜沉舟、勾践卧薪尝胆，这些故事都在不断验证"机会永远是给敢拼、敢斗的人"这条颠扑不破的真理。想到这里，瞿永雷突然仰天张开双臂大声朗诵："有志者，事竟成，破釜沉舟，百二秦关终属楚；苦心人，天不负，卧薪尝胆，三千越甲可吞吴。"

两名捧着床单出楼的招待所服务员刚好听到这段话，她们边走边扭头向瞿永雷投去敬仰的目光。两个姑娘虽然不完全理解客人背诵这段古文的意思，但从对方的激情中，不难揣摩出大意。当然她们怎么也想不到，如此激励人上进的话，此时却被瞿永雷引用，誓让"破坏"他婚姻的李阿牛付出沉重的代价！

气势磅礴的励句可以强调勇气和决心，触动人内心深处的情感和力量，激励人勇敢地为实现目标不畏困难、迎难而上、勇往直前。但在不同的人身上，励句就像一把双刃剑。有时被恶人引用，不但会给他人制造麻烦和带来苦难，更会让其本人在充满恶意、敌对的旋涡中无法自拔。

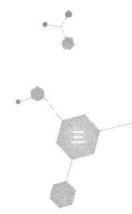

四

  李阿牛怎么也想不到，离城市中心较远的镇海县一下子成了全国工业建设的宠儿。县域内不但要建炼油厂，同时还要建宁波港、镇海发电厂和镇海清水浦渔业基地。这"四大工程"的建设项目使当地不少的农民和渔民，得以有进厂当工人的盼头。一度弄堂里到处都是孩子们在传唱"人在泥地中，心向大烟囱。招工去上班，从此领工资"的幸福歌谣。

  1976年12月，借助这股招工的东风，李磊磊在父亲的帮衬下，如愿从县供销社调入浙江炼油厂，成了机动科的一名设备技术员。时隔三个月，李淼淼也告别了支农知识青年的身份，通过招工顺利分配到镇海棉纺厂。对于儿子工作的调动，和大多数人看法相同，傅抱石认为供销社工作远非工厂所能比。即便搞设备有技术含量，但对于掌握资源的权力来说，技术算什么东西？如果李阿牛之前没有掌握化肥等资源，光靠一身设备技术，能获得别人如此尊重吗？傅抱石感觉就像是满满一碗红烧肉，被父子俩偷换成了红烧土豆，想想还是有些怨气。不过好在女儿的工作算是有了着落，让她悬在心头的石头终于落地，冲淡了儿子换工作的情绪。

日落月升，万物演替，转眼又到了春天。

今年的春雨不同去年，不但来得早，而且雨量也不小。这天一早，李阿牛穿着雨衣来到常减压装置施工现场，就明天吊装常压塔与东海安装施工队进行技术确认。没想到刚进临时工棚，只见队长呼延熠迎上来抢先申明："李处长，刚才我们按你卷扬机合力吊装的方案尝试了一下，很难确保万无一失啊。"

李阿牛一听急了，口气随之变硬："不能确保？瞎扯！你可是呼延不是忽悠，吊装塔可不是玩过家家，任何一丝问题或纰漏，都有可能给国家造成巨大的损失。"

"'一丈紫'，你来解释一下。"呼延熠招呼一名精瘦的中年男子过来。

这支承接厂里主要设备安装的施工队来自东海市，正如之前丁浩在信中所介绍，这支南征北战的队伍干活虽然顶呱呱，但也是一支爱打架惹事的队伍。好比一匹难得的野马，驾驭好能征战沙场建功立业，但不小心就会被撂上一蹄伤了身。这一年来，施工队的人不光和炼油厂的职工打过架，还和当地前来支援施工的人打过架，甚至对卫生院的医生也动过手。当然他们不光对外咄咄逼人，有时内部也因几句话不和，就拳脚相加非要分出个输赢来。好在他们性子爽快，只要打出胜负就收场，既不记仇，也不会趾高气扬忘乎其形，而是像哥们一样搂在一起猜拳喝酒，就像之前根本没发生过不快。

李阿牛最初和施工队打交道时很不习惯，整个队的人好像没姓没名，称呼全是绰号。队长绰号是"双鞭"，据说这绰号不是因为他在指挥吊机时手执两面旗，而是他的真名呼延熠与《水浒传》里排在天罡星第八位的呼延灼只有一个偏旁不同。施工队

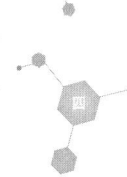

续航

大多数人只认得常用字，没几个人认得"熠"和"灼"，更无心去了解两个字的本意与读音，尤其是队长这个名，笔画多得让人照抄也抄不准。于是有个爱听《水浒传》评书的队员给队长取了这个绰号后，马上就传开了。呼延队长起初不明白队员为什么叫他"双鞭"，当得知这个呼延灼不但是宋朝开国名将铁鞭王呼延赞的嫡派子孙，而且凭两条水磨八棱钢鞭位列"马军五虎将"之一，加上曾祖是从山西省临汾市转至东海市，他自然就乐意接受了这个世袭"封号"。更有意思的是，有天呼延队长在签发工资表时，看着总人数突然灵机一动，全队一百零七人，干脆人人来个水浒的绰号。于是他拉那个爱听评书的队员坐下，结合队员各自名字、外形、岗位与爱好，对着一百零八将配上相应的绰号。全队一百零七人空出一个绰号，呼延队长就把随队一名家属也拖了进来，虽然她并非姓顾，但大伙背地里叫她"母老虎"，自然就把"母大虫"这个绰号冠在其头上。而《水浒传》中另两位女将的绰号，他俩不得不分给其他队员，不过呼延队长还是有心作了点修改，"一丈青"改为"一丈紫"，只因苟副队长一喝酒脸就发紫。而"母夜叉"也人性化地去掉"母"后，给了叫李良的货车司机。其原因和呼延队长相似，就因李良这个姓名比传说中的"巡海夜叉"李艮多了一个点而已。李阿牛特地留心查看头牌绰号"呼保义"对应的人，没想到竟是个身材高大的接电工。事后打听，原来当时呼延队长只是觉得对方来自山东省菏泽市，虽不是郓城县人，算来还是他最靠得上"呼保义"绰号。好在全队都知道当家是"双鞭"，没人真把这些叫着方便的绰号当作身份和资历。

这时，只听"一丈紫"上来就扯起大嗓门抱怨："李处长，这个方案风险实在是太大了。"

从队长口中的"难确保万无一失",到现在副队长嘴上的"风险实在是太大"。李阿牛心里虽越发着急,可知道这事不能强硬,于是冷静地背起手探问:"那你们的意见?"

"塔太大,要么用塔式起重机,要么调大吨位汽车起重机过来。"

李阿牛听了很是恼火,可看着眼前两位队长愁眉苦脸的样子,不得不压住火气重复之前的话:"其实你们也很清楚,目前我们根本没有搞塔式起重机的条件。当然,如果能调大吨位吊机,那我们还在这里磨蹭什么?目前全国一共也就两辆大吨位吊机,那么多单位都在申请,就算成功获批,排上一个月队能不能轮到还是个问题。"

看话题又绕回之前的争论,呼延熠旋即又提出一个新建议:"李处长,我昨天去市里办手续,听说宁波新来的主管经济的副市长是从大三线过来的,能不能请他想想其他办法?"

"嗯?副市长换人了?"

"是的。"呼延熠肯定后又说,"大三线的工程虽远,若是有大吊机可调,就算路上开三天,那肯定也比等着强。"

呼延熠的话听起来是在强调调用大吊机的可能性,但言外之意是完全否定李阿牛和丁浩用卷扬机吊常压塔的大胆设想。李阿牛为之前的精心计算不被认可有点泄气,可细想一下,对方的建议何尝不是办法,之前厂里只是打报告申请调用大吊机,最多也就是托上海的丁浩想办法,还真没主动去找别的思路。大三线不是有许师兄在吗?即便新来的副市长联系不上,那也可以直接找许师兄问问。想到这里,李阿牛换了口吻说道:"这样,我去请

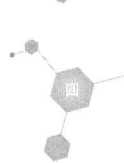

71

厂领导马上再联系一下市里，你们也再想想卷扬机方案……"

"好，那就双管齐下吧。"

李阿牛知道苟副队长打断的表态只是在催自己，毕竟下周一若常压塔不能吊装到位，那势必拖延接下来的配管和接管，将彻底打乱整个施工计划。于是和两个队长握手告别后，李阿牛径直去找主管基建安装的贾保华副厂长。

贾保华听了李阿牛的汇报，他本就不放心卷扬机吊常压塔的施工方案，这下更是认同东海安装施工队的建议。既然新副市长来自大三线，那就马上去市里找他，看看通过他个人能不能帮着调一辆大吊机来救救急。考虑书记在省里开会，厂长又出差在外，两人干脆坐上厂吉普车向市里赶去。

进市区不久，远远就看到电报大楼，李阿牛临时决定先在电报大楼停车。趁进城的机会打长途给许师兄，万一他安排吊机来的时间比副市长更快，那岂不是更好。贾副厂长听了李阿牛的想法后，也很支持。两人进电报大楼时，李阿牛蓦地想起苟副队长刚才说的话，不过他提议的双管齐下是应付，自己现在却真的是左右开弓。到柜台办好手续，话务员立即挂了自贡东锅厂的长途电话。可等了半天，电话那头始终没人接听。李阿牛没办法，只好改拍电报给许师兄，希望能尽快得到他的回复。

两人重新上车到了市政府大楼，贾保华轻车熟路来到3楼。这一层是市领导班子和秘书的办公室，一个科长抬眼看是贾保华，马上迎了上来："贾副厂长，有什么事吗？"

贾保华轻声问："主管经济的副市长换人了？"

"你消息挺灵嘛。昨天下午刚上任，从四川调来的。"

科长的答复证实了呼延熠的信息是正确的，于是李阿牛说明了来意:"我们想请新来的副市长帮炼油厂协调一下大吊机的事。"

科长一听又是为大吊机的事,反正这事自己解决不了,之前领导出面协调也无果,就客气地往两把空椅上手一伸,说:"许副市长有事出去了,要不你们在这里等一会儿?"

"你忙,我们去许副市长办公室等吧。"

科长猜想贾保华想抢许副市长回来第一个处理自己的事,也就不勉强,引两人到许副市长办公室坐下,倒上两杯水,就退回自己的办公室。李阿牛打量着眼前的办公桌,上面堆满了文件和资料,桌子左上方贴了张信纸,上面写着"埋头苦干"四个大字,霎时想起在延长石油厂陈振夏办公室看到的毛主席题字,决定回去后在自己的办公桌也学着贴一张,随时提醒自己努力工作。乘空档,贾保华又和李阿牛商量起调大吨位吊机的可能性,不过两人还是把最大希望寄托在许师兄的电报回复上。

约过了十分钟,楼道传来走路和对话声,李阿牛听出其中一人就是市计划委员会的范主任,另一人的声音也挺熟,可一时想不起是哪场会上遇过的某位领导。这时听科长已走出办公室在汇报:"许副市长,浙江炼油厂的副厂长贾保华和机动处处长李阿牛在办公室等您。"

"太好了!"

刚来的许副市长说话声怎会如此耳熟?一脸困惑的李阿牛随贾保华起身到门口迎接,不料许副市长在楼道已喊了起来:"老李,你小子腿还真长呀,我还没联系你,没想到你已来堵我门了。"

李阿牛这下听出来了,新来的副市长竟然就是许师兄。他顾

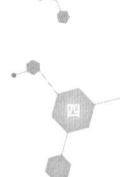

73

不得礼节,抢在贾保华前冲出办公室,一把拉住了许师兄的手:"哎呀,真的是一点心理准备也没有,刚才我还到电报大楼给自贡拍了电报。"

看副市长和来客这么熟,范主任很知趣地打个招呼拐进另一间办公室。在办公室外等的贾保华看李阿牛和一瘸一拐的许副市长动作亲密后心里暗喜,虽然刚才在电报大楼做的都是无用功,但现在从李阿牛和新副市长的关系来看,从外省成功调用大吊机的希望极大。

李阿牛把两人相互介绍后,刚坐下就直奔主题:"许副市长,我们今天来是厂里急着要吊大设备,可吊机到现在也没个准信……"

李阿牛的来意还没完全说明,许师兄已打断问道:"今天你们找我是想调大吨位吊机过去施工?"

"对。"李阿牛觉得许师兄性格一点也没变,说话做事总是干脆利索。

"目前全国就两辆大吨位吊机,浙江炼油厂是国家一号工程吗?"

不光贾保华一愣,李阿牛也被许师兄的话呛住了。炼油厂绝对是浙江省投资最大的工程,但显然排不上国家一号工程。不过许师兄这话明显不是咨询,甚至带有调侃的味道,李阿牛犹豫一下,摊开双手解释道:"我们知道大吊机紧缺,但现在实在是没有其他办法,就登门找许副市长帮着想想办法。唉,若是常压塔安装拖延,肯定会耽搁接下来的工程,届时就难按期试车开工。"

对于李阿牛恳求中又带点胁迫的口吻,许师兄歪着嘴角连发两问:"现在急着安装常压塔,接下来得安装减压塔、加热炉及换热器等,你是不是想弄辆大吊机扣在你们厂当'机质'?"

哭笑不得的李阿牛连连摇手:"没,没,许副市长,我们可没这个意思。"

一旁的贾保华有点沉不住气,本以为凭李阿牛和许副市长的私交,今天这事办起来肯定很顺利,现在看来不但不顺,这许副市长还不时地在几近调侃和质问中没给他们好脸色。他故意清了一下嗓子说明来意:"咳。许副市长,刚才李阿牛同志没说清我们当前的困难。我们知道现全国有很多工业项目在推进,之前我们也在省市相关部门的支持下,申请过大吨位吊机到炼油厂,但最终为了提高设备使用率,有关部门在综合几家申请单位的作业点路程后,答复需等一个月到场。今天刚得知许副市长来自大三线,所以想请您通过个人关系,帮我厂联系那边的大吨位吊机过来作业,确保施工进度不受影响。"

早已转过身盯着贾保华的许师兄边听边点头,对于这个第一次见面的浙江炼油厂副厂长,他既无好感,也无反感,但对方的说话水平还是蛮高,不像之前打交道的有些老干部,威望高、脾气大,三句话中必带骂人脏话。而这个贾副厂长一开口先是暗责自己没有让李阿牛说完来意就打断,接下来又言明省市都支持,只是时间安排上有冲突,所以请自己另想办法。许师兄听完后啼笑皆非,估计这个贾副厂长和李阿牛想法一样,以为大三线所取得的成就是因为有着强大的硬件,可只有亲身经历过的人才知道,那一切全是靠参建者用命拼出来的。他踌躇半响后缓缓说道:"其实全国别说大吨位吊机,即便汽车起重大吊机都少得可怜,塔式起重机屈指可数而且量级也不大。对了,老李,你在沈阳工作过多年,应该知道沈阳桥梁工厂试制成功的新中国第一台

75

大型起重设备吧?"

李阿牛没想不到许师兄突然翻起了老黄历,好在这事他印象很深刻,就脱口答复:"好像是建国第6年的国庆,是25吨塔式起重机。"

"记性不错。"许师兄点头肯定后又转向贾保华,"可这些年来,因为工业实力较为薄弱,我们塔式起重机和汽车起重机都很紧缺,重型履带式起重机更是进口成本大、维修难,往往因小故障就被迫停机等外国工程师来维修,既浪费时间,又耗费高额维护费用。去年底,我国首台QY65型全液压汽车起重机在长江起重机厂研制成功,算是为我国日后自行设计、制造中大吨位全液压汽车起重机闯出了一条新路。"

贾保华听了感到莫名其妙,眼前许副市长和自己说这些干吗?是炫自己的知识面还是记忆力?这和今天解决问题有什么关系?何况他说到的QY65型全液压汽车起重机只有65吨,别说能不能调到浙江炼油厂,就算是抵达施工现场,这个级别怎么吊装上百吨的常压塔?简直是空谈误"厂"。不过碍于第一次见面,贾保华不好意思打断对方,只是不动声色听完后等下文。李阿牛似乎听出了门道,看贾保华没有接话的意思后就追问:"许副市长,那你们当时在大三线怎么干的?"

"这些年,大三线光是铁路建设就让铁道兵吃尽苦头,但什么高山峡谷,什么急流险滩,什么隧道塌方,他们都毫不畏惧,用生命铺就了成昆线,完全打通了西南铁路大动脉。我不想多说,也不能多说,你自己想想,没有任何图纸,装备也是从零开始,光是把在高山上建造的潜艇安全运抵千里之外的长江口就已经难上加难了,这些,其困难早就超过你们当前面临的问题。"

贾保华借拿水杯喝水之际撇了撇嘴角,心想,就你许某人干的都是难事、大事,我们这一年多来所干的事你知道多少,别以为我们为了吊装常压塔来求助调大吊车,就是那种一遇困难就叫苦、叫累的人。他决心给这个新来的副市长上堂课,毕竟日后打交道的地方还有很多,断不能让对方小瞧自己,更不能让对方牵着鼻子走。可就在贾保华刚准备开口时,一旁的李阿牛又抢先说道:"许副市长,之前因为一时调不到大吊车,我们也尝试用四台卷扬机同时作业来吊装……"

贾保华没想到李阿牛会把难执行的方案说出来,只好把之前想说的话暂时搁置一旁,顾不得嘴唇已贴上杯口,当即重重搁下水杯,急吼吼地补上一句:"可今天施工队按照方案尝试后,觉得风险太大,不得不停下来。"

"风险肯定有,不过这个办法早已有先例,我在自贡东锅厂也用过。"

当贾保华刻意打断自己并补充说明时,李阿牛知道对方仍在竭力否定这个万不得已的施工方案,可许师兄接话内容却意外成了有力的外援,心里顿时一阵窃喜,自然及锋而试,追问道:"太好了,许副市长能不能给我们介绍一下经验?"

"当时大三线遍地都是大工程,谁都觉得自己抓的事很重要。可除了人,几乎什么都缺。卷扬机吊装大设备,东锅厂不是首试,据我所知,国营4404厂、066基地、国营第238厂和610研究所,他们都用卷扬机吊装过几十吨的设备。"

贾保华眼都不眨地盯着许副市长,等对方如数家珍地报完那些单位,断定列举的这些单位应该不会有常压塔这样的庞然大物。在听了许副市长最后一句提到的设备重量后,他当即接过了

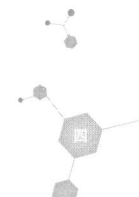

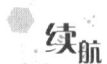

话:"之前技术人员经过力学分析,说理论上是可以完成常压塔的吊装任务,只是实际操作难度很大,稍有不慎,就会发生断钢丝坠铁塔的大事故。我们持否定意见的同志就是因为这常压塔重达110多吨,而且塔高近40米,四台卷扬机极有可能因受力不均而发生钢丝绳绷断的事故。"

李阿牛一听心就凉了,贾保华这是把概率事件几乎当作必然事故来说,虽然轻描淡写地说可能发生钢丝绳绷断事故,但稍有知识的人都知道一旦钢丝绳绷断,铁塔必定坠落。而一旦塔毁人亡,不但会拖延施工建设,更会造成严重影响。他赶紧把头扭向许师兄,只见对方咧了一下嘴角,似笑非笑地说道:"困难和风险可以在技术攻坚上提出来,但决不能挂在嘴上想退缩。贾副厂长,我想只要把技术、施工等各方人员的力量凝聚起来,肯定没有克服不了的困难,没有越不过去的坎,没有干不成的事。"

看李阿牛连连点头,贾保华胸口像是憋了一团火,心里暗骂:李阿牛啊李阿牛,我们今天是来干吗的?可不是向许副市长请教或讨论施工方案,更不是汇报卷扬机吊装施工方案,而是要他帮协调解决吊机的问题。这个许副市长真是搞笑,各方力量可不是仅指我们炼油厂和施工单位,作为政府部门也是责无旁贷。如果去年围堰填海没有市县协调组织各方力量,别说是调上百条运输船来移土搬石助战,就是那手提肩挑的万名民工也不可能被组织起来参加支援。现在许副市长听上去是在和我们对话,可实际上是在提要求,而这些要求又像"放卫星"的空洞口号。对于4台卷扬机同时作业的吊装方案,我可没说理论上通不过,而是担心百密一疏下的风险。吊机如果真的要等一个月也就晚一个月吊装,最多只是因为施工进度缓慢无法实现年内出油的目标。可若是因为冒进发生坠塔事故，那可不光是无法实现年内出油的目标，更是会造成巨大的直接经济损失。想到这里，贾保华也毫不客气地回了个软钉子："许副市长说得极是。不过在实际操作过程中，我们不能盲目自信，要对潜在的风险或弊端进行分析。历史上无论是赵括的纸上谈兵，还是马谡的失街亭，其实都是仅仅理论上可行，一旦动了真刀真枪就露了马脚。真可谓是纸上谈兵路途穷，唯有实践出真知。"

李阿牛出神地望着贾保华，对方最初是反对卷扬机代替大吊机的施工作业方案，可在自己的演算下，也默认了这个不是办法的办法，现在在许师兄面前怎么来了个大否定，甚至还要把自己比作误大事的赵括和马谡。好在许副市长并没有被对方的软钉子所制约，相反，毫不客气地顶了回去："我不认可你的说法，具体开展工作我们可不能做理论上的巨人、行动上的废人。当前我们的理论知识虽缺，但更缺的是实践的勇气和奉献精神。如果想要万无一失完全保险，那工作就会收效甚微，甚至裹足不前。"

听了许副市长的这番话，贾保华感觉肚里那个气都要顶到嗓子眼了，对方不但开口就直接否定自己的说法，而且还变相谴责自己是没有勇气和奉献精神的废人，他的言行才是典型的乱作为的冒进主义作风！于是贾得华也针锋相对地回应："实践工作决不能脱离科学理论，没有科学理论为基础的实践，就是变相的盲干、胡干、粗干。之前我们的大跃进就是因为……"

虽然贾保华的话戛然而止，但意思已完全表明。许师兄没想到对李阿牛卷扬机吊装施工方案的认可与支持，现已演变成和贾保华的争论，以他倔强的性格，自然不会买贾保华的面子，于是梗着脖子问对方："知道破釜沉舟吧？"

贾保华心想，你这不是故意找碴吗？我举赵括和马谡的失败案例，你现来个项羽破釜沉舟的成功事例，但这能说明什么？难不成我回去把锅砸了就能吊起上百吨的常压塔？因为心里有疙瘩，贾保华并没有点头，但也没有刻意摇头，一脸平静等对方说下文。

许师兄似乎也并不在意贾保华给没给出答案，很自然把眼神从贾保华移到李阿牛身上侃侃而谈："项羽率楚军东攻齐国，守备空虚的彭城却被刘邦56万诸侯联军围攻，面对两线作战且兵力悬殊的情况，项羽亲率3万骑兵奇袭刘邦联军后翼，把别人眼里送死的突袭变成让刘邦陷入'发关中老弱未傅悉诣荥阳'的危机局面，成为中国历史上以少胜多的著名成功战例。还有官渡之战，当时很多人不看好仅有约2万人马的曹操，不但刘备起兵反曹，连孙策也欲乘机偷袭许都，几次面临崩盘的曹操亲率步骑五千夜袭袁军的乌巢粮仓，继而击溃袁绍10万大军，奠定了统一中国北方的基础。"

李阿牛暗自叹服，许师兄似乎真的是十年磨了一剑，这说书似的谈话艺术真是高明，听上去没有接着谈刚才破釜沉舟的巨鹿之战，可实际引用的两个战例仍在继续强调自己的观点。不过贾副厂长和许师兄的唇枪舌剑，让他越发地尴尬。要知道今天本想是借许师兄的交情，请他帮忙从外省调大吊机来炼油厂，没想到非但事没办成，还让两位领导杠了起来。果然贾保华听到这里终于沉不住气，开口问道："这事没必要扯远，我只想问一下许副市长的态度，您是不是不支持调大吊机来浙江炼油厂吊装常压塔？"

许师兄扭头，左肘压桌倾着上身反问："我若有这样的能力，难道会不想办法试试?"

贾保华哑然,没有能力那吹什么成昆线和潜艇的制造?我们可不想浪费宝贵时间来听故事。他自然更没好气地回应:"试都不试怎么知道不行?"

对于贾保华几近责怪的口吻,许师兄不但不怒,相反,笑了起来:"贾副厂长,根据目前我们国家的现状,我可以明确告诉你,根本不用试。但经验也早已告诉我,可以试试老李提出的施工方案。"

"你真认可卷扬机吊装施工方案?"

从贾保华嘴里的"您"改成了"你",许师兄察觉到对方非常不满的态度。这个追问不如说是在逼自己表态,这样一旦有事也好让自己"脱不了干系"。看出对方肚里小九九的许师兄并没表现出不悦,人往椅背一靠,十指交叉虚握,动情地说道:"贾副厂长,老李,说实话,我从一名打铁匠有幸成为战士后,相继参加了抗日战争和解放战争,没什么时间读书。即便负伤后转东北参加工业建设也没读过什么书,从来没有冷静思考过理论与实践的辩证关系。但在参加大三线建设时,面对诸多不可想象的困难,我系统地学习毛主席的《实践论》和《矛盾论》,学会了用辩证唯物主义的观点分析、研究、解决工作中的一系列问题。事实证明,理论可以帮助我们理解问题的本质,分析问题的成因,并提出解决方案,还可以在制订计划和决策上提供思路,从而达到预期的目标。当然,理论在指导实践解决实际问题时,实践的结果同样可以验证理论的正确性和有效性,促使人们重新审视和调整理论,以更好地适应实际需要,并在两者互为依赖的循环关系中,形成新的理论,进而指导新的实践。"说到这里,许师兄

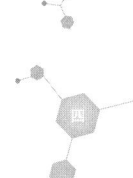

扫了两人一眼,重新直起上身边比画边说,"这次镇海一下子上四个大工程,我是参加完全国工业学大庆会议精神后,直接奉命从北京赶来报到。刚才市里就各部门推进四个大工程特意开了个协调会,我明白肩上的责任,也清楚自己有多大的能量。可现在全国资源就这么多,不会因我的工作调动而增加资源。当然,我能协调办的事,我绝对不会退缩,但有的我们自己能干成的事,也绝不能因有风险而回避。任何时候无论是什么样的结果,我都会和你们站在一起担责!"

当许师兄谈及负伤一事,李阿牛脑海里立马浮现出黄营长和许护士的牌位,不免为因"残疾"而不愿拖累别人孑然一身的许师兄日后在宁波的生活担忧起来。许师兄聊到在大三线的学习与工作体会后,李阿牛看到了自身的不足,尤其是许师兄最后的担当表态,更让他自责冒昧打扰与冒失相求。一旁情绪极其抵触的贾保华,也在听完许副市长的话后,像被一连串猝不及防的炮弹击中。是的,对方无论是工作理念和理论,还是格局和表态,完全是站在至高点,而自己矮到只能仰望对方。即便他听出对方"理论在指导实践解决实际问题时,实践的结果同样可以验证理论的正确性和有效性"这句话有谬误,毕竟实践最后的结果不一定是好的,如果验证结果是理论错误和失效,那势必会给国家带来巨大的损失,但这又何妨,人家许副市长随后的表态就是对自己的最好支持。贾保华起身伸出手,由衷地向对方认起了错:"许副市长,刚才我言语不当,冒犯之处还望见谅。"

许师兄推椅起身紧握伸来的手,同时抬左手边轻拍对方露青筋的手背,边说:"贾副厂长,应该是我请你们多见谅,不但让你白跑了一趟,刚才还让你不痛快。"

“没有，没有。”贾保华也用左手包住对方的手，用力摇了两下。

“哈哈。”许师兄放声笑了起来。

悬在李阿牛心上的石块终于落了下来，虽然知道接下来回去还得想办法说服呼延熠这帮人，不过眼下他关心的还是许师兄的生活，于是乘空问道：“许副市长，这次您直接从北京过来，自贡那边的东西需不需要我们派人去整理搬来？”

许师兄松开贾保华的手，朝李阿牛摆摆手，说：“不用，你嫂子也要调来宁波，这几天在整理，也没什么东西，到时候托运到宁波，很方便。”

嫂子？许师兄结婚了？那他……李阿牛一下子觉得脑子转不过来。想到有的话即便贾保华不在也不好开口问，只能“嗯嗯”干应着。

“你现在还是要担起大任来，把精力放在工作上。这些年沿海一带还是耽误了不少事，所以我们得全力把失去的时间追回来。抗美援朝、中印边境自卫反击战和珍宝岛自卫反击战，应该能让我们几代人不再有战争之苦。同样，我们也要想尽办法不让后人再吃经济之苦。”

向来话语不多、沉稳的贾保华又一次意外抢在李阿牛前面接过了话：“说得好！只有播种才能有收获，只有奋斗方能昂首挺胸，只要启程必能到达理想的目的地。”

“贾副厂长真不愧是老浙大的才子！”许师兄竖起拇指赞道。

许师兄的话让李阿牛想起了为延长石油厂探测采油点立下大功的汪家宝，也动情地接上了一句他说过的话：“中华民族永远是个勤劳勇敢的民族，任何困难都难不倒伟大的中国人民。”

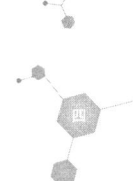

五

当被"五花大绑"的常压塔塔底稳稳套入地基大螺栓后,几名翘首以待的施工人员马上把螺帽拧了上去,四周顿时响起一片掌声和欢呼声。仰望高高耸起的第一座铁塔,神情肃穆的李阿牛和贾保华激动得热泪盈眶,汗流浃背的呼延熠更是把手中的指挥棒往地上一扔,像是刚跑完全程马拉松的运动员,一屁股墩坐地上喘着粗气,没有焦距的眼神空洞地望着前方。按之前的惯例,李阿牛此时该上前向呼延熠表示祝贺和感谢,可看到对方的状态后,他决定站在原地不动。因为对顶着巨大压力出征的将士来说,打完胜仗最需要的就是安静和休息。

这天下班前,李阿牛接到厂部让他后天早上参加"宁波工业学大庆"的通知。得知浙江炼油厂的代表就是自己,李阿牛一脸的困惑,机动处处长怎么代表厂领导去参加这样的会议?回办公室接到许师兄的来电,这才得知这次会议的主办方就是他分管的市计划委员会。许师兄在电话中也坦言,这次安排李阿牛来参会不是想见面聊聊而"违规",而是考虑李阿牛在会上可以讲讲当年延长石油厂的故事,从而激励大家克服困难搞好生产,于是就拍板定了下来。对于突如其来的任务,李阿牛一脸愉悦地应了下来。

当天会议结束后,李阿牛看许师兄还忙着和边上人说话,就上前打个招呼准备返回镇海,可没想到许师兄不容置喙地说道:"去我办公室等我,晚上一起吃饭。"

李阿牛应声再次到许师兄办公室,先给傅抱石打了个电话,说晚上许师兄约自己吃饭。傅抱石叮嘱阿牛别多喝酒,代问许师兄好,并约他有空到家里来坐坐。李阿牛应过后挂上了电话。

许师兄回办公室时已过下班时间,他放下手中的笔记本,带李阿牛出楼到一家饭馆。李阿牛进门看到满堂食客和桌上的酒瓶心里就有点慌,这倒不是因为傅抱石的叮嘱,而是既担心喝醉明天上不了班,更担心许师兄若还像以前一样无节制地胡吃海喝,那嫂子怎么可能受得了。这时,许师兄领李阿牛向一张小桌走去,只见提前坐在椅上的一名妇女起身迎上:"许副市长,菜点好了。"

李阿牛瞅对方时,刚好和她撞了个眼,只好含笑点了个头算是打了招呼。

"小包,我来介绍一下,这就是我师弟李阿牛,你跟我一样,也叫他老李吧。"说完,许师兄又转过身,手指妇女向李阿牛介绍,"老李,这就是你嫂子,昨天刚到宁波,分配在宁波航海仪器二厂。"

李阿牛本以为眼前的妇女是市政府工作人员,只是"奉命"提前来订饭菜,加上和许师兄打招呼都是生硬的职务。听完介绍,脑海瞬时又冒出之前的许多困惑。许师兄什么时候结的婚?为什么之前从来没说过?他婚后怎么过日子?不过李阿牛知道现在容不得多想,为了掩饰刚才的失礼,慌忙双手迎上:"哎呀,

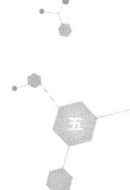

真不知道嫂子也到了，该提前通知我为你洗尘接风。"

不等小包接话，只见许师兄把眼一瞪："什么洗尘接风，搞得酸不拉叽的，就抽个时间聚一下聊聊而已。以后就算你想聚，也没这么多时间，更何况那么点工资不可能老下饭馆。"

小包笑着替许师兄打圆场："我家许副市长说话实在，还望老李多担待。"

"没，没。我还老怪自己学不了许……副市长，这才是做大事的性格。"李阿牛差点又叫许师兄，快出口时意识到小包一直口口声声叫副市长，也就马上改了口。此时，李阿牛正因许师兄生活方式的变化心里窃喜不已。之前对方在沈阳把每月工资都胡吃海喝搞得干干净净，还说哪天病了直接去找黄营长和许护士。现在既然会算计着工资，那就可以不用担心他日后的生活。

"唉，别瞎吹了，都坐下吧。"已经一屁股坐在主位的许师兄抬手招呼。

李阿牛坐下一看，桌上已经摆上4道菜，冰糖甲鱼、雪菜大汤黄鱼、苔菜江白虾和宁式鳝丝。小包拧开酒瓶给各自的酒杯倒酒，许师兄看着桌上的菜颇有兴致地问李阿牛："老李，还记不记得在沈阳吃的第一顿饭？"

"肯定不会忘。是在'宝发园'，当时喝的是'马三酒'，那天您点了那家饭店的四绝，分别是熘肝尖、熘腰花、熘黄菜和煎丸子。"

"哈哈。"许师兄爽朗地笑了两声，竖起拇指："看来我没白请你吃，记性不错。"

"和许副市长一起的日子，我都深深印在脑海中。"

许师兄听了不但没有情绪更高，那高高翘起没有收回的拇指

和发愣的眼神看上去很不协调,甚至有点怪诞。这时小包刚好倒好酒,率先举起杯说道:"许副市长,一起敬一下老李吧。"

李阿牛赶紧欠身举起酒杯:"不敢当,不敢当,理应我敬师兄和嫂子。"

"喝个酒还那么啰唆。坐下,干了。"许师兄端起酒杯一碰,旋即回转手臂仰脖一饮而尽。

看嫂子只是抿了一口,李阿牛也放心地喝了一半就放下酒杯,说:"许师兄还是好酒量。"

"现在不行了,那几年在沈阳老喝得上头,是该改改了。"许师兄边说边夹了一筷甲鱼给小包,随后又夹了一筷转向李阿牛,"以前在镇海跟师傅打铁时就听说宁波'状元楼'的冰糖甲鱼做得好,那时根本没钱尝。后来听说建国十周年游行队伍经过,由于楼内食客争相涌到窗边观看,导致二楼房屋超负荷倒塌,酒楼就关闭了。本以为这回来吃不到正宗'状元楼'的冰糖甲鱼,恰巧前天听说这里的厨师就是原来'状元楼'的,就约上你一起尝尝。"

李阿牛谢过后夹过那块晶莹透亮、清香扑鼻的甲鱼,送到嘴边咬了一口,果然绵糯润口的甲鱼有入口甜、收味咸的独特风味,味蕾一下子激活了,脑海中涌现出跟方液仙老板在上海"甬江状元楼"吃饭的那段回忆。是的,相比许师兄,自己有幸在二十多年前就吃过被誉为宁波"十大名菜"之首的冰糖甲鱼。据方老板说,清朝时有外地举人进京赶考,路过宁波一家小酒楼,尝了鳌头上翘的冰糖甲鱼后,对这道名为"独占鳌头"的菜大为满意。巧的是外地举人后来喜中状元,衣锦还乡时特意重登小酒楼再品冰糖甲鱼。宴罢,状元公乘兴挥毫为小酒楼题名为"状元楼"。随着这道冰糖甲鱼名声的传播，上海有人专程赴宁波学做这道名菜。不久，上海也开起"甬江状元楼"和"四明状元楼"两家状元酒楼，均以善烹冰糖甲鱼招揽客人。由于对中医有研究的方老板曾告诫李阿牛，冰糖甲鱼和宁式鳝丝不要同吃，于是，在咽下嘴里的冰糖甲鱼后，李阿牛用筷子指着宁式鳝丝提醒许师兄："许副市长，黄鳝和甲鱼的胆固醇含量高，最好不要同食。"

刚准备去夹宁式鳝丝的小包听到这里缩回了筷子，抬眼吃惊地问李阿牛："这吃东西还有讲究？"

其实李阿牛提醒为次，主要目的还是想和许师兄拉上新话题。记得在沈阳和许师兄第一次在"宝发园"吃饭时，许师兄不光在吃猪腰时说，这东西固精益气、和肾补腰。随后又在品肝尖时指出其有补血作用，可治疗血虚萎黄、夜盲、目赤、浮肿等症。难不成许师兄和妻子从不提这方面的知识？李阿牛偷眼打量小包，只见对方五官算不上精致，却也算过得去。即便一双眼睛小了些，可配上"女篮五号发型"和一袭白裙，看上去还是蛮干练。基于之前的认知，李阿牛开始侃侃而谈："《黄帝内经》就指出，五谷为养，五果为助，五畜为益，五菜为充，气味合而服之，以补精益气。其实饮食养生是我国重要的传统中医理论，告诉了我们食物可扶人体之正气，提高抗病和预防能力。我们老祖宗早就提出药膳这个学问，并成功将中药与某些具有药用价值的食物相配，既将药物作为食物，又将食物赋以药用，药借食力，食助药威，不但防病治病，还可保健强身、延年益寿。"

"没想到老李你有这么多的学问。"小包那双小眼睛明亮了不少。

李阿牛瞄了许师兄一眼，对方似乎仍没有接话的意思，不紧不慢轮着吃眼前的4盘菜,于是不得不接着刚才的话柄说道:"比如这道冰糖甲鱼,其肉性平、味甘,具有滋阴凉血、补肾健骨、散结消痞等作用,有较好的净血作用,常食对高血压、冠心病、肺结核、贫血有一定的疗效……"

"这是什么地方?"

当许师兄终于停下筷子打断时,李阿牛被这对不上话题的问题问得有点发蒙,小包也不知毫无醉意的爱人为什么明知故问。只听许师兄又用筷子轻敲碗边追问:"我们来这里是吃饭还是看病?"

明白爱人的意思后,小包捂着嘴"嗤嗤"笑了。李阿牛看着一脸正经的许师兄心里说道,这些话不就是当年你在饭桌上聊的话题吗?难不成自己表达不对?于是边解释边试探:"许师兄,之前我对这方面知识只知道些皮毛,后来困难时期因傅抱石心律严重失常,就特意请教了重庆医学院的钱悳教授。在他的悉心指导下,我不光对'废医存药'和'废医验药'有了新的认知,而且还专门研究了钱教授就心律失常八类症状开出的8个处方……"

许师兄抬起手中的筷子虚画了一下,再次打断李阿牛:"老李,你现在说话像踩西瓜皮。刚才还在说什么药膳,现在又提处方。我支持中医,但我反对什么药膳不药膳,那都是封建老儿吃饱撑了变着花样折腾。不用饿他们三天,就是断一天伙食,就可以让他们晓得什么叫饥不择食!"

许师兄说完话放下筷子拍了一下桌子。虽然声音不大,可加上近乎呵斥的语气,引得旁边几个客人往这边探头。李阿牛没想到许师兄变化这么大,之前在沈阳对食物营养是那样的健谈,可现在不但没了兴致,而且明显极为反感。李阿牛察觉自己找的话题出了岔子,既没让三人相聊更欢,相反,还把气氛搞得一团糟。就在李阿牛为弄巧成拙的话题一脸窘相时,小包用肘轻推许师兄后,轻声劝道:"许副市长,现在生活好了,我们该高兴才是呀。"

许师兄微垂头,端起酒杯往李阿牛这边一举,侧过脸说道:"哎,不提这些,那两年太苦了。"

李阿牛快速举杯迎上许师兄,接着和小包碰杯后移到嘴边一饮而尽。就在他仰脖偷眼打量许师兄时,发现对方眼角有点潮湿,回想刚才许师兄说的那两年太苦了,猜想他在四川自贡吃了不少的苦,自己那一番话令他闻之伤感。于是放下空杯抢先拿起酒瓶,边欠身给许师兄续杯,边换上本就想和许师兄抱怨的话题:"许副市长,前两天我带科室技术员对培训回来的操作工进行抽查,发现大多数人只掌握设备操作和维护的技术,很少懂设备的工作原理。更为严重的是缺乏学习激情,这和我们在沈阳时大不一样。"

"咦?我怎么听厂里说外出培训效果不错?厂领导知道这个问题吗?管教培的人在干吗?有没有组织考试?对考试结果有没有公布并考核?"许师兄也不顾李阿牛还在给小包倒酒,拧眉连连追问。

等重新坐下,李阿牛边给自己倒酒,边如实回复:"我已汇报了厂领导。现在厂里每月组织操作工开展一次理论考试和一次实践操作考试,成绩张贴在临时的车间会议室,说是对成绩优秀者进行奖励,其实也就一把牙刷或一支牙膏。对于成绩落后者,也没什么办法考核。"

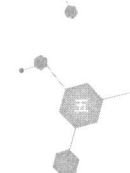

"这是不负责任!"许师兄又拍了一下桌子,引得不少食客又把头转了过来。

关键时刻又是小包出面劝道:"许副市长,好好说嘛,不然没有人敢和您讲真话。"

即便小包几近撒娇式的劝说多少解了李阿牛的围,但李阿牛还是心生悔意,觉得今天这饭局全给自己一而再地搞砸了。他正想着如何接话,只见许师兄拿起酒杯碰了下自己的杯子,旋即豪爽仰起脖子自顾自地一饮而尽。见状,李阿牛不得不也端起酒杯喝了个底朝天。见两人饮完了杯中酒,小包取过酒瓶欲添,不料许师兄抬手往杯口一盖,另一只手微抬食指朝小包向下连按两下。等小包放下酒瓶,许师兄才转脸对李阿牛说道:"老李,我们这代人说难听点就是生不逢时,无论是建国还是搞经济,得把所有的苦为后人扛下。炼油化工厂的操作可不比其他行业,它完全不同于我们当年在铁铺跟着师傅学打铁,就算技术不行或工作马虎,那也不过把打的铁重新回炉,或是身上被烙个印。可时代变了,我们现在需要的是高素质工人。之前我在自贡东锅厂就和职工们说,过去我们操作的全是简单设备,好比骑的是驴,只能代步,根本上不了战场。而现在我们操作的全是一台台大型先进设备,无论是静设备还是动设备,它们好比是一匹匹需驯服的烈马,掌握技术方可载你驰骋沙场,否则上马即坠地伤亡。"

"许副市长比喻太形象了。是的,如果说过去我们是骑驴找马,现在该到了策马扬鞭的时候。"

"从骑驴找马到策马扬鞭。嗯,比方得很好!"许师兄说完收起高竖的拇指,伸出食指指着李阿牛提醒,"上次你们厂贾保华也说过,赵括和马谡都是纸上谈兵、无真才实学的人,你带人抽查,一定要结合实践操作和应用。对了,不光是操作人员,管理人员也得学习和考试,让他们都要有如履薄冰的责任感。"

双向的互动与肯定让李阿牛情绪又好了起来,于是顺着话题说道:"许副市长放心,我们还把各地的事故案例也当作学习的资料。昨天我们还特意组织学习了 7 月 8 日发生在北京氧气厂的重大爆炸事故。"

"有没有死伤人?经济损失多大?"

"7 死 8 伤,经济损失 14 万元。"

"天哪——"

许师兄回头瞥了小包一眼,看对方捂嘴不作声,这才继续追问李阿牛:"你们哪来的消息?"

"许副市长,还记得中国科学院第一设计院的秦主任吗?"

李阿牛的反问自然让许师兄想起 1958 年到沈阳铸造厂选人的秦主任和胡组长,于是脱口反问:"秦主任告诉你的?"

"不是。"

"嗯?"许师兄更不明白李阿牛为什么要提到秦主任。

"北京氧气厂因液氮机供冷源不足停车,查明系蓄冷器下端氢气管集合器上支管根部开裂后,就直接安排吹扫动火补焊,没料到珠光砂吸附了管道泄漏的氢气,遇到明火时发生了爆炸。童志远在接到这起事故资料后,立即开展排查并告诉了我。"

虽然李阿牛没有再提到秦主任,但许师兄已明白这起事故的案例来源,就结合之前的对话谈了个人看法:"炼油化工装置也有许多易燃易爆物,容不得半点的闪失。对了,你觉得当下最大的问题是什么?"

"文化知识不够,厂里虽说这两年也分配了一些大学生进来,

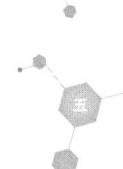

但许多人连方程式也不太会解……"

"正常。这几年我们都是工农兵大学生,对这些同志的文化基础不要抱太大希望,但他们政治思想、工作态度都不错,可以通过实践进行培养。"

"但愿以后会好起来。"

许师兄听出李阿牛的一语双关,压低了声音说道:"工农兵大学生推荐制度也是中国近代教育史上的一次大尝试,不过今年就要恢复高考制度了。"

李阿牛心一动,看来社会上传言恢复高考的消息还真确有其事。想到当纺织工的女儿有了新出路,他故意轻声探问:"现在都过了开学时间了,今年来得及吗?"

"只要中央下决心干,没有干不成的事!"

"太好了,我们职工素质以后就可以放心了。"

"放心?学习是无止境的。无论是工艺还是设备,都是在不断升级更新中。几年前,美国贝威炼油厂加氢装置开工才100天,就因超温引起反应器破裂发生严重爆炸事故,导致整个装置全部毁坏。据说,美国现已发明 LC-Fining 工艺法沸腾床加氢装置,准备替代原 H-Oil 工艺法沸腾床。而我们呢?现在许多搞炼油的还不知道 H-Oil 工艺法沸腾床加氢装置呢!"

李阿牛颇为吃惊,许师兄最多只能算是搞设备出身,他哪来这些专业工艺的知识,而且还能说出英文名,虽然发音并不是很流利,可并不妨碍他输出渊博知识。因担心接错话,李阿牛只能频频点头:"对,对。"

许师兄抬手看了一下表,说:"老李,今天我留你就是想让你转告厂领导,这次高考制度一旦通过,必定会有许多青年报名参加高考，厂里一定要有提前准备。"

李阿牛马上拍着胸脯表态："许师兄放心，厂里一定会以保试车开工为目标，该不让参加高考的，决不放一人去……"

"胡扯！"许师兄本又要拍桌子，可抬起手似乎意识到了什么，旋即又轻轻落下，与之一同落下的还有声调，"中央是希望通过高考选出好种子，为日后中国的发展储备人才，如果你们单位找个生产的理由不放人，他们单位以稳定人心为由也不放人，那选出的人能是最优秀的吗？日后能担起重任吗？"

"许副市长，我在厂毕竟只是个……"李阿牛说到这里就打住了，他相信许师兄听得懂自己的苦衷。

许师兄狂笑几声后扫了四周一眼，手指一勾，等李阿牛斜着椅子凑过上身，这才挨近对方耳边轻声告知："这两天省委组织部会来人找你谈话。提前给你通个气，你将被任命为厂党委副书记。"

李阿牛恍然大悟，原来这次自己是以浙江炼油厂准领导的身份来参会，而许师兄不仅透露"内情"，还给自己压了担子。他不得不对之前的表态进行纠正："谢谢许副市长的举荐。如果有职工想参加高考，我一定全力支持。"

"不是我的功劳，我不过是顺水推舟。我和你提前打招呼，要的就是你这样的态度！"

气氛瞬间又活了起来，李阿牛看了眼桌上的空杯，伸手就去拿还剩近一半的酒瓶。可手还没碰上酒瓶，许师兄却摇手制止："不喝了。"说完也不征求李阿牛的意见，很是霸气地吩咐小包，"去弄三碗米饭。"

"好。"小包应声起身。

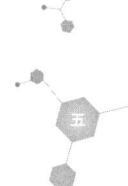

等小包走远，许师兄这才说道："我女儿快到家了，我得早点回家。"

女儿？李阿牛瞠目结舌。今晚真是太神奇了，刚才还在想许师兄什么时候结的婚，没想到人家女儿都已有了。他眉毛一挑，瞪大了眼睛问道："许副市长怎么不把侄女带来？"

许师兄微微一笑，反问："女儿还没到宁波，怎么带来？"

李阿牛暗暗叫怪，许师兄参加完全国工业学大庆会议直接从北京赶来宁波报到已很反常。从和许师兄沈阳分别后推算，他女儿不可能满9岁，小包嫂子不带女儿同行，独自早一天先来宁波，这简直让人匪夷所思。李阿牛佯装责怪地探听："许副市长，侄女出生都不吭一声，也太没情面了。对了，侄女多大了？"

"还不到3岁。"许师兄毫无表情地回道。

李阿牛脱口追问："谁带过来？"

"女儿一直跟小包的妹妹在河南老家，这次是她帮带来。"看小包已打来饭，许师兄抬手制止李阿牛接话，"今天不多聊了，抓紧吃完回家。"

没等李阿牛反应过来，小包捧上三碗米饭热情地招呼："不够，我再加。"

"够了，够了。"李阿牛起身双手接过两碗米饭，先放下一碗，再双手敬呈到许师兄面前。

许师兄接过碗，拿起筷子指着桌上4道菜："来，一起消灭干净。"说完，他带头先夹了几筷菜盖在米饭上，旋即就蒙着头往嘴里扒饭菜。

李阿牛意识到许师兄让小包去取饭，其实是刻意避开他们女儿的话题，虽一时揣摩不出原因，但知道不该再多嘴，于是应声后跟着许师兄埋头吃起了饭。李阿牛边闷声咀嚼,边心中盘诘自己:若从许师兄女儿不到3岁来推算,许师兄结婚起码也有4年,为什么他要把喜事隐瞒这么久,更为奇怪的是,为什么把这么小的女儿远托给河南的小包妹妹扶养?当李阿牛再次伸筷夹菜时,刚好看到小包夹的鳝丝不小心滑落在桌上,她惴惴不安地瞥了一眼许师兄,见对方没注意,迅速用筷子夹起送进嘴里。李阿牛突然像醍醐灌顶似的打了个激灵,难不成小包是二婚?如果是这样,既解释得了小包仅为一段鳝丝滑落而紧张,也可说明为什么她对许师兄的称呼如此生硬,更可以圆了因战伤失去性功能的许师兄有了女儿的说法。可旋即又有两个谜团在胸口腾起,如果揣摩正确,那小包为什么愿意这么做?黄营长和许护士的牌位现在哪里?就在李阿牛胡思乱想时,许师兄突然停下手中的筷子,瞪眼问道:"嗯?你有什么心思?"

李阿牛一个激灵收回发愣的眼神,吐出嘴里的甲鱼骨,故意嘟囔着嘴含糊不清地说道:"没,刚才嘴里有甲鱼骨。"

对于李阿牛蹩脚的掩饰,许师兄意味深长地笑了一下,旋即把碗里最后的饭菜扒进了嘴。

迈过饭馆门槛,李阿牛主动告别:"许副市长,嫂子,你们赶紧回家,改天我带抱石过来拜访。"

"好!"许师兄右手搭在李阿牛肩上不停地捏,可嘴里却惜字如金没说什么。

李阿牛觉得此情此景有点像在沈阳饭局后送丁浩。就在那天深夜,许师兄终于主动"解密"个人私事,并向自己托付后事。现在他肯定又有无法向外人倾诉的新秘密,而这秘密应该和小包有关。搭在肩上的手就是在给自己拍类似摩斯密码的电报,虽读

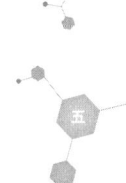

不懂,但能感受到真挚的情感与难言的苦衷。

骑车到家已是子夜,在屋檐下停好车,李阿牛捏着钥匙准备开门,还没碰上锁孔,门被在里面的傅抱石打开了。

"抱石,你怎么还没睡?妈他们睡了吗?"

"妈和森森睡了,你儿子还没睡!"

刚迈进门槛的李阿牛诧异地看了看妻子,不光语气不对,而且只叫女儿名,儿子像和她无关。借灯光细看,发现傅抱石脸上居然还有泪痕。他赶紧掩上门,吃惊地问道:"磊磊怎么了?"

"这孩子真是没救了,刚安定下来又想折腾!"傅抱石指着坐在饭桌前的李磊磊,从胸腔发出抱怨声,看得出她在努力控制自己的情绪。

李阿牛瞥了一眼儿子,只见他也是一脸怒容地盯着书,似乎只有那样才能让自己平静下来。李阿牛拍了拍傅抱石:"你先去睡,我和磊磊聊聊。"

傅抱石虽没有点头,但迟疑片刻后还是顺从李阿牛的意见进了大里间。李阿牛放下手中的包,走到饭桌前拉开竹椅,坐下就开门见山地问李磊磊:"怎么了?"

"我要参加今年的高考!"

听了倔头倔脑的李磊磊气呼呼地说出这句话后,李阿牛一下子蒙了。之前听闻这个消息时,自己和妻子都主张鼓励女儿报名参加高考,可对儿子真没有这个念头。这不是重女轻男,而是儿子目前在炼油厂干得不错,一旦他也报名去参加高考,即将要当副书记的自己在厂里怎么开展工作?虽说答应了许师兄一定全力支持参加高考的职工,可内心仍想以保试车开工为目标,关键时刻决不能散了军心。炼油厂可不是纺织厂,后者随便招个人在纺织机前教上两小时就能顶岗。炼油厂顶岗可不是开关阀门有力气就行，还得知道什么时候开，开度多少，哪个阀门先开，流速、温度和压力如何控制。没有大半年的培训，根本上不了岗。而且纺织厂出问题大不了是生产的布料不合格，最多也只是操作不慎伤了手指。而炼油厂一旦出操作问题，轻则国家蒙受巨大的经济损失，重则发生厂毁人亡的重大事故。李阿牛很奇怪儿子怎么也这么快得到了消息，于是挪了一下屁股问道："你怎么肯定今年要恢复高考？"

"不是早已有传闻？"说到这里，李磊磊朝里间努了一下嘴角，"妈今天回家就和妹妹说，今年肯定会恢复高考，让她早点复习起来。"

听到这里，李阿牛不得不把关注重点暂时切换到女儿这边，就追问："你妹妹怎么想？"

"她说纺织厂正在培养她当统计员，她不想去参加高考。"

李阿牛一下子理解了傅抱石的心情，儿子想砸了已到手的技术员金饭碗去参加高考，而女儿却捧着铁饭碗觉得安逸不想动。他觉得现在要理的不是一团乱麻，而是两团！李阿牛下意识地抬手梳了一下头皮，问："那你为什么想要高考？"

"想更好地解决设计问题。"

"不满意现在的工作？"

对于父亲一语双关的发问，李磊磊坦然说道："并不满意。虽然我和大家关系都处得不错，但他们理论知识很欠缺，跟他们学不了多少，只有到大学跟教授，才能学到想学的知识。"

李阿牛听了觉得有点赌气，儿子答复中的他们明显也包括自己。但冷静一想，自己的确是只知道怎么干，而在理论上真没几

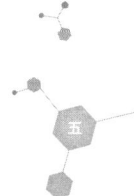

把刷子,是知其然而不知其所以然。想到这里,他改了一下思路继续追问:"你离开学校已好几年,高考有多少把握?"

"把握?爸,这个时代谁能断言有把握?"

对于儿子的反问,李阿牛不急不躁地劝道:"你搞设备设计安装工作应该懂得没有把握的事不能做。人的生命是有限的,人的精力更是有限的,如果高考真没有一点的把握,那不如集中精力把手头的工作做好,总不能丢了西瓜捡芝麻吧?"

话音刚落,只见李磊磊一下子站起了身,说:"爸,我可不同意你的观点,什么叫丢了西瓜捡芝麻?我倒是认为现在我们许多时候是在一知半解中工作,有的事可以说因为没有理论知识的支撑,只能浅尝辄止。对了,如果一定要比喻,我觉得不是什么西瓜和芝麻,而是高度。我可不想停留在塔基,我要努力登上塔顶。"

听儿子不留情面的反驳并近乎意气飞扬地激情演说后,李阿牛不但没有不高兴,反而暗自有些欣慰,觉得摆在眼前的不是团乱麻,而是一团精心缠绕的漂亮线球。也许李磊磊真如许师兄所言,是日后中国发展的储备人才,就像自己当年在太行工业学校学习一样,有了质的改变。只不过这次不是刘鼎部长凭有限的资料来选人才,而是国家组织爱学习、有志向的年轻人一起在高考这个赛道上角逐。现在自己要做的不是阻止儿子参加高考,而是开导妻子支持磊磊。当然,还得抓紧时间做女儿的工作,让她也要有哥哥的格局和胸怀。想到这里,李阿牛也起身向儿子亮明了态度:"好,我支持你参加高考,但不要和你妈明说。早点睡,现在手上的工作不能耽误。"

"谢谢爸,你放心,我一定不会误了工作上的事!"李磊磊说话声虽然轻了下来，可眸子瞬间亮堂许多。

李阿牛也不多话，旋即就向大里间走去。进房间，只见傅抱石正坐在床沿垂头生闷气，就赔笑着挨坐在她身边，故作轻松地问道："抱石，知道今天为什么让我参加市里的工业学大庆活动吗？"

"磊磊怎么说？"

李阿牛没想到傅抱石不接自己的话题，连头都没抬一下，觉得直面交流儿子参加高考的想法还是有难度，于是继续按进门前的策略压低了声音告知："抱石，上面拟让我担任厂党委副书记。"

傅抱石猛地抬起头，看着李阿牛问道："许师兄私下透露你的？"

"对，还得保密。"

"磊磊怎么说？"证实猜测后傅抱石又重复追问，只是这次不再低垂头，而是直视李阿牛等答案。在她眼里阻止儿子冒失的决定是现下的头等大事，即使爱人获得重用的大喜讯也无法冲淡她的担忧。

"恢复高考的消息我也是今天听许师兄说了，我当即以厂领导的姿态表态以保试车开工为目标，决不放一人去参加高考。"

傅抱石听到这里吁了口气，心想，看来之前的担忧是多余了，晚上根本没有必要和儿子为此事而争吵。只见她向上抬的眼帘松了下来，嘟囔了一句："那就好，不然真是急死人了。"

"唉，我刚才也是急。"李阿牛说到这里停顿了一下，随后故意加重了语气，"我万万没想到许师兄为此毫无情面，当着他老婆的面把我骂了一顿，说如果我找个生产的理由不放人，别人以

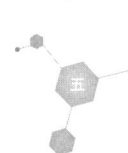

稳定人员为由也不放人,那选出的人肯定不是最优秀的,日后无法担起国家重任。当时我被骂得很尴尬,恨不得钻地缝。"

傅抱石根本没有细听李阿牛添油加醋的描述,她现关心的是儿子到底去不去高考,急红眼的她赶紧又追问:"那磊磊还是要去参加高考?"

李阿牛不想"交代"和儿子的谈话内容,就信口胡编:"我刚才也想通了,若在谈话节骨眼上闹出事,会让上面批评自己没有觉悟。所以我想既然劝阻不了,就当作让磊磊去玩一趟。这几年他忙着工作,之前本就在学校没学到什么知识,就算学了也早忘了。对了,这段时间我会让科室的童科长给磊磊多挑担子,加大工作量,让他没时间复习功课。"

傅抱石听完反手捂嘴乐了,李阿牛不但考虑到提拔关键期不能出乱子,而且还有变相阻止李磊磊参加高考的"阴招"。等放下手,傅抱石才接着说道:"磊磊就按你想的做,那淼淼怎么办?她应该去高考。"

"我也这么想。"李阿牛说完,拉过妻子的手。

傅抱石转身双手紧紧拢住李阿牛的手掌:"可淼淼一点也提不起兴趣,怎么办好?"

李阿牛暗自发笑,向来强势的傅抱石居然被一对儿女的不同想法击溃,没了主见。他抬起空着的左手压在傅抱石肩上,调侃式地保证:"放心,淼淼由我来做工作,不相信我这个大厂的党委副书记还制服不了小厂的女工,快则两天,慢则不会超一周。"

傅抱石又笑了,但这次她没有再捂嘴。李阿牛见一切都已搞定,拍着傅抱石肩膀催促:"都快一点了,快睡吧,明天还要上班呢。"

"嗯。"傅抱石很是轻松地站起了身。

整整过了一周,李淼淼下班回家就和傅抱石说准备参加今年的高考。即便之前有过李阿牛信誓旦旦的"预警",但当女儿亲口告知改变主意时,正在擦桌子的傅抱石弓着腰愣住了。李淼淼诧异地看着几乎定格的母亲,问:"妈,你不是希望我高考吗?"

傅抱石像是幡然醒了过来,佯装淡定地继续边擦桌子边点头:"对,支持,我和你爸一定全力支持你参加高考!"

"谢谢妈。不过……"

听女儿又支吾起来,傅抱石赶紧把手中的抹布一放,直起身子追问:"不过什么?"

"之前学校数理化没怎么上过课,能不能托人帮买一套《数理化自学丛书》?"

傅抱石悬着的心终于放了下来,大包大揽地应道:"明天早上我就去新华书店……"

"妈,听说这书刚再版,现很畅销,别说是镇海,宁波也没货,得托人从上海或杭州想办法。"

看女儿着急的样子,已听明白的傅抱石立马很是大气地安慰:"放心,这事就交给你妈来办。真买不到,我抄也给你抄一本过来。"

"谢谢妈,我一定好好努力!"李淼淼对母亲不计前嫌的表态甚为感动。

当天晚上李阿牛又是接近子夜才到家,看李淼淼仍埋头在饭桌前学习,就轻手轻脚洗漱后叮嘱女儿早点睡。他刚迈进大里间还没关上门,傅抱石就急忙放下手中的毛衣针,跳下床抢着上来关上门,旋即扭头轻声问道:"阿牛,你到底是怎么说服淼

淼的?"

看妻子好奇又惊喜的表情,李阿牛故意卖起了关子:"说服什么?"

傅抱石双指拧住了李阿牛的胳膊:"装什么傻?快说!"

李阿牛假装疼痛讨饶:"快松手,快松手,我老实交代。"

原来李阿牛昨天一早刚任命完,下午和厂领导通气后,就拨通了镇海纺织厂尚书记的电话,提议针对当下涌起的高考潮,共同办个迎高考互促班,努力提高两厂报考职工的成绩。对方一听乐了,能不能提高高考成绩他可不在意,纺织厂单身年轻女工多,而炼油厂不但单身年轻男工多,而且福利待遇也不错,若能通过互促班促成几对跨厂婚姻,那绝对也是为职工谋福利。之前,尚书记苦于没有"巴结"炼油厂的机会,只能望洋兴叹,现在既然对方主动伸来了橄榄枝,哪有不接之理。于是,尚书记当即热情地和李阿牛口头上对接起相关的工作。等挂上电话,向来雷厉风行的尚书记马上让人排摸准备参加高考的职工,没想到结果让他吃了两惊。一是小小的纺织厂,今年准备报名参加高考的有近三十人。二是在这个名单中,居然没有李淼淼。全厂谁都可以不报名,但如果前来结对的李副书记家的爱女没"求上进",那定会让自己难堪。于是,尚书记亲自跑到纺织机前找到正在接线头的李淼淼,得知对方仅仅是为了能当车间统计员而不想参加高考后,尚书记不但叫来车间主任严肃批评了一通,同时又苦口婆心地开导起李淼淼。本就被扑面而来的全社会读书热潮所感染的李淼淼,为了不给主任再添麻烦,自然也就答应报名参加高考。今天下午,尚书记就开了个迎高考动员会,并"任命"李淼淼为纺织厂迎高考小组的组长。好胜心强的李淼淼有了当好领头羊的压力，于是在得知《数理化自学丛书》有助于高考成绩，而厂迎高考小组没有一人有这书后，回家就央求起了傅抱石。

当李阿牛说完两次和尚书记的通话内容后，傅抱石结合女儿今天回家的变化，大致揣摩出发生的事。见女儿的事已如愿，傅抱石又打听起儿子今天的情况："磊磊昨天在单位睡得怎么样？"

"你天天问一样的问题。放心吧，年轻人就是不一样，虽然给的任务重，但精神很好，一大早我就看他在装置车间忙碌……"

"你提醒一下童科长，不能让磊磊太累。"

李阿牛哑然失笑，上周提出通过加大工作量让磊磊高考失利的方法，傅抱石当时还偷乐夸好办法，现在却每天担心儿子累。其实李阿牛根本没有加大李磊磊的工作量，为了不让妻子心里添堵，索性让儿子留在自己办公室，爱学习到几点就几点，没人打扰，更没人干涉。为了让瞒天过海之计得以顺利实施，李阿牛轻拍傅抱石的胸口，说："放心，我晚上碰到时问过他，他说一点也不累。"为了打断妻子再探问，李阿牛故意打了个哈欠，"哈——我倒是快累趴下了，快睡吧。"

蒙在鼓里的傅抱石上床后不久就酣睡了过去。也许是理顺了一团团的乱麻，李阿牛虽困意很浓，可还在飞转的脑子暂时歇不下来。一对儿女学习这么刻苦，李阿牛觉得今年高考他们定能金榜题名，顿时在黑暗中笑出了声。

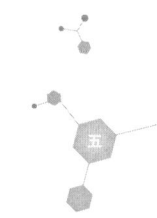

六

对李阿牛来说，1977年最后一个月至关重要。这既关系着李磊磊和李淼淼日后的命运，也标志着浙江炼油厂一期工程中的常减压装置能否按计划于年内顺利完成试车和出油任务。

12月2日上午，试车对接会开了一半，埋头在笔记本上记录的李阿牛无意抬眼时，发现坐在斜对面的许师兄朝自己努了一下嘴角，旋即推椅起身向外走去，就马上跟着出了会场。待走到走廊口无人处，许师兄停下脚步转身倚着栏杆，开门见山地问紧跟在身后的李阿牛："老李，试车出油一次成功有没有把握？"

"不能说百分百，毕竟这么大的装置……"

许师兄张开刚紧抿的双唇打断了李阿牛："如果不是百分之百的把握，还是不要赶着年底前出油。保试车出油一次成功的前提是无事故，不行你就提出来，我说服省市领导一起打报告推迟试车时间。"

李阿牛不赞同许师兄的意见，反劝道："许副市长，现不光是箭在弦上不得不发，而且大家正铆足劲头赶进度，突然松懈下来反而不利。"

许师兄点了一下头，又问："目前最大困难是什么？"

"就是引蒸汽吹扫和污水的处理。"

许师兄心宽慰了不少。李阿牛所说的引蒸汽吹扫困难刚在会上已解决,省委领导拍板调两个蒸汽机火车头到浙江炼油厂。计划将火车头开至离装置最近的铁轨后,接上临时管线引火车头蒸汽到装置吹扫,彻底解决因电站尚未完全建成无蒸汽可用的尴尬。至于第二个问题,许师兄觉得对这次试车来说根本不是什么困难,这是最后一道锦上添花的工序,即便污水处理有问题,也不影响试车的成功。因为心里这样想,所以脱口而出的话变得很平静:"就这两个?"

李阿牛在刻意强调中提醒:"引火车头蒸汽虽然没有先例可参考,但不光理论可行,实际操作也没什么问题。我现在担心的是污水的处理,厂里还没有什么经验。其实这不能说是困难,却成了我最为担心的地方。"

"海洋这么大,有什么担心的?"许师兄的鼻孔发出一股气声,明显对这个问题不以为意。

"正因为海洋这么大,我们更要小心。我们这里的海域与有着'东海鱼仓'和'中国渔都'之美称的舟山渔场相连,排出的水断不能有问题。若是污染了附近的海域,就算建成再大的炼油厂也换不来。"

"好,你们考虑得很全,看得也远。"想到渔场的收益,许师兄自然点头夸了一句。

"我们把污水的处理当作生产过程中不可或缺的一环。按现在原油加工生产规模,厂只需200吨/小时污水处理能力就行,但考虑年初国家已批复我厂增建大化肥装置计划任务书,我们特把处理这一指标提高到了1000吨/小时。"

"嗯。"许师兄应了一声后,翻转身扶着栏杆眺望远处。

今年1月8日,国家计委、石油部和化工部批复同意浙江炼油厂新建年产30万吨合成氨、52万吨尿素和1.2万吨顺酐装置各一套。与之前四川、黑龙江、辽宁、山东、湖南和湖北等地全套引进国外13套大型合成氨、尿素装置不同,为节省外汇、发展本国的制造业、促进中国化肥工业逐步走上自我发展道路,国家决定浙江炼油厂30万吨合成氨装置仍采用全套引进的办法,选择日本宇部兴产株式会社制造的成套装置,而52万吨尿素装置则由过去引进成套装置改为引进技术。就在上月,浙江炼油厂成功结束与日本宇部兴产株式会社、丸红株式会社的谈判,签订了以渣油为原料生产合成氨的成套设备合同后,马上与荷兰斯太米卡邦公司签订了尿素装置基础工程设计合同,接着又马不停蹄与荷兰凯洛格大陆公司完成设备制造谈判,使重达340吨的尿素合成塔、二氧化碳压缩机、高压洗涤器、高压脱氢反应器及27台泵等一大批订单落入国内设备制造厂家。

大化肥装置目前还看不到基建的踪影,但泥涂地已耸起炼油装置高大的烟囱和塔林。即便对当下超前的污水大设计并不认可,也看不到活蹦乱跳弹的涂鱼或张牙舞爪的旁元蟹等小海鲜活动的熟悉场景,可一想到日后有可供车辆行驶的汽油,有能让拖拉机耕作的柴油,有可在晚上点亮煤油灯的煤油,许师兄满眼充满了期待。

看许师兄应声后没再接话,李阿牛于是也跨上两步,转身学许师兄手扶栏杆,再次把话题拉回到了起点:"许副市长,镇海发电厂虽然今年3月才破土动工,不过根据预计,明年年底首期两台12.5万千瓦的燃油机组就可以投产。还有,镇海港区第一座万吨级煤码头和3000吨级专用码头也将建成投用。如果说动工最早的浙江炼油厂没有抢在最早开工,怎么也说不过去,我们应该没有任何理由推迟试车开工。"

许师兄很满意这种"时时扛红旗,事事争第一"的工作姿态,刚想夸上几句,只见贾保华急步朝这边走来。此时贾保华也看到了走廊上扶着栏杆的许副市长和李阿牛,他奇怪这两人居然"溜"出这么重要的会场,有闲心"躲"在这里聊天。不过就在距两人恰当步数时,贾保华抢先招呼:"许副市长,我也要去趟厕所。"

"噢,我们刚从厕所出来。"许师兄不得不回应贾保华的"也"字,随后重新向会议室走去,他觉得身边的李阿牛已让自己吃了个定心丸。

虽然李阿牛在随后的日子中忙得脚不沾地,精神却在几近亢奋的状态下感觉不到一丝疲倦。每当夜深人静上床那一刻,几分忐忑夹杂着几丝期许就如同卷起的潮水,一波接一波漫过心头,好在极度困意宛如坚固的堤岸,顽强地挡住了迅猛的潮水,让李阿牛挨上枕头后不久就会沉沉睡去。

经过持续的鏖战,李磊磊不但脸庞瘦削而苍白,眼眶深陷,嘴唇干燥开裂,而且一头浓密乌黑发亮的头发也由于没有及时梳理,被劲疾海风吹得乱蓬蓬。好在他并没有像有的同事已经开始有醒目的沃令纹和黑眼圈,这也让李磊磊即便看上去神情显得有些疲惫,但并没有憔悴的样子。

虽然白天同事们很照顾,使李磊磊和报名参加高考的人有了更多的时间和精力复习,但越是临近试车的日子,李磊磊却发现仍有许多设备问题还没解决。当接入的火车头蒸汽经常压炉进装

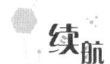

置开始吹扫试压后,不少法兰的泄漏点如退潮后滩涂上小蟹或跳鱼的洞穴,顿时一览无余。为了尽快查明并整改泄漏点,不仅常减压车间动员全体员工顶了上去,机关许多人也扑在现场帮忙解决问题。李磊磊也不得不放下书本,不分昼夜奋战在现场。一会儿指导检修车间职工拆法兰、紧螺栓,一会儿又协助仓库职工剪吻合尺寸的石棉垫片。直到14日下午,李磊磊在确认刚剪的石棉垫片与一台换热器法兰的尺寸吻合后,才拿出请假单向童科长请假。童科长这才注意到这两天李副书记的公子为了消除试压中的问题,一直坚守在岗位没有休假复习,慌乱加内疚让他一把夺过请假单,另一手连挥手腕催促:"快回家准备,千万不要耽误明天的高考。"

15日一早,李磊磊骑车带李淼淼一起赶往指定的高考点。兄妹俩曾经读过书的这所学校今天异常热闹,虽然还没到进考场的时间,校门口已挤满了人。不少熟人碰面后正抓紧时间探讨难题,也有人或手拿书面壁背诵,或举着手中笔记本温习。当然也有极个别人斜挎书包,缩着脖子,或双手插棉衣口袋,或拢着双臂,边溜达边打量四周,就像在逛庙会看热闹。兄妹俩找空地停好自行车挤向校门口,听边上有人在给一群人讲课,李磊磊一下子心虚了起来,拉了拉妹妹手臂小声说道:"你听,人家这时还有老师在辅导,我真没底气进考场。"

正仰头望着"让祖国来挑选"横幅的李淼淼这才把注意力转到左侧的人群,与李磊磊反应不同的是,她当即拉上李磊磊:"哥,我们也去蹭个课。"

兄妹俩挤进人群,只见有人蹲在地上背对自己用红碎砖在地上写字,边写边说:"不光要注意用对成语,而且字也不能写错。

比如敲诈勒索中的'诈'不能写成'榨'，勒索中的'勒'更不可以画蛇添足，多了两笔就成'勤'，如果悬崖勒马变悬崖勤马，那只能让马背上的人摔死。"

众人听了哄堂大笑，李磊磊也被这幽默的讲解所吸引。听上去简单的一段话，足让在场的所有人记住三个成语，可见这老师的水平不同凡响。人群中只有李淼淼惊讶得张大了嘴，因为她不光听清了声音，更辨认出这个蹲地授课的"老师"竟然是老同学韩天。刚才所讲错别字中的"勒"，不就是他当年学习的糗事吗？真怀疑他接下来会不会继续以身说字，把那"菅"字也拿出来聊聊。果然，韩天不等众人笑完，继续一本正经地边写"菅"边说："比如这个"菅"字我们很少用到，可有个成语叫草菅人命，我们用过不少，"菅"和"管"就差了头部的区别，一个草字头，一个竹字头，要记住也很简单。"说到这里，韩天扔了手中的小红碎砖，边拍手边起身边说，"草是管不了我们人命的，你们也不会同意让草来管咱小命吧？"

"那你让谁来管？"有个穿军大衣的年轻人抱着双手，歪头向韩天发难。

韩天手搭额头挡住阳光扭头回应："我韩天以前被父母管，后来被老师管，现在又被单位领导管，反正没被草管过。"

就在韩天扭头时，李磊磊也认出是妹妹的同学。这时，有认识穿军大衣的人笑着起哄："小齐，你被草管过吧？"

随着众人笑声又有人围了过来，韩天并没有因围观人多而刹车，反而继续兴奋地调侃穿军大衣的年轻人："对了，齐同志，齐人攫金这个成语学过吧？给大家说说呗。"

小齐抱在胸前的双手向下一滑，曲勾手指结巴着回应：

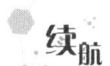

"这……还是你来说吧。"

看对方接不了招,韩天一脸得意地再次蹲身捡起刚扔在脚边的小红碎砖,写下齐人攫金四字后,特意指着"攫"字卖弄道:"攫,这个字不好写,有20多画,就是攫取的攫,抢夺的意思……"

这时学校铃声骤然响了起来。霎时,人群如听到发令枪一样,争先恐后向里涌去。韩天扔下手中的碎砖,不急不慢拍去手上的灰起身,当扭头看到李家兄妹,主动向李淼淼打起了招呼:"老同学也来了?"

李淼淼不答反问:"你报文科?"

"理科。你呢?"

"我报文科。"说完,李淼淼指了一下李磊磊,"我哥报的也是理科。"

韩天双手抱拳冲李磊磊一拱:"哥,我甘拜下风。"

"不早了,我们边走边说。"李磊磊等三人并行后问韩天,"你刚才说的齐人什么金是成语吗?"

韩天边走边解释:"齐人攫金是成语,可不是我临时瞎编。这个成语说的是有个齐人游逛集市,看到有人在卖黄金,上前抢了一把金子就走。被抓后说在抢金子时只看到金子,没看到人。后来就比喻利欲熏心而不顾一切,是个贬义词。"

"这成语我是第一次听到,太有趣了。"那个一直紧随一旁穿军大衣的小齐,听到这里凑过身插话。

李淼淼侧脸打量小齐一眼,对方长着南方男人难得一见的络腮胡子,可脸却白皙清秀。小齐正要扭过头来,李淼淼抢先转回头,并由衷地夸起了韩天:"士别三日当刮目相看。韩天,你这次肯定能成为大学生。"

韩天却做了个鬼脸回应:"我知道自己几斤几两,根本不是读书料,不过当兵倒是块好料。"

"韩天,你别太谦虚。"

韩天夸张地耸了耸肩,接着一本正经地比画着手说道:"小子本无才,老子逼我来。考试干瞪眼,鸭蛋滚滚来。"

自损调侃的打油诗不但引得李家兄妹合不拢嘴,边上一些考生听了也哈哈大笑,大家各自向自己的考点教室走去。

当李磊磊进教室刚找到座位坐下,蓦地一股寒意从下往上蹿起。随着一个激灵,不光身体微微寒战,连心跳和呼吸也变得急促。李磊磊清楚这不是寒冷的应激,而是情绪紧张所致。于是,他把手中的笔盒和准考证往桌面一放,起身向教室外走去。

"同学,怎么了?"把门验证的老师拦住了李磊磊。

"老师,刚进来忘了方便一下。"

把门老师一手指方向,另一手搭在李磊磊肩上轻推一把:"对面就是厕所,快去快回。"

"嗯。"

李磊磊快步走过走廊,看着教室内一张张熟悉或陌生的脸,顿时感慨万千。这些脸或饱经风霜,或风华正茂,或稚气未脱,他们中有的是像自己和森森这样兄弟姐妹同进考场的,也有是夫妻或妯娌关系的,甚至有师生、叔侄一起参加高考的。当然,身处东海一隅的李磊磊所见只是局部,他无论如何也想不到,今天参加高考的有工人、农民、上山下乡和回乡知识青年、复员军人、干部和应届高中毕业生,全国累计人数高达570万。由于是十年一考,有的考生年龄已超30岁,有的才16岁,这支身份不

续航

同、年龄不一的"高考大军",同时向 27.3 万个高校录取名额发起激烈又残酷的竞争。

从厕所出来,李磊磊特意快跑回教室。把门老师看着气喘吁吁的李磊磊,好心提醒:"不要急,还有两分钟呢,坐下做几次深呼吸。"

李磊磊谢过老师重新在座位上坐定,感觉心仍在快速跳动,不过这次是运动后的本能反应,现在身上肌肉不再紧绷,更不会打战。

当开考拿到试卷,李磊磊扫了一眼卷面题目,几乎要在惊讶中窃喜到笑出声。手中这张高考语文试卷共分五大题,不光最后的作文题之前在厂里写过相似的文章,更为神奇的是第四题恰就是刚才韩天说的"齐人攫金",只不过试卷上标的不是成语解释,而是阅读古代寓言题,要求把原文译成现代汉语,并简要写出它的寓意。

幸运让李磊磊信心大增。除了第一大题有的加点字和词解释有些卡壳,其余答题均比较顺畅。尤其是以《路》为题目的作文,他按之前针对厂里吊装大设备遇到困难时写的文章思路,从"人有恒心万事成,人无恒心万事崩"引出坚持信念向前走的重要性,以"山重水复疑无路,柳暗花明又一村"为转折,再以"路漫漫其修远兮,吾将上下而求索。相信山高有攀头,路远有奔头"作结尾,几乎是一气呵成。

随着上午语文考试结束铃声的响起,李磊磊和考生们相继走出教室。有人直接拎上放在考场外的书包,或径直坐在树荫下,或蹲在面阳的墙角,翻出一早准备的吃食,边看资料边吃了起来。担心母亲在校外等着急,李磊磊加快了脚步,可出校门扫了四周一眼，没看到母亲，身后传来的吵嚷声立马吸引了他。

"同志，求你再给我们指导指导。"

"来，大师，先抽根烟，慢慢说。"

"哥们，不要挤，不要踩了大师的脚。"

"哎呀，大师，你可不要跑了。"

一声声不绝耳的"大师"让更多考生好奇地围了上去。李磊磊看韩天半转上身向后连连摇手欲脱身，可身后几个考生如同猎犬，锁定"猎物"紧跟不放。联想今天的试卷，李磊磊猜这几人就是刚才听韩天讲"齐人攫金"的"得益者"。见顾不得看地面的韩天被一块破砖磕绊了一下，李磊磊抢前一把拉住踉跄的韩天。追韩天的考生顿时把他俩围了起来，这些人两眼放光，纷纷搡住韩天手臂抢着发话："同志，行行好，能不能再指点指点下午的政治题？"

穿军大衣的小齐站在外圈大声抗议："不对，大师是考理科的，先让大师押数学题。"

"老师，我觉得先考什么押什么，您还是先帮我们聊聊政治题。"

……

七嘴八舌的要求和千奇百怪的称呼又引来更多的围观者。哭笑不得的韩天努力从被攥紧的双臂中翻起手掌，边摇晃边劝说："大家别为难我，早上只是巧合，不可能再有这样的侥幸事。请你们散了吧。"

李磊磊啼笑皆非，如果真万一侥幸再押中题，那可真让人误以为考题泄了密。于是他也帮腔着说道："大家别听传言，韩天不过是和我们一样的普通考生。"

围圈考生们非但不听劝，还要把李磊磊这个"异类"挤推出去。韩天灵机一动，大声说道："大家别挤了，我真的能押中一件事。"

闹腾的场面一下子安静下来，众人如信徒眼巴巴望着韩天，生怕听漏一字。只见韩天终于抽出双臂，先是甩了甩手，抬眼看到人群外的李淼淼，一脸无奈地双掌一摊，说："我连自己都知道考不上大学，怎么可能给大家……"

有人马上打断："那大师为什么还来参加高考？"

"小子本无才，老子逼我来。一道考试题，憋了一上午。若能上大学，舌头可舔肘。"说到这里，韩天特意指了指手肘。

刚听前两句时，李磊磊以为韩天又把早上令人捧腹的打油诗拿了出来，可没想到对方不但改后几句了，而且改得更为贴切。不少人听完正努力伸着脖子去舔手肘，场面很是搞笑。

还是有人不甘心地双掌合十，央求："大师，就算您不是来考试，那也渡我们一把吧。"

话音刚落，只见李淼淼拉着一名女同学挤进了人群，指着韩天对围观考生说道："大家别迷信。你们可能不了解我这个老同学，我俩可清楚韩天的学习能力，他可是泥菩萨过河——自身难保。其实今天早上说的错字，都是发生在他身上的糗事，你们在这里只会浪费时间，不如吃点东西赶紧复习，说不定下午的题目刚好复习到。"

李磊磊担心妹妹毫不留情的数落会遭到围观人的叱骂，也可能让下不了台的韩天予以回击。没想到韩天抢先制止人群对李淼淼的攻击，并作揖解释："她俩就是我高中的同学，说的可都是大实话，大家这回总该信了吧？"

虽然人们在半信半疑中平静了下来，可还是有个戴眼镜的小伙不甘心，提出了折中的建议："反正也没多少时间，大师你就随意说一些，能押中更好，不中也没少啥。你说是不是？"

频频作揖的韩天抢在众人附和前双手一摊，不答反问："我一点头绪也没有，你让我说什么？"见对方张嘴要接话，韩天又当即抬手制止，然后一脸坦诚地说道，"我肚里实在是没墨水，就算你真信，我也不敢胡说。"

看戴眼镜的小伙目光迟疑地从韩天身上转向身边人，不等其他人反应，李森森赶紧边手作驱散状，边加大嗓门劝说："大家别浪费时间了，站在这里不如回去抓紧复习一下，说不定又能多拿几分。"

围观人群终于渐渐散去，有人走得猴急，可也有人三步一回头，有些不甘。

"谢谢老同学替我解了围。"

李森森拨开韩天作揖的手，笑道："如果我不知道你之前这些糗事，估计也信你有押题的能耐。"

韩天直起腰身一本正经地轻声说道："其实今天我真有灵感押题，看来学习真没有白学的。"

不光李森森有些意外，李磊磊也不解地问道："那你刚才为什么要贬自己？"

"才大不可气粗，居功不可自傲。"看两个老同学掩嘴而笑，韩天旋即手指已走远的考生强调，"你们别笑，今天这些人考试前听了我的指点，肯定能多得几分。"

"那刚才你为什么不答应人家再押题？"李森森觉得对方不光有炫耀的成分，还有点得鱼忘筌的嫌疑。

"早上是有走狗屎运的成分,再押中概率几乎是零,如果不见好就收,那必定追捧变恶骂。何况,押的题都是我所掌握的知识,告诉别人等于送分他人,那我岂不是更没考进大学的盼头?"

李磊磊没想到韩天思维如此缜密,似与其年龄很不吻合。与李淼淼同来的女同学也是一脸诧异地盯着韩天说道:"你怎么变得这么自私?"

韩天指着对方睁大眼睛叫起了屈:"詹小霞,你现在好歹也是个代课老师,可别把好人想坏了。智者任物不任己,愚人任己不任物。"

詹小霞镜片后的眸子豁然一亮,情不自禁夸道:"刚才淼淼说你学问大有长进,看来真是不一般,居然把小事也能说得文绉绉,看来你肯定能考上大学。"

"拉倒吧,我可不是读书的料,当兵才是我的出路,也是我的理想。"韩天再次申明后,眉毛突然向上一挑,眼神越发明亮清澈,只见他随后抬手虚指前方半圈,"他们没有理想只有幻想。一个人如果只会抬高别人低估自己,那他也就只能蹲在塔基仰望塔顶的人。"

李磊磊心怦然一动,这不是自己同父亲对话时说的意思吗,但用了理想和幻想的对比,明显韩天的说服力更强。李磊磊转过脸正准备接话,不料詹小霞抬手腕看了眼时间,马上紧锁眉头,一对瞳孔充满了焦急的光芒,催促道:"赶紧去吃饭吧,抓紧时间还可以再复习一下。"

"好,下午见!"

见韩天像侠士一样拱手后转身离去,李磊磊像是被磁铁吸住紧跟在旁边走边探问:"韩天,你一直说自己不行,可我觉得你是在打一场准备充分的仗嘛。"

"哦。"

即便对方没正面答复,可仅凭这并不否认的语气,李磊磊就认定自己判断得正确。为了表示无讨押题的想法,乘到停自行车前驻足时主动伸出手:"下午考场见,祝你如愿金榜题名!"

韩天接过手一握,歪咧嘴角叹了口气抱怨:"唉——难,我可是真的想去当兵!"

跟在身后的詹小霞听了也是愁容满面:"太难了,早上已经把我考倒了。"

松开李磊磊手的韩天马上扭头对詹小霞鼓气:"詹小霞,你可是我学习的榜样,千万别泄气。"

"乱说,我可是一点信心也没有。"詹小霞羞红着脸连连摇手。

"伟人之所以伟大,是因为他与别人共处逆境时,即便所有人失去了信心,可他还是下决心实现目标。"

三人听了摸不着头脑,这话显然接不上原话,即便算勉励,詹小霞也感觉牵强。就在这时,只见韩天冲詹小霞狡黠一笑,迅速又补了一句:"圣人之所以睿圣,是因为明明信心十足,却时时外表谦卑。对了,成熟稻穗懂得弯腰嘛……嗯,李森森,你爸来了。"

顺着韩天的目光,李磊磊扭头看到父亲正弓着身猛踩脚蹬往这边骑来。李森森抢先迎了上去:"爸,你怎么来了?"

"今天你妈 早去了市里办事,一时回不来。差点误了事,快,趁热吃。"刚跨下车的李阿牛顾不得停好车,立马取下挂在

车把上的帆布包递给女儿。

看李淼淼接过包准备拉开,詹小霞知趣地提前招呼:"淼淼,我先走了,再……"

刚停好车的李阿牛打断了詹小霞:"小霞,路上来回费时间,跟淼淼他们一起吃吧,应该够吃。"

"肉包。"打开裹得严严实实的其中一个大号铝饭盒,李淼淼就闻到了香味,她忙不迭地把盖子递给父亲,一把攥住詹小霞的胳膊,"你就别见外了,和我们一起吃吧。"

看韩天转身悄无声息要走,李磊磊也主动招呼:"韩天,你也一起吃吧。"

"好,那我搭个伙。"

韩天爽快的答应让李阿牛脸上的肌肉瞬间凝固了,要知道另一个饭盒装的可不是包子,而是糖醋排骨,味道虽好却无法填饱肚子。刚才对詹小霞强调够吃,其实意思是能垫饱肚子。可现在不光要加个姑娘,还莫名再多个小伙,即便自己不吃饿肚子,估计儿子和女儿也只能大半饱。不过他迅速用热情的笑容掩盖尴尬,指着前面一块空地:"走,现在风不大,就到前面当作野炊吧。"

五人围圈坐下,李淼淼让詹小霞拿上一只包子后,又伸直手把饭盒递到了韩天面前:"韩天,你先来。"

"好。"正准备解书包的韩天也不客气,用三指捏住一只包子,瞄了眼饭盒朝李阿牛说道,"叔叔,这个饭盒好像有些年头。"

韩天无意的话让李阿牛想起了往事。第一次见这个大号铝饭盒还是在沈阳化工厂,那天高峰担心自己刚到沈阳过了用餐时间，特买了熏肉大饼让傅抱石用饭盒装上。后来三人命运发生重大变化，傅抱石虽如愿和自己结为夫妻，高峰却因傅抱石举报成了阶下囚，后来又在一场运动中自杀。今天，这只饭盒又见证了五人的聚餐，真不知道眼前这四个年轻人日后会是什么样的命运。看李阿牛专注着开另一个饭盒没回应，知趣的韩天不再吭声，张嘴咬住包子后，拉开书包带，还没等他取出东西，只听李淼淼兴奋地叫道："哇，糖醋排骨，好香呀。"

李淼淼说完抢先下手抓了两块，把其中一块分给了詹小霞。李阿牛顺手把饭盒往韩天这边一推，说："还温着，快趁热吃。"

"嗯。"

嘴咬包子的韩天含糊不清地应了一声，旋即从书包里掏出一个纸包，把压缩饼干往饭盒盖上一倒，又变戏法似的掏出一个已开启好的猪肉罐头。

李磊磊刚拿了块糖醋排骨送到嘴边，顾不得咬上一口，诧异地问道："你连吃的都准备这么充分？"

韩天听得懂李磊磊强调前后两次准备的含义。他咬了一口包子，边嚼边自嘲一笑："这只是我爸想让我打准备充分的仗，我可没什么准备。"说到这里，他抬手指着饭盒盖对李阿牛说道，"叔叔您还没吃呢，可别全让给我们。"

"爸，你真没吃过？"李淼淼一直以为父亲在单位提前吃了，急吞下还没完全嚼烂的排骨肉向李阿牛求证。

"叔叔不可能先吃，刚才急着赶过来，说明单位有事耽搁了。还有，刚才他说应该够，这说明……"

李阿牛暗自叹服眼前这个年轻人的观察力和判断力，为了不让詹小霞难堪，就当即打断并岔开话题："早上一台设备出了故

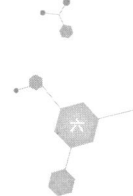

121

障,还好在校外赶上了你们。噢,你说的这个饭盒是我从沈阳带来的,算年龄要比磊磊还大。"

詹小霞顿时对这个不起眼的饭盒有了不一样的感觉,脱口夸道:"看来这饭盒质量不错。"

韩天却对詹小霞说道:"这只能证明叔叔他们用东西很仔细。还有,这么旧还在用,也反映了我们的轻工业这些年没什么进步。"

李阿牛觉得自己在这里反而让孩子们闲聊,于是故意抬手看了眼手表,说:"厂里还有些事,你们慢慢吃,我先回去。"

四个年轻人相继起身,只有韩天起身时顺手拿了块压缩饼干递给李阿牛:"叔叔,先垫垫肚子。"

李阿牛也不客气,接过饼干顺口叮嘱大家:"下午看题仔细些,字迹要清楚。"

"爸,我们知道,你去忙吧。"李磊磊觉得父亲唠叨这些话没什么用,于是变相催促父亲离开。

李阿牛骑车离开后,四人重新坐下。李阿牛无论如何也没想到,他的离开并没有让四人讨论起下午的考试,而且还是李磊磊边啃糖醋排骨,边拿起熟悉的饭盒端详一番后,率先接上刚才的话题:"我国工业实在是太落后了,根本没法和先进国家比。"

韩天快速咀嚼吞咽下嘴里的包子,边抹嘴边起身,像演讲家挥着手势说道:"不,我们很多人只记得中国在病榻上被列强凌辱了一百多年,其实这不是完整的中国。我们国家可是闪耀过丝绸和敦煌之光,曾修筑起长城、开凿了大运河……"

李森森松开正准备咬的包子,抬起眼皮打断了韩天:"不对,书上不是说秦始皇和隋炀帝都是剥削百姓、征召民夫的暴君吗?"

韩天重新盘腿坐了下来,摇着头说道:"别听一些所谓的文人瞎说。有文人为泄愤,干脆添油加醋瞎编孟姜女哭倒长城、隋炀帝为赏扬州琼花开凿运河的故事。其实这两位帝王用心良苦,他们以独有的眼光做了利在千秋的事情。"

对于韩天的全新解释,李淼淼听了是半信半疑。只要稍有常识与理智,都清楚孟姜女哭倒长城一定是个神话故事,但韩天对杨广的历史作用似有明显的拔高,毕竟杨广被宇文化及所弑时,就因巡幸江都无法返回洛阳。于是她忘了手中的包子,当即质问起韩天:"杨广骄奢淫逸是出了名的,开凿运河难道不是为去扬州赏琼花方便?"

"在秦始皇之前,北方游牧民族屡屡来犯中原,烧杀抢掠无恶不作。秦始皇下令修建了横亘山巅的坚固长城,让游牧民族再也无法侵犯我们的农耕文明……"

"我说的是杨广!"刚咬了一小口包子的李淼淼毫不客气地拍着韩天的胳膊纠正。

被打断的韩天并不恼,反而赔笑着说道:"别急,让我慢慢解释给你听。杨广是做了不少的坏事,不但在各地大修宫殿,而且对外频繁发动战争,给人民带来无尽的灾难,最终引发农民起义,导致隋朝崩溃灭亡。"

李磊磊匆匆咽下嘴里的食物催下文:"说你想表达的意思。"

"好。凡事都有两面性,只看一面叫偏见,那就会得出错误的结论。世界上到处都充满着矛盾,这些矛盾又对立统一。对了,你该听说过苏伊士运河和巴拿马运河吧?"

怎么说着说着又扯到外国的运河了?这和杨广有什么关系?

詹小霞听到这里也忍不住揶揄:"你不会认为这两条运河也是杨广开凿的吧?"

"嗨,你还别说,若真让杨广去做这事,肯定比法国人和美国人干得好。"看三个人都笑出了声,韩天嘴角上扬,眉眼间洋溢的欢愉掺了几丝得意,随后自证起说法,"苏伊士运河开凿历史虽也早,但随后被荒废。最后让一百多年前法国驻埃及领事做成了这件伟大的事。即便开凿过程中有十多万民工因饥饿、伤寒和霍乱死亡,可正式通航后,这位领事还是被捧为法国的民族英雄……"

李淼淼又一次打断了韩天的话:"那个法国人叫什么名字?"

"我只记事件,记不住老外的名字,而且我也不想记。"

对于韩天的强调,詹小霞一脸诧异地追问:"万一考试碰到岂不是得不到分?"

"我又不是为了考试去学习和思考。"

"嗯?!"韩天的解释让詹小霞听了反而更是一头雾水。

李磊磊突然觉得歪头瞪大了眼睛的詹小霞很是可爱,不由多打量了几眼。詹小霞和鲁芳不同,她没有后者似涂了油彩般光滑而润泽的肤色,也没有一条绑得高高的马尾辫,随脚步摆动,像舞动的黑亮绸带散发出清新的气息。但詹小霞同样有着一头乌黑柔顺的长发,只是被编成两股辫子分搭在胸前,白皙细腻的脸部轮廓让偏厚的双唇有些突显,可配上明亮的眼睛和精致的鼻子,反而生出纯真和善良。如果把鲁芳比喻成盛开的荷花,那詹小霞就是清雅秀丽的茉莉。李磊磊暗自感叹,真是光阴似箭,没想到一直看着长大的妹妹的同学已经长成楚楚动人的姑娘。想到这里,李磊磊脸红了,赶紧视线一沉,专注着吃东西。韩天倒是没打量詹小霞，觉得不应为考试得分话题而浪费时间，于是神情倨傲地继续谈对历史的看法："同样，巴拿马运河大幅缩短了美国东西海岸间的航程，使纽约到旧金山的航程缩短了16%，有的两地航程缩短近一半，所以下令开凿巴拿马运河的美国总统罗斯福也被雕入总统山。"

詹小霞好奇地追问："什么是总统山？"

"就是选了美国最伟大的四位总统的头像雕在一座山上。"

李磊磊重新抬头很是不屑地问道："那不就和乐山大佛差不多吗？"

"嗨，你这对比太有意思了，这样我们不但比美国早了上千年就有大山雕像，而且我们不立凡人，而是立神。"说到这里，韩天意识到原先的话题已被带偏，于是接着自我纠正，"如果说杨广开凿运河是为去扬州赏琼花方便，那修运河花费的时间和钱财，足够他来回扬州几十次。事实证明，大运河后来成为南北漕运的大动脉，有力促进了中国南北在经济、社会、文化等方面的交流，是惠及千秋的大工程。如果中国也搞皇帝山，秦始皇和隋炀帝肯定入选。"

李淼淼看饭盒已空，韩天所带的食物也全装进了肚子，四周已有不少考生的身影，所有人都手拿书或资料在背诵，于是急着边收饭盒边说："哎呀，你们看看，别人都抓紧时间复习，就我们还在聊天。"

"我得抓紧时间再学一会儿。"詹小霞慌手慌脚拿上书包起身。

神色自若的韩天起身离开时，突然贴近李淼淼轻声说道："很羡慕你有个好爸爸。"

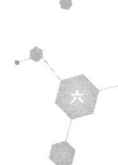

 续航

李淼淼心里一震,难道韩天还是熬不住要提"天安门诗抄"一事?于是沉住气明知故问:"什么意思?"

"刚才他只给你们送吃的,始终没有问一句考试的情况。"

李淼淼的心松了下来,回想父亲刚才还真没问过自己和哥哥的考试情况。顿时莫名的失落情绪袭来,让越发愕然的李淼淼不得不追问:"那好在哪里?"

"不给你们加压,好让你们轻松上阵,发挥最好的水平。"说完,韩天扔下一脸懵的李淼淼,独自向操场走去。

七

　　李阿牛确实没时间和精力去关注儿女的高考情况,自送了一趟高考午餐后,他再也没有离开过浙江炼油厂。30日16时,随着"开泵进油!"的指令声,操作人员按下电机按钮。在机泵的欢快轰鸣声中,两名操作人员合力打开进口阀,已在罐内憋了许久的石油像一条巨龙顺着长长的管线,欢腾着游入常减压装置。这些在地底下封存沉睡亿万年的石油像传说中的凤凰一样,急待在炼油工人的帮助下涅槃,然后跨过厚重时光,再以崭新的姿态呈现在世人面前,为嗷嗷待哺的浙江经济注入强大的动力。

　　本性暴躁的"油龙"经过脱盐脱水,猛地扎进换热器,随后带着二百多度的体温,温顺地按着操作人员的指令,沿管线依次游进初馏塔、炉子、常压塔。在塔内,它厚重的身子得以舒展,越发轻盈、越发柔和,开始分裂、分解、分层。

　　此时,宽敞的操作室内已挤满了人,几个人头挨头盯着表盘,更多人只能在外圈伸着脖子,看着仪表指针在专用纸上不停吐着曲线。对讲机不时传来化工操作员报来的即时温度、压力和液面刻度。此时,现场到处是忙碌的身影,李阿牛也拿着听棒巡查机泵的运行状况,确保设备运行正常。

次日凌晨5时，经过连续13个小时不停的淬炼，各项数据表明"油龙"已经分离成功，急待化验分析。已熬红眼的李阿牛看到化验工抱起采样瓶向装置疾步跑来，和在场的人一起向采样口涌去。所有目光聚焦在已对准采样口的采样瓶，空气几乎凝固了，只有每个人微张嘴吐出的股股白烟在向上飘散。在安静与嘈杂间，大家心怦怦直跳，期望与结果是否吻合即将见分晓。

随着采样阀缓缓打开，一股带着亿万年特殊芬芳气息的清亮液体流进了瓶内。这样的场景已近二十年没有再现，李阿牛觉得幸福的洪流迅速漫过心尖，情不自禁张开冻得发红的手指，带头鼓起了掌，旋即欢呼声和掌声席卷了整个装置间。

当初阳透过雾霭照暖大地时，铁塔又折射出耀眼光芒。在厂党委书记携带扎了红艳艳彩绸的油样瓶满心欢喜赶往杭州向省委领导报喜的同时，李阿牛也灌了一小瓶油样派人送往许师兄的办公室。他要让翘首以盼的许师兄亲眼看看、亲鼻闻闻刚炼出的首批油品。

虽然浙江炼油厂生产与建设捷报频传，李磊磊和李森森却双双在高考中折戟沉沙。经过对超过高考录取分数线的考生政审和体检后，2月24日，县教育局和浙江炼油厂大门口相继张贴出了大红榜。全县共有145人被各地高校录取，其中浙江炼油厂3名职工也上了红榜，让李阿牛遗憾的是儿子和女儿均无缘红榜。不同于李阿牛的惆怅心情，傅抱石早上得知高考录取消息后喜忧参半，高兴的是儿子手中的金饭碗没丢成，可同时又为女儿没能通过"独木桥"而沮丧，要知道这是个改变人生的难得机会，可以说有人整整熬了十年才等到。但又一想，也正因为是十年一遇，所以本就是千军万马挤"独木桥"的高考，现在更是竞争激烈，能成功抵达对岸者寥寥可数，而挤落者增加了数倍。

虽然女儿接下来的出路还是个谜，不过傅抱石已打定了主意：先托人打听女儿的成绩，如果离录取分数线不远，那就全力支持她继续复习，为下一轮高考作准备。如果查实真不是读书的料，那就想办法用好顶职政策，即先把自己调到满意的单位，随后办理提前退休手续让女儿顶替自己的名额上班。这个政策看上去像是世袭制，其实因为父母退休金比上班少，加上子女顶替上班后的工资起档低，所以家庭总收入不增反降，导致很多人不愿用这个政策。傅抱石认为这些人鼠目寸光，她可不只算眼前直观的经济账，毕竟能让孩子捧上金饭碗，那是花多少钱也买不来的幸事。

得知自己名落孙山后，李磊磊非常沮丧。这次厂里上红榜的3名职工他都认识，除了一个是老三届，另两人和自己差不多，都是近几年毕业的高中生。更让李磊磊觉得大失面子的是那两人还是操作工。想到平时被自己考评的同事现在即便不能说功成名遂，至少也是一举成名，而作为技术干部的自己却败走麦城，李磊磊觉得走在厂区遇到人都不好意思，甚至连吃饭时间也尽量避开高峰。李森森的心态不同，虽然也在看到高考红榜后有些气馁，但发现詹小霞榜上有名后，马上惊喜得雀跃起来，就好像是自己跃进了龙门，从此成为"时代的骄子"。

次日晚上，李阿牛和李磊磊到家时，贝氏早已准备好了饭菜，一家人像以往的周末一样围着方桌坐下。虽然桌上还有春节的年味，既有香肠，也有鳗鲞，当然还少不了李阿牛和李森森钟爱的醉旁元蟹。但今天吃饭气氛不同以往，除了贝氏乐呵呵给各人的碗中夹菜，其他4人很少搭话，空气像是被胶水渐渐凝固，

萦绕在空中的沉闷气氛让人感到烦躁。

傅抱石终于还是决定在饭桌上破局,于是乘咀嚼空隙率先开了口:"森森,我托人查了下你这次高考成绩,应该还算不错。"

李磊磊那双正准备夹菜的筷子悬停在半空,侧脸抢先问道:"妹妹考多少分?"

"总分301分,按比例折算离录取线差2分。"

"妈,那我呢?"看妹妹眼帘一垂,失望的眼睛里写满了大大的遗憾,李磊磊收回筷子紧握在手,立马追问自己的成绩,游离不定的眼神透露出忐忑与不安。

傅抱石故意扒了口饭,含糊不清地说道:"我只查了森森。"

看儿子一种难以言喻的失望情绪从眼中弥漫开来,李阿牛瞬时涌起恻隐之心。今天下午傅抱石就和自己通了电话,决定让森森继续参加今年的高考。按傅抱石的说法,森森现处身于"泥潭"中,如果过不了高考这座"独木桥",以后即便真成功转为统计员,那最多也只能是只"铝饭碗"。而已捧上"金饭碗"的李磊磊不一样,没必要从阳光道爬上"独木桥",和别人挤破头争着通向不可知的未来。李阿牛虽也有心支持儿子继续高考,可在得知磊磊高考总分只有247分后,当即改变了主意。与其为了面子在劳累中落空,不如让李磊磊在厂里脚踏实地,安心工作,争取在工作岗位上闯出一番天地来。这不是一个父亲对儿子的盲目寄托,而是源自李磊磊调入浙江炼油厂工作后的表现,尤其是在这次常减压装置开工中,李磊磊不但积累了不少实践能力,也获得了不少的理论知识,更培育起了难得的拼搏精神。就在李阿牛想着如何劝慰儿子时,低头用筷子不停搅碗中米饭的李磊磊突然瓮声瓮气地提出了想法:"我也想再试试,和妹妹一起复习,效果不是更好吗?"

"大学文凭只是一块'敲门砖',你都已进国企捧上了'金饭碗',瞎折腾什么?!"傅抱石不但直接否定,而且语气很重。

看儿子紧皱眉头搁下筷子,双手十指交叉互扣像一对紧卡的钩子,脸上紧绷的肌肉在不安中透露出不满。李阿牛抢先接过了话:"磊磊,现在你在厂里做得也不错,大家对你的技术评价也挺高。其实成功的路有千万条,上大学不是唯一的出路,也不一定是最好的出路。其实你只要一技傍身,走到哪里都会有用武之地。你看丁浩叔叔,他又没读过大学,不照样干出一番事业吗?"

李磊磊很反感母亲的说法,考大学怎么是瞎折腾?难道读大学只是为了有个"饭碗"?父亲言辞虽然平和颇有耐心,但也是直白劝说自己要安于现状不再参加高考。其实大红榜张贴后,李磊磊觉得那不是张红纸,而是一块被揭开的遮羞布,让自己在厂里抬不起头。于是他定下继续参加高考的计划,只有考上大学才能扬眉吐气。虽然没有把握一定能考上大学,但李磊磊心里清楚,如果不继续参加高考,那等于永远没了"翻身"的机会,只能在此恨绵绵中抱憾终生。所以李磊磊不想接父亲的话茬,而是一脸倔强地回应母亲:"大学文凭怎么会是块'敲门砖'?那是座'瞭望塔'!能帮助我们看到更远的地方,听到更远的声音!"

傅抱石越听脸色越黑,不但嘴角下拉,连眉毛也拧在了一起,她实在搞不明白儿子为啥这么犟,难道好好过现在的日子不好吗?也许之前太顺他的心意,进了别人都羡慕的供销社上班,后又按他的想法调到浙江炼油厂工作,让他认为想干啥就可以干啥。可要知道为了让儿子进这两个单位,自己花了多少心思,费

了多大的劲。也许心有怒气,于是语气变成了呵斥:"不可能边工作边准备高考,我告诉你,脚踏两条船肯定没有好结果,只有一门心思才能做成事!"

"如果一定要二选一,那我就辞职。"

李阿牛觉得儿子在说这句话时的神情,极似戏曲中楚霸王破釜沉舟的样子。说实话,有这样的意志不是坏事,可现在这个时候和傅抱石说这样的话,那岂不是在油桶里擦火星。果然还没等他开口,只见傅抱石把筷子往桌上一拍,一脸强硬地说道:"这不是二选一,而是你必须放弃高……"

"妈,我一定会参加今年的高考!"说完,李磊磊松开已掐得发红的手指,随手往里一推还没吃净的饭碗,起身就走出了家门。

从两代人的对话和表情中,贝氏知道家里出现了冲突,而且严重到难以调和。她大致听懂儿媳和孙子冲突的原因,但搞不明白母子俩怎么会为这样的小事起争议。在贝氏看来,儿孙自有儿孙福,作为母亲大可不必干涉儿子的事,也没有必要发火。当然,作为孙子的李磊磊更不应该用这样的态度冲撞自己的母亲。之前阿牛闲暇时和自己说过不少在沈阳的故事,贝氏对傅家曾给予儿子的关爱十分感激,为儿子能娶到这样的老婆感到欣慰和庆幸。现在一家人到镇海共同生活也快十二年,虽婆媳间偶有点小芥蒂,可傅抱石从没对自己红脸过,甚至连个不满的表情都没有。相反,之前担心自己受伤破相和儿媳出门会让她难堪,却不料抱石不但去集市喜欢拉上自己,遇到同事还热情地将自己介绍给对方。也因为看到了儿媳的能力,贝氏在家事上从来不插嘴,就像年轻时一样只顾埋头做好家务活,婆媳关系一直很和谐。而对傅抱石的这份满意，贝氏更多地体现在每年清明扫墓时。她会到墓地给李阿牛的爷爷、奶奶和爸爸坟头多烧点香烛和纸锭，请他们"捎给"沈阳的亲家。可今天的局面让贝氏坐不住了，她先是惊讶地眨巴着独眼看了看仍坐在桌前的三人，旋即起身要去门口拉正在开自行车锁的孙子，还没走两步，被迅疾上来的傅抱石一把拦住了："妈，不用管他。"

"这饭都还没吃完呢。"

"妈，不能惯了他，不然更胡来。"傅抱石几乎是强硬着把贝氏拉回椅上。

落座的贝氏仍脸朝外，不甘心地嘟囔："又没什么大事，吃饭要紧。"

看婆婆还想起身，傅抱石边给李阿牛使了个眼色，边用手压住贝氏的肩膀再次强调："妈，这事你不用操心。"

从开始的管到现在的操心，虽然傅抱石用词温和了许多，甚至有点替对方着想的味道，口气却让这个词失去本身的含义，明显带着不满的情绪。李阿牛即便认可妻子对儿女出路安排的思路，可觉得这样粗暴的做法不但得不到儿子的理解，相反很可能让他因情绪而做出非理智的举动，以至于儿子连饭也没吃完就赌气摔门而出。所以李阿牛没有劝母亲，而是开导起了妻子："抱石，我看还是让磊磊和森森一起再考一次吧。"

对李阿牛的"临阵叛变"，傅抱石又气又恼。心里说道，阿牛啊阿牛，下午我们不是电话中统一意见了吗？怎么乍然变卦了？现在我已当了恶人，不光儿子反应强烈，婆婆也难得一见要干预。本应你我同处战壕一致对外，不料你不但一枪没开，甚至调转枪口对准我。不过气恼归气恼，傅抱石控制情绪盯着李阿牛

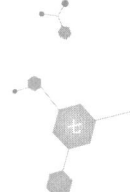

133

平和地问道:"怎么,改主意了?"

李阿牛哭笑不得,妻子的口吻明显是在责问。是的,下午在电话中得知磊磊高考成绩后,自己是赞同妻子让儿子不再分心,脚踏实地在厂工作的安排。可刚才看到儿子那种决然的神情后,李阿牛觉得过度干涉或阻扰既挫伤磊磊的自尊心,还会破坏家庭的和睦氛围,更何况磊磊决心考大学并不是坏事,所以临时决定劝抱石同意儿子今年继续参加高考。不过在向傅抱石解释前,李阿牛先扭头对贝氏说道:"妈,你先去休息吧,这里我和抱石会收拾好。"

"嗯。"贝氏知道儿子这里说的收拾不仅指桌上的碗筷,还有刚才的冲突,就瘪了瘪嘴唇,再次起身向里间走去。

坐在边上的李森森也已吃完饭,今天突发的矛盾让她坐立不安。她自然也听出了母亲问话的意思,看来让自己复读参加高考及让哥哥放弃高考安心工作,不仅是母亲的意见,也是父亲的态度,只不过原来约定"攻守同盟"的父母,现在因父亲的变卦而起了矛盾。李森森也很想离桌,可父母没说让自己去"休息",离桌总有点独善其身,过于自私的感觉,于是只能一脸尴尬地枯坐在原地。这时只听李阿牛又抛出了刚才的观点:"抱石,儿子既然有这样的恒心和意志,不如让他今年再考一次吧……"

不等李阿牛说完,傅抱石很不耐烦地打断了对方:"他的分数你又不是不知道,就怕读大学希望没有,反把工作也给耽误了。"

李森森很想问哥哥的高考得分,可这时插嘴明显不妥,只能用手指轻拨搁在桌上的筷子暗自猜测。不承想,李阿牛直接给出了谜底:"也就差了几十分,如果复习用功些,应该不是大问题。"

"嗤。"听了李阿牛轻描淡写的话语,傅抱石先是鼻腔轻声喷了一声,接着如数家珍地比画着说道,"阿牛,我是搞人事工作的,习惯用数据去理性分析可能性。去年我省参加高校文化水平考试考生达37万多人,光宁波就有26458人。经文化初试审核淘汰一大批后,全市有资格参加全省统一高考的也有10691人。也就是说,同一分数会有好几个人,甚至几十、上百人。一分之差说明排在前面的不是一个人,而是几十人。现在招生名额这么少,你说磊磊有可能考上吗?"

李阿牛本想以"试过才知道"来回应,可觉得这既难说服傅抱石,还有抬杠的嫌疑,于是话到嘴边又改了口:"孩子大了要面子,也许知耻后勇能取得成功。"

也许?傅抱石皱了下眉头,成年人怎么能用无法确定的概率去决定人生的走向。自己之前无论爱情"争夺战",还是事业"保卫战",或是风险"歼灭战",每遇重大时期档口都是因有周密的计划,才有当下的宁静生活。也许心生不满,傅抱石出言明显带有不快的情绪:"里子如果充实了,面子自然就有了。光要面子不重视里子,那是畸形的自恋。如果被面子的桎梏毁了里子,那只能用余生的悔意换取少年时所谓的面子。"

"妈,你不能过于否定要面子的自尊,人只要有了自尊心,就会促使自己不甘平凡,获得不断进步。"

一直沉默不语的李淼淼终于忍不住替哥哥说了话,可这既无法打动傅抱石,相反还让她为女儿的"添乱"而动气,于是转脸梗着脖子怒道:"你一个纺织工知道啥?妈还要你来教?!"

看妻子两枚连珠炮劈头盖脸向猝不及防的女儿砸去,李阿牛直起上身加重语气提醒傅抱石："抱石，说话慢点。"

其实当看到怄气的女儿紧抿双唇涨红了脸低头抠手指时，傅抱石已意识到自己的话语和口气太尖酸，可现在被李阿牛这一提醒，反而让她下不了台。她回过头瞥了眼李阿牛，佯装嗓子痒揉了揉喉咙，又缓了口气劝起女儿："淼淼，等你真正走向社会，才会明白自尊其实是自卑的代名词。自尊心往往会让人对自己的认知和判断过分自信，从而会低估风险，做出错误的决策。自尊心根本无法让人自重，也无法让人自立、自强。一个人如果死要面子，不但会自我膨胀产生盲目乐观的想法，还会过分看重他人对自己的评价，一旦遭受失败或批评，会感到严重的伤害和挫败。所以，这种情绪必定会在焦虑、抑郁中影响到自己的工作和生活，也会影响周围的人。你哥和你不同，他完全没有必要吃着碗里看着锅里。"

李阿牛清楚妻子这话虽是对女儿解释，其实又把话题绕到面子问题，明显是项庄舞剑意在沛公。李阿牛本想继续接招，可细品妻子这段说辞，即便有点强词夺理，却天衣无缝让人难反驳。更令李阿牛难堪的是傅抱石在说最后一句时，也不知是有意还是无意，回头特意挖了自己一眼。李阿牛明白这句一语双关的话又在含沙射影，看来这么多年过去了，史冷霜在妻子心中的阴影还没散尽。就在李阿牛不知如何接话时，刚才还垂头抠手指的李淼淼猛然抬起头，慷慨激昂地说道："妈，吃着碗里看着锅里又没有错。想成为他人羡慕和仰望的人，就得永远有下一步计划的思维。其实面对困难和压力时，有人会选择逃避或安逸，有人会选择奋进或改变，我们可以不去指责前者固步自封、不求上进，可后者的态度明显值得我们钦佩和效仿，因为他们不仅需要很大的勇气,更需要不懈的毅力。妈,你得支持哥继续高考,这次他虽然失败了,但没有丝毫的气馁,相反……"

看到女儿夺眶而出的两行泪,傅抱石原本积压在胸口的怒气,瞬间让母爱击溃,她情绪平和地打断道:"这么大人了,说就说,干吗哭?"

"妈,我不是哭,我是为哥有这样坚强的意志而感动。"

李阿牛没想到女儿把本让自己尴尬的话题接得如此巧妙,不但解了自己的围,而且铺上了磊磊继续高考的路,甚至还架好了让抱石下台阶的梯子。他觉得此时该是自己助力的时候,于是马上接过了话柄:"森森,你说得很有道理。安于现状就是最大的失败,既抓不住当下,也预设不了未来。其实不满足于现状,就是辉煌人生的原动力。当然,光有意志不一定能成大事,毕竟意志的因无法推出成大事的果,与其好高骛远,不如设个容易实现的小目标,这样既不会挫伤勇气,还能培养起更大的兴趣和热情。"

李森森听糊涂了,父亲开始明明是支持自己的观点,可下半段怎么说着说着像是在婉转反驳?不等她细细揣摩父亲这几句自相矛盾的话的本意,只听傅抱石已向李阿牛赌气似的问道:"阿牛,你清楚磊磊考分,是不是想让他再去试一次?"

从傅抱石的眼神和语气中,李阿牛已读懂了直截了当追问背后的含义,这听上去是妻子准备妥协让自己拿主意,其实是在提醒磊磊不太可能考上大学,同时也强调只能再给磊磊一次机会。李阿牛略作思考后明确表态:"孩子求上进是好事,多学比不学好。只要磊磊在单位不影响工作,支持他再参加高考肯定不是坏事。"

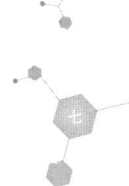

137

其实在李阿牛前后自相矛盾的"补刀"中，傅抱石清楚父女立场相同，爱人不过是让自己在退让前保住脸面，于是马上让李阿牛来拿定主意。李阿牛的表态让傅抱石很是满意，他在铺垫完前半句后，答复了自己关心的重点。是的，只要磊磊"金饭碗"捧牢，他参不参加高考关系不大，考上是意外惊喜，考不上也不过是意料之中的事。于是傅抱石起身边收拾碗筷边说："行，那就这样，磊磊你和他说。"

"好！"

傅抱石又看似有口无心地鼓励起女儿："森森，今年的高考会容易些，不但考生会少很多，而且录取的人数也会增加。你这次就差2分，今年努力一下，考上大学应该没什么问题。"

"妈，我一定会努力。"李森森知道母亲这话主要还是提醒自己没有退路，就边抹桌子边答复。

乘傅抱石端碗筷离开之机，李森森悄声向父亲探问："爸，哥这次高考多少分？"

"比你低了五十多分。"

李森森愣了一下，望着傅抱石单薄的背影，似乎一刹那就理解了母亲刚才的强硬态度。这次韩天意外押对一道语文试卷题，哥还是只考了这个分数。虽说理科录取分要比文科低不少，可哥想考上大学还真有不小的难度。如果哥今年还是没考上，并打算继续参加下一年的高考怎么办？那不光会影响工作，而且母亲这边肯定过不了关。这时，只听父亲又安慰道："你哥虽然不是读书的料，但他工作能力非常强，爸爸能引导他通过工作来成才。"

李森森这才明白父亲刚才说的小目标真实含义，更明白父亲所谓引导的付出与压力。她收起抹布直起身，看了眼额头已有道道深纹的父亲，鼻子一酸，哽咽着说道："爸，你辛苦了。"

李阿牛伸手揉了揉女儿的头，笑道："傻孩子，你和你哥从来没有得过且过，作为父母我们非常骄傲。"

……

进入3月，被录取的高考生准备行李奔向各自的高校。没过几天，从教育部传来一则通知，说党和国家审时度势，鼓励高校或地方再补招高考生。这让部分高考落榜生及家长心里又燃起了希望，傅抱石更为迫切，毕竟女儿的成绩接近上次录取分数线。

几乎与此同时，延迟到春季的征兵工作也宣告结束。虽然韩天高考落了榜，却极其顺利通过了征兵报名、体检和政审等程序，即将穿上令人羡慕的绿色军装。由于父亲强烈要求他"弃武从学"继续复考，韩天在收到入伍通知书后，特托熟人购了一瓶白酒和一瓶农药。晚上吃饭时，他突然低头从桌下拿出藏在包里的白酒和农药，相继往桌上一摁，梗着脖子对父亲说道："爸，如果你同意我去当兵，咱们全家现在开开心心喝酒。如果你还是想逼我参加高考，那我就一人喝农药，你和妈就当没有生养过我这个儿子！"这种以死相搏的痞性让文质彬彬的韩天父亲又气又急又怕，上下唇像是被通上了电，哆嗦着蹦不出一字。韩天母亲更是惊得从椅子上跳起，边说好话，边忙不迭地转身取来小酒杯。看儿子仍双手分捏酒瓶和农药瓶，身子筛糠似的她一把夺过酒瓶，生怕再晚一秒儿子就会拧开农药瓶。随后咬紧嘴唇用力拧开瓶盖，也顾不上晃泼在身上的酒，急吼吼往独苗手中一塞，打着寒战的舌头使话语在不大的房间内颤抖，顾不得许多的她语不成句地催促："倒酒！快！快！我们喝酒，一起都喝酒！"

看爱人怔怔地接过儿子递来的酒杯，一时不知如何是好。韩天母亲又踉跄着冲到爱人身旁,一手按肩,一手托杯底往他嘴上送。看着爱人仰脖一口把杯中的酒喝完,韩天母亲这才扶着餐桌回到自己的座椅上,真怕再晚点会瘫坐在地上。放下酒杯的韩天父亲觉得一股浓烈的辣味直冲喉咙,仿佛炽热的火焰在喉间燃烧,可更让他难受的是内心,书香门第看来从儿子这一代断了。借着酒劲连呛的韩天父亲,抬手悄然抹去溢出眼眶的泪水。

"谢谢爸妈,我敬你们!"韩天双手举起面前的酒杯朝父母这边一敬,仰脖一干而净后,又特意将空杯朝下向父母展示了一下,似乎宣誓一切归零将重新开始。

"哎——"韩天父亲一声叹息,算是默认儿子"投笔从戎"。

4月初,李淼淼果然收到大学录取通知书,即便这张录取通知书要比詹小霞晚50天,巧的是两人同被浙江师范学院录取。女儿峰回路转式的意外收获让傅抱石近乎亢奋,有了这张录取通知书,不光标志着李淼淼成了准国家干部,大学毕业后也可捧着"金饭碗"过日子了。可捏着手中的录取通知书,细心的她突然暗暗生奇,不光通知书抬头"浙江师范学院宁波分校"与盖的"浙江师范学院"红色圆印有差别,而且报到时间、地点也没说明。次日上班打听后才明白,学校现因扩招许多工作还在紧张筹备中。傅抱石既没有丝毫的扫兴,相反还暗自庆幸。如果之前学校没有无米先炊的决心,那李淼淼不光没了恢复高考第一届大学生的资格,能不能成为下一届的大学生也不可知。

请假送妹妹去学校报到那天,天下起了蒙蒙的细雨。回到厂上班后,李磊磊似乎干什么都集中不了精力,人像被泄了气的球,不但没有向前的滚动力,也没了向上的弹跳力,瘫痪在了原地。今天在校门口见到迎接妹妹的詹小霞时,李磊磊察觉到内心泛起一股难以名状的酸涩感觉，他发现自己已悄悄喜欢上了对方。但与上次追求鲁芳不同，这次他不敢主动表白，毕竟两人横亘了一条高考独木桥，这座无形的桥虽和传说中牛郎与织女相会的鹊桥相似，一年架一次，但后者能让牛郎和织女相会，前者却只有凤毛麟角的人才能过，而自己就是无法通向彼岸的众多失败者之一，只能遥望在对岸的詹小霞。中午，当李磊磊在食堂埋头闷声吃饭时，有人拍了拍他的肩，抬头一看，竟然是父亲。

"吃完饭去我办公室等我。"

记忆中父亲每次来食堂都很晚，李磊磊匆匆咽下来不及细嚼的食物，不解地问道："爸，什么事？"

"我去打饭，你吃完先走。"

李磊磊望了眼父亲手中的空碗，知道谈话不光时间会长，而且不便在公共场合，于是点了一下头："嗯。"

在父亲办公室没等多久，楼道就传来熟悉的脚步声，李磊磊从藤椅上起身，还没走到门口，李阿牛已折身进了房，放下雨伞，边关门边问："倒茶了吗？"

"噢。"李磊磊应声后转身去拿暖水瓶。

当李磊磊给父亲的搪瓷杯刚续上水，已放好饭碗的李阿牛指了指桌前的另一个搪瓷杯，说："你的我也备了。"

李磊磊打开杯盖，只见干燥的杯底已放了茶叶，才知道眼前的这个杯子不是乱放在桌上，而是父亲提前给自己准备的。李磊磊边倒水边想，自己已来过父亲办公室无数次，像这样的"礼遇"还是头一回，不知今天父亲到底要和自己谈什么。坐在办公椅上的李阿牛似乎并不急着开口，看着儿子倒好水，放下暖水瓶，才捧上搪瓷杯努了一下嘴角："坐，我们边喝茶边聊。"

李磊磊坐下那一刻已从父亲的眼神中揣摩出"聊"的内容,他没像父亲一样拿起茶杯,而是直截了当地问道:"爸,你找我有什么要紧事?"

"妹妹已上大学,不能陪你高考了,你打算继续,还是……"

即便李阿牛只是说了一半就打住,李磊磊已证实刚才猜测的话题没错,也就是让自己来决定是否继续参加高考。李磊磊并没有接话,他避开父亲投来的征询的目光,把视线转向窗外。细雨让空气弥漫出一团团雾气,就像置身于装置吹扫时的蒸汽中,巨大的雾幕遮挡住了视线。李磊磊觉得原本快乐的心湖被高考搅得一团糟,未来甚至不如此时远处的景物,至少眼下那些楼房、大树、管架和铁塔,依稀还能在若隐若现中看到朦胧的轮廓,显得有几分神秘。而自己的未来却茫然一片,真不知道下一脚会迈在何处。之前,妹妹已婉转告知自己的高考成绩,以这样的成绩过"独木桥"简直是异想天开。就在他思索时,只听李阿牛又说道:"磊磊,距高考还有不到三个月时间,你得尽快作出决定。"

"爸,你是不是觉得我不是读大学的料?"心情糟糕透的李磊磊转回头盯着李阿牛问道,似乎要从父亲的表情中找到让自己困惑又不甘的答案。

"你是不是认为考上大学才有面子?"

"难道不是?"

从儿子的不答反问中,李阿牛觉得自己这一问有点不妥,无论是自己还是傅抱石,都表现出为女儿意外录取而庆幸。这一切想必李磊磊全看在眼里,导致他在失落中情绪颓废。李阿牛不紧不慢喝了口茶,慢条斯理地劝道:"其实人的一生并不是只有读书这一条路。你看,晚清的左宗棠虽无法考取进士,却以卓越的军事才能和重大贡献流芳百世……"

李磊磊立马明白了父亲的主张,于是不等父亲说完便心有不甘地顶了回去:"爸,左宗棠后来还不是被授予同进士出身,弥补了他一生文凭的缺憾。"

被儿子瞬间找出引用案例的漏洞,李阿牛心情开始变得复杂起来,他既为儿子有这样的反应与思辨力感到欣慰,同时又为接下来如何说服倔强的儿子而发愁。李阿牛放下一直捧在手中的搪瓷杯,推心置腹地问道:"磊磊,知道'半部《论语》治天下'出自哪里吗?"

对于父亲的跳跃式转问,李磊磊一脸愕然,只能摇了摇头等父亲告知答案。

"说的是北宋开国功臣且连续十年独掌相权的赵普的故事。赵普曾在赵匡胤劝他多读书时说,自己只是年幼时读了一半《论语》,虽然书一直在行军箱底压着,可后来也没时间再读剩下一半。于是后人便有了半部《论语》治天下的笑谈。"

李磊磊自然明白父亲新引用的古人案例的用意,在看到父亲那充满急切想得到答案,却又担心答案不如人意的眼神后,心念一转,假装不解其意木讷地等下文。看儿子半启双唇又重新合上,李阿牛只好直白地劝道:"磊磊,这个故事告诉我们不要看重面上的东西,其实想做成大事不一定要从书上学。你看许伯伯别说是上大学,之前连学校都没进过,现在不照样干成了许多大事。所以说读大学真不是唯一的出路,何况你在厂里各方面表现不错……"

李磊磊不得不梗着脖子了再次打断父亲:"爸,抗战时期技术人员那样的紧缺,可党为什么还是让你去读书?"

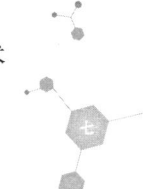

李阿牛摇了摇手,说:"你别误解。我和你妈自始至终没有否定读书有用,你也看到森森考上大学,我们是多么的高兴。爸爸今天强调的是人不一定只有考大学一条路,因为现距高考时间很紧迫,你要尽快选对适合自己的路。"说到这里,李阿牛特顿了顿,迎着儿子加重了语气,"当然,无论你选哪条路,我和你妈肯定会全力支持,哪怕是死路,大不了再返程从头重走!"

路?父亲真挚关爱的眼神和义无反顾的表态,让李磊磊不由得想起高考的作文。是呀,"人有恒心万事成,人无恒心万事崩"指的是可以畅通的远方,如果知道是条死路,那可不能盲目,还得另寻蹊径。上次高考结果绝非自己所愿,可实实在在验证了自己的文化水平。这就好比一台小功率的离心泵,不可能具备把原油从储罐打入塔内的负荷。如果非要硬占原料泵的位置,那在别人眼里注定是一无用处,就是一堆垃圾。但如果主动改变所处的位置,成为一台注油泵或供水泵,那就能在发挥作用中得到他人的认可。李磊磊暗自思忖,如果不再倔强非走高考这条路,会不会"山重水复疑无路,柳暗花明又一村"?可刚想到这里,面子又断然否定了自己的想法。高考这条路是难走,但那条路非常诱惑人,不但代表今后会有发展空间,而且当下就能收获掌声及喝彩,以至于大家都愿挤破脑袋往前冲。既然自己在高考时都写"相信山高有攀头,路远有奔头",那还怕什么?更何况过了这独木桥,才会有和詹小霞交往的信心。想到这里,李磊磊搭在桌上的双肘稍稍用力,上身前倾复问李阿牛:"爸,你是不是也觉得我不是读大学的料?"

看着儿子对成功充满了渴望的眼神,李阿牛反而犹豫起来。与其说儿子在咨询自己,倒不如说他是在祈求。不过李阿牛马上说服了自己，这是一次难得说通儿子的机会，即便会在答复中极其残忍地扼杀儿子的梦想与希望，却能起到急救的作用，使他在挫折后走上正确的路。想到这里，李阿牛不再像刚才那样绕着圈子反问，而是重重抿了抿嘴角，旋即把视线往下一压，坦诚地说道："这么短时间想要突破，说实话可能性几乎为零。不过我不会逼迫你选择，也不会加压干扰你的选择，但你自己要对选择作出明智的判断和决断，并对结果负责。"

李阿牛的话像一团厚厚的云雾，让李磊磊原本如一泓清流的目光瞬时暗淡下来。可即便心里非常失落，理性的李磊磊还是很感激父亲的用心。父亲虽没有正面答复自己，这样的回复却在给出明确答案后，高明地给足了自己面子。更让李磊磊感动的是父亲随后的表态和含蓄提醒，这绝不是画蛇添足，更不是推卸责任，而是一种父母所想所为都是为了子女好的加压式的爱。这让李磊磊回想起高考那天韩天的话，是的，我们有个让人羡慕的好爸爸。也许是心有所动，李磊磊松开双肘，人向后一靠，轻轻应了一声："噢——"

"磊磊，这两年的工作完全可以证明你能在实践中成才。"

"嗯。"李磊磊仍虚盯桌面的眼睛眨了一下，应声轻得像摇落的一片叶子落在地面。

李阿牛推椅起身，边绕过桌子走向李磊磊，边说："其实你现在的位置已高于人家大学生毕业后的起点。你想想，如果你在这几年中用工余时间再补一补专业的知识，我想你肯定能拉大他们与你的差距。"

虽然父亲已走到自己身边，但李磊磊仍然目不转睛地虚盯桌面，只是这次他终于开口说话了："爸，你不用多说了，我知道

该怎么办了。"

"哦——"这回轮到李阿牛疑惑了。

听父亲语气模棱两可，更多表达的是疑问，李磊磊特意扭过头仰视道："爸，我决定不参加高考了，相信不会比别人差。"

李阿牛没想到这么快就做通了儿子的工作，本想高兴地表示将支持他边工边学，但在看到儿子满含泪水的眼眶时，旋即动情地拍了拍儿子的肩膀改口道："磊磊，如果想哭就哭出来，不用委屈自己憋着。"

"我不觉得委屈，你和妈肯定是为了我好。"李磊磊倔强地摇了摇头，此时的他已放下了詹小霞。

李阿牛看到儿子说完抿紧嘴唇强咽下口水，终于把含在眼眶的泪水退了下去，这反而让他的心隐隐作痛……

八

在李磊磊眼里，1981年初夏的阳光特别迷人。阳光宛如细碎的金子从空中洒向大地，不但给绿叶花丛披上了金色的妩媚纱衣，更让炼油厂铁塔闪耀出金属特有的迷人光泽。它们或以瘦削挺拔的姿态展示巍然屹立的状貌，或以丰腴魁伟的形状显现磅礴有力的气势。

如今每次仰望铁塔时，李磊磊觉得目之所及皆是向上攀登的回忆，心之所想皆为成功的期盼，以致脑海常会闪现北宋王安石在鄞县任满知县回乡途经杭州时，写下的《登飞来峰》一诗："不畏浮云遮望眼，自缘身在最高层"。记得恢复高考时，李磊磊一度认为只有考进大学才有面子，才能登上塔顶。而现在他早已放下了考大学拿文凭的执念，不再在塔基徘徊不定，虽不能说已登上塔顶，但至少已超越许多同龄的技术人员。更让他意外的是在妹妹的撮合下，自己和詹小霞在交往中建立起恋爱关系。

刚过去的三年对李磊磊来说是收获颇丰的三年。常减压试车出合格产品后不久，他就被厂部抽调参与了浙江炼油厂的大化肥工程。也是在这一年，他对实践出真知有了新的感悟。如今无论是严冬呼啸的刺骨寒风，还是酷暑炙烤的扑面热浪，在李磊磊看

来都没有怨怼的成分,相反与拂过脸颊的和煦春风一样,均在见证自己为之艰辛而有成果的努力。

记得在准备大化肥工程软土地基设计时,查看现场后的日本专家提出针对此处地基的特性,必须请日本五洋公司来做。李磊磊听后很不服气,之前父亲给的软土地基资料和炼油装置施工经验,让他坚信浙江炼油厂完全有能力完成土基工程,根本不需额外再增加一笔不菲的开支。恰国务院对大工程不再实行实报实销的"供给制",而是改为投资总概算定额。虽然国务院批准浙江炼油厂化肥工程投资总概算达52137.63万元,是炼油厂之前工程的2.6倍,但涉及这笔巨大投资工程的实物量也相当惊人,不光安装工艺、电气设备有1280台,连土建的混凝土和土石方都分别高达79000立方米和1270000立方米。面对这笔天文数字般的资金,面对庞大的工程实物量,浙江炼油厂喊出了"工要时时争,料要寸寸省,财要分分聚,芝麻捡起来,也能装满筐"的口号。

大化肥工程指挥部在听取李磊磊的建议后,当即组织人员进行现场地质勘查,在认真对比化肥厂用地和炼油厂用地后,发现化肥厂用地直接承受基础荷载的土层砂层要比炼油厂工程用地厚实,即桩基持力层数据肯定要比原来预估的大。虽然有了初步的信心,但考虑大工程建设容不得半点马虎及瑕疵,于是厂部又邀请浙江大学土木系曾国熙等教授亲赴现场试验与测算。曾教授不但确认了可以采取软土地基沙基预压法,而且还协助浙江炼油厂把地基处理、软土地基上的桩基研究、软土地基上浅基础承载力研究等作为科研项目。同时,曾教授利用施工一手资料,迅速在学校开展软土地基上各种主要构筑物和沉降的观测与分析、大型油罐的软弱地基处理等研究工作。李磊磊也如鱼儿得水，只要曾教授到厂就形影不离跟在身后，生怕一不小心就错失了宝贵的学习机会。一次，李磊磊受奶奶补网兜的启发，借助曾教授开展的科研项目，大胆提出"用铺网法提高地基承载力"的想法，不但得到曾教授的赞扬与肯定，还在他的耐心指导下，完成了该项技术课题的撰写与认证，一度成为浙江炼油厂的技术明星。

如今3944根混凝土预制桩早已成功打入有两个砂层的土层，而且迎来设备安装高峰期。国内制造的设备陆续按计划到场，为了确保国外设备材料安全如期运抵大化肥工程现场，上海和广州两地海运局安排性能优越的轮船，按运输方案进行相关的技术改造，确保设备安全转运至镇海大件码头，再由特种车辆驳运至工地。

6月，李淼淼和詹小霞如期从浙江师范学院毕业当上了老师。虽然两人教的课程不同，却同被分配在镇海城关中学。分在政治组的李淼淼很羡慕分在语文组的詹小霞，因为后者担任的是主课老师，这就意味着不久可以当班主任，继续得到学校的重用。失落中的李淼淼暗自分析为什么在分配工作岗位时不如小霞，仅凭母亲在人事局工作这张"王牌"，即便不打招呼，学校领导理应也不会让小霞超过自己，更何况三年大学成绩一直微超对方。思索来思索去，李淼淼觉得母亲为"准儿媳"出面的概率不大，毕竟哥和小霞的关系还没完全公开。最后，她还是归结于高考成绩不如小霞，自己属于第二批次"候补录取"。这好比古时贡生，虽参加殿试同为进士，却有"赐进士及第""赐进士出身""赐同进士出身"之分，而这种细微上的差别，就会造成个人命运的巨大差异。既然今天结局就是之前高考败笔之果，那就

只能怪自己。想通后，李淼淼不但坦然面对命运的安排，相反还为自己能在三年前扩招成大学生、今天能当上老师感到庆幸。当然，李淼淼怎么也想不到自己任教的课程恰恰就是母亲打招呼所致。在傅抱石眼里，家里不光一对叛逆的儿女曾让自己头疼，位居厂党委副书记的爱人，有时也让她担心在政治上把握不准方向。而让女儿当个政治老师，既有利于她冷静思考问题，也令全家在闲聊中，不会在政治上出差错。

李磊磊自然更不会知道母亲的"深谋远略"，也不了解妹妹内心的烦恼。不过父亲带来的一则消息让他重温起了大学梦。父亲说国家已在北京、上海、天津和辽宁等4省市推行高等教育自学考试，这标志着中国探索出一条继续教育的重要途径，让许多青年有了圆梦大学的机会。李磊磊当即决定日后要报名成为本省首批高等教育自学考试的考生。

这天，厂部接到西德制造的甲醇洗涤塔即将从不来梅港口启航接力运向镇海的消息，日本专家当即给出了两种吊装方案。听完翻译讲解，大化肥工程指挥部左右为难。

按日本专家提出的第一种分段吊装方案，需要焊工在高空焊接被分段的甲醇洗涤塔，不但成本和时间陡然增加，而且还可能发生焊接夹渣、凹坑、裂纹、气孔、焊瘤和烧穿等问题，会给下阶段安全生产埋下隐患。第二种方案是用两台250吨吊车抬吊，虽然看起来操作简单可靠，但仍有巨大困难。因为中国即便改革开放三年了，无论是自产的吊车还是进口的吊车，都有了增加，可250吨吊车在全国还是屈指可数，更别说同时调两台来作业。如果紧急进口两台250吨吊车，那就会打破工程投资总概算，让本就拮据的外汇储备更加捉襟见肘。

厂部领导在听取大化肥工程指挥部汇报后,李阿牛自然想起了吊装常压塔的东海安装施工队。这次大化肥工程"双鞭"呼延熠队长继续带着他的"一百零八将"出征。四年来,施工队换了近十张新脸,那个"母大虫"也从家属转变成了正式队员,但总人数仍控制在108人。于是李阿牛就像当年吊装常压塔一样,在专题会上提出了继续用卷扬机合力吊甲醇洗涤塔的大胆设想。这次提议非常顺利地通过了专家们的认可,许多人已见证"滑移抬吊"的吊装法,即便当初持反对意见的贾保华副厂长也成了忠实的拥趸,并表示尽快在地方的配合下,争取外国专家的认同与支持。

当李磊磊跟童科长找到"双鞭"时,呼延熠队长正好吊完一台换热器,正和几个人蹲在施工棚外阴凉处抽烟。一听要吊的是297.55吨的铁塔,并且高度以81.51米刷新全省化工设备吊装记录后,"双鞭"这次不但没有畏难退缩,反而两眼放光,急吼吼把刚深吸的一口烟吞咽到喉咙,旋即把烟头往地上一扔,一边用脚尖拧灭烟头,一边用食指刮去额头渗出的汗水,随后顺手往下一滑,拍着敞开的胸膛豪放地应道:"放心,这活儿我们施工队之前已干了多次,也就我们能接这种大活儿。"

听了呼延队长热烈狂放充满了力量的话,李磊磊也就放下心来。晚上和父亲一起在食堂吃饭时,他详细描述了和呼延熠谈话的过程,看父亲听完后咬着筷子没接话,侧脸瞅着父亲的嘴问道:"爸,你咬到舌头了?"

李阿牛摇了摇头,夹了筷香干炒肉丝送进了嘴。原本喜欢的这道家乡菜,此时却让他味如嚼蜡。刚才儿子的描述并没有让他高兴,相反,本就担心此次吊装任务的他更是滋生出一种莫名的

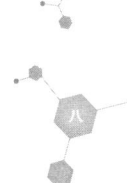

担忧。李阿牛觉得"双鞭"现缺的不是信心，而是细心、谨慎。今天他宁愿听到像之前接到吊装常压塔任务后，工程队正、副队长才尝试就嚷嚷着干不了，而不是像现在还没进行技术上的论证就敢拍胸脯打包票。吊装是需要经验，但更多的还是要靠严密的技术来支撑。这次吊装的是个巨无霸，自己测算所需的卷扬机多达13台，这么多台卷扬机同时作业，任何一台操作不当或指令下达延误，必然会发生因钢丝绳绷断而引发设备坠落事故。李阿牛做了个临时决定，催促儿子："晚上陪我去东海安装施工队现场。"

东海安装施工队接的任务都是吊装，夜间不安排作业，此时去现场除了看守人以外，应该没什么人。于是父亲的话音刚落，李磊磊捧着碗提醒："爸，他们应该下班了，找'双鞭'还是去厂外他们搭的工棚吧。"

"就是乘没人才去现场。"

李磊磊听了很是诧异，但看到父亲端起碗往嘴里拨饭后，只好也不明就里地加快了进餐的速度。

今夜点点繁星装饰着无尽的黑色天幕，高悬的明月洒下柔和光束，像是给大地披上一层轻柔的银纱，加上轻拂扑面的海风吹散了白天的炎热，让夜晚在一丝清凉中颇感舒适。当李阿牛父子来到东海安装施工队施工现场后，现场一片寂静，只有远处围墙外传来此起彼伏的蛙声。一盏白炽灯高悬木杆顶，极为有限地照亮着摆放设备和材料的工棚，就像条被拴在木杆上的看门狗，警惕地盯着自家的门。见工棚无人，两人拉开虚掩的竹片门，走进了几乎没什么光亮的工棚。

李阿牛握着手电筒来到一台卷扬机前，蹲身查看设备。李磊磊也弯着腰紧跟其后，随着手电筒光亮看父亲检查完电机和钢丝绳后，又拧起了润滑油盖。

"果然有贼，我让你们再偷！"随着一声吼叫，不知从哪里窜出一名汉子举着长棍就扫了过来。

李磊磊直起身刚想解释，上过战场的李阿牛反应极快，本能把手电筒照向袭击者的同时，另一手一把拉住儿子手臂就势倒地。李磊磊感觉那条长棍几乎贴着脑袋扫过，吓得他倒地后脖子一缩不敢再动。李阿牛向后连滚两圈，不想腰被地上的石子硌了一下，翻身起来边揉腰，边将手电筒照向自己的脸自报家门："不要误会，我是炼油厂党委副书记李……"

那汉子眼睛刚被手电筒照过，一时根本看不清对方的模样，不过即便看清也无法证实对方亮的身份是否真实。他对小偷编领导身份想吓唬自己的伎俩很是不屑，于是当即打断并继续骂骂咧咧地吼道："去你娘的，老子还是东海龙王呢！"

被对方粗暴无礼地呛上一句，李阿牛幡然醒悟。自己虽"贵"为厂党委副书记，可安装施工队的一个普通职工，估计连面都没见过，怎么能证明自己的身份？可以说无论生活还是工作，自己和对方就像是两条平行线，没有相交的机会。李阿牛无奈地挤出一个勉强的苦笑，上扬的嘴角弧度配上鼻音，一下子让自嘲盈满了整张脸。他不得不建议："同志，你看这样行不行，我们也不走，你可以找人验明我们身份。"

这时，缓过神来的李磊磊终于也借助白炽灯看清了对方，可越是看清越是糊涂。按理说对方应该是东海安装施工队的职工，可那脸却生得很，似和施工队打交道时从来没见过。于是他也只能跟着父亲的思路说道："同志，不要误会，不行你把呼延队长

叫来……"

"我们队长是你想叫就随便叫的吗？是想把我支走好溜吧？告诉你们，别给我耍滑头，蹲下！今天别想逃出这道门！"说完，那个汉子不仅把手中的长棍狠狠往地上一戳，震慑的味道极浓，而且扩起的胸像是要把那道竹片门撑厚实了。

等和儿子不得不重新蹲下身子后，李阿牛尝试向对方提出新的建议："那我们一起去厂保卫科，你看这样行不？"

突然，远处滑闪过几道光，没等李阿牛和李磊磊反应过来，只听那名汉子立马向外喊起了救兵："快来人，抓到贼了！"

"快！"随着一声催促和嘈杂的脚步声，不一会儿敞开的竹片门涌进4个手臂上戴着"治安巡逻"袖章的人。只听为首那个秃顶男子厉声喝问："贼在哪里？"

"唔，就是这两个。"被几道手电光照脸的汉子边努嘴角，边兴奋地指着李阿牛父子。

"老宋！"

"李副书记，您怎么在这里？"随着电光一转，为首那个秃顶男子认出了不远处的李阿牛，声调一下子降了下来。

李磊磊终于直起身长吁了一口气，说："哎呀，多亏宋副科长来这里，不然我们真是说不清。"

眼前的场景让举棍汉子大为尴尬又吃惊，他怎么也想不到刚才"抓"的不是盗铁小偷，而是真的炼油厂领导。就在他奇怪领导怎么这么晚来施工队工棚时，只见起身的李副书记拍了拍身上的泥灰，指着自己调侃："是不该偷偷摸摸来这里，害这位师傅还以为我们是贼。"

见李阿牛手开始揉腰，想到施工棚男子手中的长棍，老宋上前焦灼地追问:"李副书记,这家伙伤到您了?要不要去医院?"

李阿牛连连摇手:"是我自己刚被石子硌到了腰,没事。"

保卫科老宋习惯了咄咄逼人的工作作风,在他看来今天这事只有一方是对,要么是这个值班人员真抓到了小偷,不然拿着棍子打人就是错,更何况差点打到的还是厂领导。于是老宋转身又换上了刚进门时的口气,朝举棍汉子厉声呵斥:"你眼瞎呀?!今天幸亏没伤到李副书记,不然有你好果子吃!"

"老宋,不要吓唬他,他没错。"李阿牛疾步横在两人中间,制止老宋后,走到举棍汉子面前和气地问道:"同志,贵姓?"

本尴尬又吃惊的举棍汉子经老宋呵斥和威胁,反而镇定了下来。虽然刚才误判工棚进小偷自己用长棍砸了人,但只是砸空又没伤到人,你们想要小题大做借机报复可没门!他对李阿牛的庇护并不领情,一副死猪不怕开水烫的气势,瓮声瓮气地回道:"我也姓李!"

"哈哈,五百年前还是一家人,真是不打不相识。"李阿牛拍了拍对方的肩膀,旋即转身又嘱咐老宋,"老宋,我觉得不但别吓唬李师傅,而且还应该对他的警惕性和敢于搏斗的精神提出表扬。"

老宋是个聪明人,看架势自己今天在这里非但没抓贼之功,相反夹在中间会多事,于是敷衍着当起好人:"对,李副书记,昨天这里刚丢过十多根钢管,就该配这样认真负责的同志来值班。"

"那更要在治安会上进行大张旗鼓的表扬!"

"好,我记下了。"老宋应声后马上又补上一句,"李副书记,那我再去周边看看?"

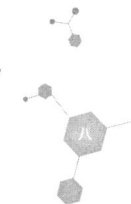

"去忙吧，辛苦了！"

等老宋带人迈出竹片门后，李磊磊终究按捺不住好奇地问道："李师傅，你叫什么名字？在施工队干什么？我之前怎么没见过你？"

"我叫李良，平时开车拉货。这两天没活儿，刚好保管员今天阑尾炎开刀住院，队长安排我顶一下。"

"你就是'巡海夜叉'？"

"李副书记也知道我在队里的绰号？"李良被李阿牛的插问惊瞪了眼睛。

证实猜想后的李阿牛笑了，怪不得刚才对方狂言自己是东海龙王。李磊磊见父亲没接话就代为解释："可能李师傅常在外开车，怪不得我和我爸看了都眼生，我们常来你们施工队。"

听了李磊磊的解释李良越发糊涂，眼前这对父子既然常来我们这里，那晚上还来干吗？这时只听李阿牛指着自己的脑袋，说："你们队一百零八将我不能说都叫得上号，但有些即便没见过面还是记下了。"

李良已不在乎自己的绰号对方如何知道，他现在很想搞清楚李副书记带儿子晚上来工棚干吗，不然呼延队长万一问起如何答复。于是他脱口问道："李副书记，您来这里是有什么事吗？"

"也没什么大事，看一下你们的设备保养情况。"李阿牛很是随意地说完后，指着刚才拧开了润滑油盖的卷扬机问道，"对了，老李，那台卷扬机润滑油怎么发黑了？"

虽不懂卷扬机，但作为卡车司机的李良清楚润滑油的作用，也清楚润滑油发黑意味着什么，他挠了挠头很是牵强地找出个理由："这没注意，可能近期吊装任务重，收工偏晚，大伙都饿得急着回去吃饭。"

急着回去吃饭居然成了不保养设备的理由,见李磊磊眉头一皱要抢话,李阿牛递了个眼色制止后心存侥幸地问道:"那每天早上使用前会安排人检查吗?"

"应该会吧。"也许是心虚,李良在回答时躲开了李阿牛直视的眼神。

"好,不打扰李师傅了,我们回去了。"

李良巴不得快点送两人离开这里,于是迅速往边上一让,抬手道别:"李副书记、李工,你们慢走。"

"再见!"

在回办公室路上,李阿牛突然开口问儿子:"磊磊,今天这事你怎么看?"

"爸,你不是让宋副科长表扬吗?"

李阿牛继续边走边说:"我问的是他们设备保养问题。"

"这事我明天早上过来督促他们。"

"不。"

听父亲当即摇头否定,李磊磊不解地问道:"爸,那我们不管?"

"不,不但要管,而且要严管。如果这样大意,早晚要出事故。"

想到即将起吊的甲醇洗涤塔超大设备,李磊磊心一紧,终于明白了父亲为什么要连夜"偷袭"施工队,于是提出了处理意见:"爸,我明天就汇报童科长,确保甲醇洗涤塔吊装的安全。"

"不!"

父亲戛然而止的脚步和用力摆手的断然否定,让刚揣摩出父

亲意图的李磊磊又感到一阵困惑。父亲意思是不向童科长汇报？那凭自己的能力如何促进严管？他不得不也停下脚步望着父亲的脸，想从极少严厉的表情中寻找答案。

"吊装甲醇洗涤塔必须换另外的施工队干！"

即便父亲的口气不容置疑，但李磊磊还是及时提醒："爸，童科长和我已跟呼延队长谈妥，合同都已在准备了。"

"就算现在已开始作业，那也得马上停下来。"

"爸，你是放心不下？"李磊磊不得不求证。

"宁愿干完活集体抽烟，也不知道抓紧时间做设备维护保养，这样的工程队来吊装甲醇洗涤塔你能放心？"李阿牛不答反问。

李磊磊觉得父亲是在吹毛求疵，是的，呼延熠他们是有问题，但设备保养又不是什么要紧事，最多算是工作上锦上添花，就像我们搞设备设计，铅笔皮削出波纹状只是让笔看上去漂亮，但并不会影响图纸的质量。也许心里这样想，李磊磊接口也说得有点轻描淡写："爸，毕竟他们最有吊装超大设备的实操经验，明天我们督促一下设备维护保养应该没问题。"

对于儿子的强调和辩解，李阿牛认为他是没能看到问题的本质，于是开门见山地引导："知道关羽失荆州的歇后语吗？"

"骄兵必败。"

"你想，被尊为与'文圣'孔子等同地位的'武圣'关羽，曾温酒斩华雄，阵前宰颜良，过五关斩六将，威震华夏，也会因骄傲自大痛失荆州，更何况我们普通人。所以古人不光有骄兵必败的告诫，也有哀兵必胜的启示。"

李磊磊并不认可父亲的说法，当即反驳："爸，如今万事无法事事预料，所以骄兵不一定败，哀兵更不一定能胜。骄兵或许因大意准备不充分而有意外,但自信和经验使他们能够应对不测。而哀兵相反会因自卑遇事就紧张,把本可解决的小问题,变成棘手的大麻烦。我觉得都是人,越有经验越有利于问题的解决。"

"都是船,新中国成立前'江亚轮'大客船因偏航触雷沉没,死难人数居世界海难之首,相反一些划桨小木船却在上海长江口海域通行无忧。磊磊,其实细究原因并不复杂,就是因为前者盲目自信,而这种自信必定会造成大意,大意往往就是灾难的前奏。关羽大意失荆州可不仅仅是个人的失败,而是整个蜀国的败亡。"

李磊磊听出父亲的表达词语已从失败升级到了灾难,继续引用关羽,也是为了强调大意会引发的严重后果。是的,参与大化肥工程的所有人都明白,如果甲醇洗涤塔吊装出意外或事故,轻则设备损坏打乱试车开工的计划,重则塔毁人亡,给厂里造成重大经济和声誉损失。这也是大化肥工程指挥部在无法满足日本专家提出的吊装方案后,不得不汇报厂部领导来定方案的原因。不过按这几年的工作经验和对东海安装施工队的了解来看,这项任务对他们来说是有一定的难度和风险,却也是可以解决的难度,是可以控制的风险,不然父亲也不会提议把这一任务交给他们来干。为了打消父亲的顾虑,李磊磊提出了折中方案:"爸,我觉得临时再换吊装队伍,不但会让呼延熠觉得我们言而无信,也会让厂领导和其他人觉得你出尔反尔,毕竟执行吊装方案的工程队还是你首提。我看不如这样,反正距正式吊装还有五天时间,我这几天多跑现场,督促他们加强设备维护保养和操作人员培训。"

"如果能让骄兵成哀兵,那也不是不可以。"李阿牛低头沉思

片刻,还是退让一步接受儿子的建议。

"爸,你这话听起来并不是好事。"

李阿牛抬眼诧异地应了一声:"嗯?"

"哀本就带悲伤、哀痛的意思,看到这个字,脑海就会闪现唉声叹气、哀鸿遍地这样的成语。我觉得还是让骄兵成猛将好听。"

李阿牛被儿子的刻意打趣逗乐了,笑过后补充修正:"这次吊装可得要十多人同步作战,光一员猛将不行,还得打造成一支劲旅。"

"骄兵成劲旅。爸,你这个提法太有意思了!"

李阿牛收起笑容叮嘱:"如果东海安装施工队整改不行,我们断不能勉强,要敢于拉下脸面换施工队伍。这次吊装可不能有任何的隐患存在,更不能有闪失。"

李磊磊宽慰父亲:"爸,你放心。"

虽然李磊磊当晚就说服了李阿牛,可第二天和设备科童科长到东海安装施工队检查卷扬机设备保养时,却遭到了呼延熠等人的阻挠。原来呼延熠一早到工地听了李良的值班汇报后,顿时来了脾气。心想,你李阿牛三更半夜来找我什么茬?三年前我们那么差的条件,还不照样把常压塔和减压塔给吊好了,你现在还瞎操这份心干什么?!在抬眼看到不远处另两家工程队时,他猛然一拍脑门,脱口骂道:"娘的,看来黄鼠狼给鸡拜年——没安好心。"

也因为心里有疙瘩,所以当看到李磊磊和童科长朝自己走来时,呼延熠没有像之前那样远远招呼并迎上前,而且在童科长上来说明来意后,当即沉下脸愤愤不平地说道:"检查我们设备保养？那干脆你们把吊装的活儿也干完得了。"

李磊磊没想到对方是这样的态度，开始为昨晚替呼延熠在父亲面前说话而后悔，年轻气盛的他眉头一皱，抢在童科长前加重语气责问："怎么和我们科长说话的？"

一个愣头青居然敢几近呵斥地和自己说话，呼延熠觉得气血直冲脑门，他提醒自己断不能在队员面前丢脸，于是瞪圆了眼睛反问："嗨，你想要我怎么说？难不成还要你来教？！"

对方的态度让李磊磊没好气地说道："你们有没有做好设备保养心里清楚，我们必须确保安全吊装……"

"臭小子，别在我面前摆架子，我们心里清楚得很。告诉你，老子用实力在这里干活时，你还没靠你爹来这里混饭吃呢！"

看队长已破脸反击，围观的东海安装施工队队员就像是白娘子喝了雄黄酒——现了原形，纷纷叫嚷：

"就是，我们干了这么多年，轮不到你来指手画脚！"

"有个当官的爹以为自己就牛逼，也不撒泡尿照照，到我们队上给我涮马桶也不要。"

"就是，有本事去考上大学，没两把刷子别在这里嘚瑟。"

虽然这些七嘴八舌的话没骂人字眼，却句句像戳心的利箭精确扎在李磊磊的胸口。面对"祸及"父亲的变相谩骂，气得身体微颤的李磊磊越发笨嘴拙舌，憋红了脸却说不出一句话来。一旁的童科长已从尴尬转为愤怒，要知道李磊磊没能考上大学，他心里一直很内疚。当初忙着消除试压中的设备问题，根本没想到要给李磊磊放几天假复习，如果不是李磊磊来请假，后几天本来还要安排他处理几件事。现在和李磊磊来现场检查一下设备保养，属于再正常不过的事，没想到施工队反应这样激烈，而且还有

仗人多势众攻击厂领导的迹象。于是他环指众人呵斥:"小李的工作业绩我们谁都清楚,不许你们胡说八道!"随后手指合抱双臂于胸的呼延熠下起了命令,"马上让他们去干活,不许在这里胡闹!"

不等呼延熠回应,"呼保义"抢先跳了出来,一手叉腰一手也反指童科长喝问:"你算哪门子葱,哪瓣蒜?居然指挥起我们队长来。"

看局势不但没能控制,相反有进一步恶化的趋势,童科长提醒自己切勿冲动,更不能与对方手下人冲突。既然这事的关键人物是呼延熠,那就擒贼先擒王。于是童科长并不理会跳出来的"呼保义",一手挥动示意众人散去,另一手去拉呼延熠胳膊:"大家别胡闹,都去干活吧。你到我办公室去。"

即便童科长的口气明显缓和了不少,胡闹一词完全不同刚才的呵斥,甚至还带有点央求的味道。可呼延熠不但不买账,相反,仍合抱双臂于胸的他翻着厚实眼皮故意问道:"胡闹?到底是谁在胡闹?"

话音刚落,身材高大的"呼保义"健步横插上来,硬生生推开童科长的手,也来了两个反问:"怎的?还想抓我们队长?"

见对方一而再,再而三地冲撞自己,围观的人也越来越多,童科长觉得今天拿捏不住这事,不光是日后现场管理没人会听服,还会影响施工的安全、进度和质量。断不能让威信被眼前这个山东莽汉扫地,于是他挺直了身子,似乎要将全身的力量凝聚在梗紧的脖子上,面向"呼保义"道:"我们可是代表厂里来检查的,让开!你还想不想在这里干了?"

"呼保义"不但没退后,反而朝童科长更进了一步,翘起拇指反指自己的鼻子说道:"你装什么大尾巴狼,别拿着鸡毛当令箭耍威风,我可不吃这一套!"

童科长暗暗叫苦,看来古训"兵来将挡,水来土掩"并不准确。水来土掩有时反让水势受阻后更猛,同样,兵来将挡处于这种不合理的对局,就像是秀才遇到兵有理讲不清,而且越说越麻烦。于是童科长继续不理会"呼保义",单问呼延熠:"你跟我走不走?"

"有事就这里说,有屁就这里放!"

听呼延熠接的茬让自己更为难堪,童科长决定不再纠缠,回去再作商议,于是扭头招呼李磊磊:"小李,我们回办公室,到时再处理他们!"

围观中有人马上接起了话:"啥?还想处理我们,别让他们走了!"

"对,队长说了,有事就这里说,有屁就这里放!"

随着"呼保义"重复呼延熠刚才的话,就像出征在外的将军接过了兵符,瞬间这个原本只是个接电工的队员,一下子成了能号令众人的头领。围观的施工队立即把童科长和李磊磊围住了,并群情激奋地嚷嚷:

"不许走,你得把话在这里说清楚!"

"想处理我们?你想怎的?"

"怪不得姓李这小子这么歪,原来上梁不正。"

一直默不作声的"一丈紫"也恰到好处地点了一句:"其实这狗屁科长算不了什么,这姓李小子的老爹才是背后黑手,不然二更半夜不回家来这里干吗?"

脸早已憋得像熟透西红柿的李磊磊,觉得胸口一股无名怒火

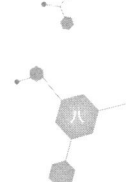

一直在向上翻涌,牙根直发麻,施工队苟副队长"一丈紫"这句话,就像是替自己掀开了压在脖子这里的盖子,一下子无名怒火直冲脑门,只见他一声不吭紧握拳头冲上去就朝"一丈紫"脑门砸去。习惯用武力解决问题的"一丈紫"不慌不忙准备回击,可容不得他出手,边上队员在"呼保义"的招呼声中一拥而上,把李磊磊和童科长分隔成两个圆,不分青红皂白就拳脚相加。童科长和李磊磊哪见过这样的阵势,不但没有回击之力,相反被雨点般的拳脚打得抱头蹲下身。好在这些人并没有使劲,更没有拿工具伤人。

"行了,让他们回去。"站在一旁冷观的呼延熠在施工队其他人的劝说下,终于从"呼保义"这里"夺"回了指挥权。

等围打的人闪开,童科长赶紧起身去拉被打得躺在地上的李磊磊。虽然施工队众人下手不重,也没有把李磊磊打出血,但他还是被揍得浑身疼痛。童科长本想叱骂,可想到这会若激怒众人可能再次挨打,只能恶狠狠地挖了呼延熠一眼,默不作声和李磊磊向来时的路走去。

等李磊磊他们走远,呼延熠像没发生什么事一样,平静地朝众人挥了下手:"好了,都散了去干活。"

当施工队像凯旋将士嘻嘻哈哈向各自工作岗位走去,"一丈紫"这才轻声问道:"接下来我们怎么办?"

"什么怎么办?"

对于呼延熠的反问,"一丈紫"一脸愕然地说道:"我们不是把炼油厂……的人打了?"

"一丈紫"本想强调厂领导的儿子和童科长,但出口瞬间觉得这样说不但会让队长小瞧自己,更有可能越发激怒对方,于是当即改了口。其实对于副手的咯噔，呼延熠清楚他内心的想法，可事已至此，又有什么好担心的，反正不在这里干了。呼延熠坚信炼油厂昨晚的"侦查"和今天所谓的检查设备保养，那不过是借口，其目的就是想逼我们走而已。想到这里，他不以为然地说道："今天所有人都看到先动手的是李磊磊，国家都说人不犯我，我不犯人。人若犯我，我必犯人。"说到这里，腰板蓦地一挺，半仰下巴反问，"我们好歹也是好汉，总不能人犯我，我还礼让他吧？"

"嗯。""一丈紫"应了一声不再啰唆。他清楚自己虽为东海安装施工队的副队长，但如同梁山"玉麒麟"卢俊义，只要"呼保义"宋江在，拿主意的就不是自己。同样，若是"托塔天王"晁盖没有命丧曾头市，宋江也照样只有听令的份。这恰到好处的一声"嗯"，既表达了对"双鞭"意见的认同，也表明了自己会跟着"双鞭"干。

设备科的童科长和李磊磊去施工队检查工作被打的事，如同星火燎原，迅速成了全厂职工热议的焦点话题。

当李磊磊下午终于向从市里开会回来的父亲叙述完整个过程后，陪同的童科长觇窥李阿牛，真怀疑眼前这个厂党委副书记是不是因奔波累得靠在椅背上睡着了，不但脸色像绷紧的鼓皮没有丝毫的变化，情绪也像均匀的呼吸，如同清澈见底的湖水不泛一圈涟漪。要知道人家明着是打你儿子，其实就是在"冒犯"你这个位高权重的父亲。今天就算是普通职工遭遇这样的事，那也该拍案而起。也许是整个房间3个人都没说话，让李磊磊喘着粗气的声音听上去特别地刺耳，急速起伏的胸脯就像不断加压的气泵，要把当下的空间压爆了。

165

"磊磊，在沈阳你和小杰为了一颗玻璃弹珠打了一架，你输了，我非但没有安慰你，还批评了你，你还记得吗？"

当李阿牛终于打破沉默开口，李磊磊满脸的诧异。父亲提当年与小杰争"奶油弹"和今天这事有什么关系？那是儿时的游戏，现在是工作，完全是风马牛不相及的两回事。一旁的童科长更是满脸的窘迫，李副书记像是在说家事，自己夹在这里似乎很不合适，他不自在地挪了一下屁股，赶在李磊磊开口前找了个溜号的借口："李副书记，科里还有些事要处理，我先过去？"

"嗯，你去忙吧。"

"好的，好的。"童科长应声后和李磊磊使了个眼色，随后疾步走出了李阿牛的办公室。

看童科长带上门儿子仍没有转回头看自己的意思，李阿牛直截了当地问道："磊磊，你是不是觉得自己很委屈？"

脸仍倔强朝向门外的李磊磊赌气着反问："还用问？"

"你猜我气不气？"

父亲平缓的语速本就让李磊磊有些愠怒，他扭头瞥了眼父亲自始至终平淡的表情，当即顶了过去："我怎么知道？"

"你为什么要动手？"

本就觉得憋屈的李磊磊没想到父亲既没宽慰自己指责对方，反而批评自己先动手，于是愤然起身指着自己的鼻子说道："人家骂你，难道我还当乌龟？！"

李阿牛也猛然起身指着窗外说道："公然叫嚣并诬蔑我这样的副厅领导，你说我能不气？！"

听到父亲压着嗓子低声地怒斥，李磊磊木已吃惊，而且从不在自己面前提及副厅级别的父亲，今天刻意也强调了一下，似乎平静只是表象，内心也和自己在现场时一样愤怒。那不如借助父亲这股憋气窝火劲，让东海安装施工队滚蛋，不光让自己出口恶气，更能在同事面前捞回面子。想到这里，李磊磊毫不客套地建议："爸，我们昨晚本就不放心他们施工，不如干脆把这支队伍从参建队伍中剔除。"

"好呀，不过接下来吊装和安装的活得你来顶。"

"啊？"

"坐。"李阿牛抬手朝李磊磊压了压，自己先坐了下来，接着又说道，"昨晚我还想着要换施工队吊甲醇洗涤塔，但被你给劝动了……"

"爸，是我错估了……"

听儿子的语气在悔意中平静下来，李阿牛摇了摇头反打断儿子的话："不，是我低估了。"

"嗯？"对于父亲的否定后的一字之差回复，李磊磊不解其意，这是指低估了对方反抗能力？还是指低估了自己建议的不良反应？只能虚应一声等父亲解释。

"是我工作方法不妥，不应该夜间突击检查，完全可以大白天明着来。"

已抬起头的李磊磊很是不解地瞪大了眼睛："今天童科长和我不就是明着去的吗？"

李阿牛继续摇了摇头："不一样，有了昨晚的误解，今天所做一切只会让对方在成见和误解中加深敌意。"

证实父亲刚才所说的低估并非指自己建议后，李磊磊反而越发纳罕地追问："难不成放手不管？"

"不！必须严管，我们断不能有任何的侥幸心理，他们断不

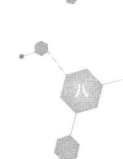

能有任何的懈怠心理。"

这说来说去还不是要管,可施工队反抗意识强烈,矛盾本就很难调和,现还反怪我先动手,李磊磊一头雾水地追问:"爸,你到底啥意思?"

"别看呼延熠这些人从上到下说话粗鲁,但目前他们也是建设队伍中吊装技术最好的一支,也只有这样的队伍才配得上干硬活儿。"

听父亲还是要把吊装甲醇洗涤塔的任务交给东海安装施工队来干的意思,李磊磊不得不直白地提醒父亲:"爸,今天被打的是我,但看戏的都认为他们打的是你的脸!"

"吊不好设备无法如期开工,那才是被狠狠打脸。"说到这里,李阿牛转手从包里取出一本日记本,边翻边说,"早上我和贾副厂长就在市里开协调会,技术专家凯恩在听了我们的吊装方案后,明确提出反对意见,提出必须尽快从日本进口大吊机。"

当听到凯恩名字时,李磊磊脑海马上浮现高挺鼻梁两侧一对锐利眼睛,正透着不容置疑的威严和霸气的眼神盯着自己。是的,虽然从西德赶来的凯恩上周才到大化肥工程,可认真执着的工作态度,令包括李磊磊在内的许多浙江炼油厂人敬佩又不解。这个有着微卷金发、宽额高鼻、长睫深目的中年人,很多时候就像台机器,严谨地执行每一个工作步骤,哪怕明知这是多此一举的规定,也非对照着完成。李磊磊深知从日本进口大吊机是根本不现实的建议,不由得皱起眉头问道:"爸,如果凯恩反对吊装方案,那怎么办?"

"没问题,许伯伯和我已做通了他的工作。"

即便知道许伯伯的能力,但能说通凯恩放弃本有的想法,李磊磊还是有些意外，马上向父亲求证："那凯恩同意我们的吊装方案？"

"没有。"

"那……"李磊磊更摸不着头脑，思路犹如被重重迷雾所笼罩。

"凯恩只是不再坚持反对，但提出当天不在现场监督，而且必须让有经验的工程队来干。"

虽然提出不在现场监督的要求多少也是对吊装方案的否定，甚至有怕担责的味道，但李磊磊心里清楚，能让凯恩放弃"原则"已是非常不容易。既然局势已如此，更不能让东海安装施工队来干，于是李磊磊脱口提醒："爸，那我们更不能有任何的闪失，不然还得背上不听外方专家的……"

见儿子说到这里欲言又止，李阿牛拱起双臂，十指交叉成空拳虚撑下巴，盯着李磊磊问道："你怕？"

看着父亲和蔼地望着自己，李磊磊并不急着答复，细辨之下发现父亲的问有两层意思。一是指吊装施工作业失败的追责，二是指吊装施工作业方案有问题。对于后者李磊磊有绝对的自信，根据专家们的多次验算，这次吊装虽远比之前吊装常压塔等复杂，但施工方案大同小异，通过两根57米高、受重200吨的吊杆，用13台卷扬机同时作业就可完成。于是李磊磊略作思考后回应："爸，我不是对东海安装施工队有偏见，更不是赌气，是真担心他们干不好。"

"眼下决不是临阵选将的时候，而是要让接活的人有破釜沉舟的决心。"

"你决定了？"

"这样的大事不是你爸一个人能定,甚至不光炼油厂的领导就能拍板,这次你许伯伯起到了关键作用。"说到这里,李阿牛直起上身,没了虚撑下巴作用的双手自然下滑到桌面,使强调的神情显得更加肃穆,"我们没有任何的退路。"

李磊磊越听越觉得现在厂里的吊装方案等于是把父亲和许伯伯捆绑在东海安装施工队这辆战车上,一旦出事后果不堪设想。既然如此,倒不如提前给自己留条退路,于是李磊磊噘着嘴怄气说道:"爸,那不如干脆等买日本的大吊机到场。"

"我绝不会同意,更不会提议。有些事我还是日后慢慢和你交代。"李阿牛特意挺直了脊背,似要表达出坚韧和决心。

"嗯?"李磊磊心里一怔,父亲用"交代"来替代"说",难不成父亲非要把这活交给呼延熠有难言之隐?那究竟是谁给他的压力?

"呼延熠他们也不易,上次炼油厂建设他们不但立了功,而且工程款我们也拖欠了挺长时间。"

等了半天居然只是这样的理由。对父亲愧意的表情,李磊磊很是不满,开始情绪激动地争辩:"爸,这是公对公,又不是我们家欠他们。把活儿再给他们干,你难道不怕日后人家笑话我们?!"

"磊磊,真正的面子来自做成了多大的事,而不是他人外在的评价。若是为了面子放弃正确的选择去迎合,那反而是最没面子的事。"

李磊磊非但不认可父亲的纠正,反而针锋相对地强调:"我可丢不起这个脸!"

看着气鼓鼓的儿子,李阿牛继续耐着性子劝道:"事物都有两个面，能否把坏事变成好事，取决于我们如何在不利的困境中发挥主动性和能动性。这好比我们这次的吊装方案，无论是硬性条件还是外部环境，都对我们极不利，外方的阻力非常大。好在今早在省、市领导的共同努力下，终于使这一方案得到外方的认可。我想经历了这次事件，能让你日后更加成熟。其实，人生有很多事并非我们想象的那么糟糕，塞翁失马，焉知非……"

李磊磊听得懂父亲的意思，也明白早上谈判的艰辛，可他实在是咽不下这口恶气。刚好上班铃声响起，于是他推椅起身打断了父亲："人生有很多事和人并非我们想象的那么美好！"

看李磊磊说完转身就向外走去，李阿牛没阻拦儿子，默默看着儿子重重打开门，又静静听着他的沉闷脚步声被更多像密集嘈杂鼓点般的上楼声淹没。李阿牛心里挺纳闷，今天大楼怎么一上班就有这么多人同时上楼，而且这声音绝非在办公室工作的人走楼梯的习惯。这时，远远传来李磊磊愤怒的声音："你想干什么？！"

李阿牛腾的一下从椅子上跳起，从磊磊的呵斥可以断定是呼延熠带人来讨"说法"了。他担心还没被自己说通并带怒气出门的儿子再次和对方发生冲突，又记挂着马上要吊装甲醇洗涤塔，这节骨眼上可容不得节外生枝，必须尽快阻止事态的发展。也许是心急，李阿牛膝盖重重磕在办公桌柜门拉手上，他顾不得疼痛，三步并作两步迈出了办公室的门。

"李副书记来了。"

只见楼梯口正压着腰和李磊磊说话的呼延熠在厂党办主任的提醒下，赶紧转过脸疾步迎了上来："哎呀，李副书记，我是一错再错，现特来向您负荆请罪。"

顿时放下心来的李阿牛没有马上接话，止步瞥了党办主任一眼。四目交汇那一刻，李阿牛读懂了眼下"变局"的原因，平静地问冲到面前的呼延熠："请罪？那你知道错哪里了？"

对方的直白让呼延熠猝不及防，他愣了愣，不好意思地挠着头皮说道："李副书记，早上我动手打了李工，我刚在向他道歉……"

李阿牛却打断了对方："这次施工现场肢体冲突影响恶劣，双方都有责任，但李磊磊同志错在先，是他先动的手，要道歉当是李磊磊同志先向你们道歉。"

呼延熠一时不知如何接，说对方客套吧，好像不是；说对方公正评判吧，可从神情和语气上来看，似在暗责自己负有不小的责任。为了回避自己引发的尴尬话题，呼延熠直接道出了心里的话："李副书记，我们刚得知您在市里和外国专家面前力荐我们来吊装甲醇洗涤塔。可今天早上，我还错以为您昨天来突击检查是要挤我们走。"

"我们不会挤谁留谁，一切工作都是围绕如期试车开工出产品。"

"谢谢李副书记和各位领导的肯定，我们一定会把甲醇洗涤塔吊装好。"呼延熠这下反应极快地接过了话。

"凭什么干好？"

"嗯——"刚对上话的呼延熠觉得脑子又迟钝了，对于这样直白的问本来回答挺简单，可因为早上发生了"不愉快事件"，让他支吾着不知如何接话。

"是凭经验就可以？"

"不是。"呼延熠赶紧摇了摇头。

"那是不是卷扬机润滑油发黑也可以上场?"

对于李阿牛近乎调侃的追问,呼延熠把头摇得像拨浪鼓:"不行,这不行。"

"大家时间都很宝贵,我也不想多说。呼延同志,你回去带人自查一下,若不行,真别接这样的大活儿,我们可是谁都无法承担后……"

急性子的呼延熠当即打断了李阿牛的话:"李副书记,啥也不说了,明天您来查,若有不合格的地方,我马上带人爬出炼油厂。"

"行,就这样。"李阿牛没有直接回应呼延熠的发誓,但好像也作了回应。

等呼延熠一行人告辞鱼贯下楼,李阿牛才发现楼道上只有党办主任和童科长,李磊磊不知什么时候已悄然离开……

甲醇洗涤塔吊装当天,在炼油厂招待所客房转悠了半天的凯恩终于再也不想被责任心和好奇心所煎熬,换上炼油厂的蓝色工作服,戴上安全帽,既避开陪同的翻译,更没向炼油厂要车,悄无声息来到施工现场,混在围观的职工中观望。此时甲醇洗涤塔已在或长或急促的哨声中,被 13 根钢丝绳牵引着开始脱离地面。

虽有一定的心理准备,但看到现场真的只靠如此简陋的吊装器具吊起这么庞大的高塔时,凯恩感觉就像是在看一场魔术表演。恰有股强风吹过,肉眼可见甲醇洗涤塔在微晃。担心设备会受损,凯恩顾不得之前的"约法三章",推开人群向甲醇洗涤塔走去。眼尖的李阿牛发现稍有骚动的人群中走出一人,定睛一看,竟然是持反对意见的凯恩,而且身边并没有陪同的翻译。李阿牛误以为凯恩是来制止这种"违规"操作的,和身边任基建总

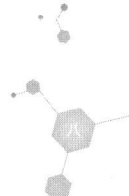

续航

指挥的贾保华递了个眼色,见对方会意点了一下头,李阿牛甩开双手快步迎了上去。

见是熟人李阿牛,顾不上寒暄的凯恩指了指高塔连比带画说了一通。李阿牛虽懂英语和俄语,对德语却是一窍不通。不过从对方的表情和肢体语言可以判断,凯恩绝不是来制止,且很有可能是发现了问题想提建议。李阿牛扭头招手唤来正在现场的厂办职工,一边派人速去找翻译,一边让人取副手套。吩咐完这些后,李阿牛这才扭回头,用英语歉意地说道:"凯恩先生,请您稍等,我们翻译马上到。"

"李先生,你会英语?"凯恩一对睥睨万物的眼睛,立马闪射出澄亮耀眼的深邃蓝。

颇为意外的李阿牛瞳孔也映出轻微的诧色,反问:"你也会英语?"

"太好了。"凯恩旋即又连比带画用英语复述了一遍建议。

当翻译急吼吼赶到现场时,呼延熠已在李阿牛的翻译下,采用了凯恩加垫枕木支撑悬空塔底的建议,使高大的甲醇洗涤塔没有再晃动。经过持续三个小时的奋战,东海安装施工队成功将塔稳稳吊入基座的螺栓中。伴随一短一长停止哨声的响起,呼延熠左手旗帜左右摆动,右手旗帜自然放下。顿时,四周响起了掌声。候在边上的16名工人分8组,赶紧套上大螺帽,用套筒配合铁锤对称着上紧螺帽。

凯恩没有鼓掌,上前围着高耸的甲醇洗涤塔检查,甚至每个螺栓都细细查看螺纹有无碰撞受损。当他终于转完一圈,陪同的李阿牛继续用英语问道:"凯恩先生,这下你可放心了吧?"

"李先生,这种吊装方法非常了不起,我在其他国家还没看

到过。"

当凯恩竖起拇指时,呼延熠的心终于放松下来。可没想到对方说完上半句就放下了手,下半句竟然边说边摇头,这让呼延熠整个身体瞬间就紧绷起来,心更是提到嗓子眼儿,他不安地催问翻译:"老外说什么?"

翻译小声解释:"他和李副书记现在说的是英语,我也不完全听得懂。"

也不知是李阿牛听到还是特意转话,只见他也学着凯恩竖起拇指对呼延熠夸道:"干得非常漂亮,凯恩先生也表扬了你们。"

呼延熠暗吁了一口气,心里暗骂,这老外也真是怪,表扬竟然摇头,难不成点头是批评?但他还是在庆幸中连连向凯恩道谢:"山Q!山Q!山Q!"

"嗯?你也会英语?"

看老外惊喜地问自己,听不懂的呼延熠只好扭头木讷地看着李阿牛。李阿牛哈哈大笑后当起了翻译:"他问你是不是也会英语?"

已猜到答案的凯恩看着眼前这位在吊装过程中镇定自若的指挥员,此时居然像个青涩的少年,和自己双目相对后,朝自己讪讪一笑就垂下了眼帘。此时,对方一头浓密黑发在阳光下闪耀着柔和的光泽,额鼻及下巴更是勾勒出亚洲人特有的轮廓线,内敛流畅中,透露出勤劳、保守、深沉、敏感、善良和真诚。凯恩觉得眼前是幅充满韵味的油画……

待中国、日本和西德三方检验完毕签字后,李磊磊心里百味杂陈,酸甜苦辣咸样样都有,就像母亲手中一团乱缠的毛线球,无法理出个头绪。是的,这次甲醇洗涤塔吊装相当成功,这为接下来的其他大设备吊装提供了更多的经验，奠定了全面推进施工的基础。可随着东海安装施工队的成功，也意味着自己因为那次的冲突越发脸面扫地。就在李磊磊胡思乱想中，父亲突然走到他身边，说："骑上车，跟爸去个地方。"

李磊磊不明白父亲要带自己去哪，脱口问道："出去？"

"对。"李阿牛只是肯定了一声，并没说去哪儿。

父子俩出厂沿着石子路西行。当一路沉闷的父亲在龙山墓地山脚下跳下自行车时，李磊磊单脚撑地诧异地问道："爸，今天为什么来这里？"

李阿牛边锁自行车边不答反问："还记得你第一次来这里祭祖吗？"

"记得。"李磊磊丈二和尚摸不着头脑，今天既不是清明，更不是祖上遇难日，上班时间跑这里干吗？

"走！"

李磊磊只好下来锁好自行车，尾随父亲来到太爷的墓前。带儿子跪拜后，李阿牛起身缓缓说道："磊磊，爸今天要和你讲个私心话。"

"爸，你怎么了？"父亲肃穆的神情已让李磊磊感觉怪异，出口的话和此处的场景更是让他感到害怕。

"这次吊装甲醇洗涤塔爸有私心。"

"啊？！"再一次强调"私心"让李磊磊的心顿时揪了起来，看米父亲犯错了。

"这件事我只和你说，你只能记在心里，决不要和别人提。"

莫名的保密叮嘱让李磊磊越发相信自己的判断，是的，父亲从开始不放心把活交给东海安装施工队，仅隔一天却改变了主意，如果不是有猫腻，哪有这样不顾父子情庇护对方的道理？虽然有点恨父亲，可望着密集的坟墓，李磊磊突然担心起父亲带自己来此会做非理智的举动。念头刚起，顿时整个空气里弥漫着惊悚的味道，仿佛一切都被这股氛围所覆盖和凝固，压得他连呼吸都有点困难。李磊磊暗握拳头急切地应诺："爸，你放心，我决不和任何人提起。"

李阿牛点了点头，旋即指着墓前微隆的地面问李磊磊："记得下面埋了什么吗？"

李磊磊似乎感到土下钢铁正发出瘆人的寒光，逼得自己不敢直视，剧烈的心跳声在耳边回荡，不安与恐惧像是一眼望不到头的潮水在猛烈拍打胸口，掌心潮得如同刚掬过水。他艰难地咽了下口水，努力平静地答复："一把匕首。"

李阿牛高挑的眉毛像是两段惊讶的弧度，微张嘴巴更露出不可置信的表情，埋这把匕首已有十多年，而且那时李磊磊还小。

"爸，难道我记错了？"看父亲望着自己不说话，李磊磊主动问道，在这个一旦无声就可怕的地方他必须发出点声响。

"对！完全正确！"

看父亲肯定时露出的短暂笑容，李磊磊就像是久雨逢晴，自然赶紧催问："爸，你想说什么？"

听父亲讲完匕首来历后，李磊磊还是一头雾水。难道这就是父亲所强调的私心话？如果父亲要讲个人家庭悲惨故事，完全可以在家里或办公室讲，而且这些家事和公家吊装甲醇洗涤塔没有丝毫的关联，哪用得着强调保密？他继续直截了当地追问："爸，你说这些和吊装甲醇洗涤塔有什么关系？"

李阿牛几近一字一顿地强调："国仇家恨，除非实在没有可解决或替代的办法,你日后也要尽可能避免采购日本设备。"

原来父亲所说的私心是指这个?李磊磊的心像煮沸的水倒进了冰块,刹那间安宁了下来,他忍不住笑出了声:"呵呵。"

"磊磊,没有经历过战争的痛苦是不会理解爸的提法。"

听父亲明显在批评自己的态度,李磊磊只好耐心解释:"爸,你应该比我更清楚,有些事哪轮得上我来决定?就算你现是炼油厂领导,在大化肥工程设备采购上也没什么决定权吧?不然你可以让 30 万吨合成氨装置也和 52 万吨尿素装置一样,由引进成套装置改为引进技术……"

"你说得没错,但即便没有决定权,也一定用好建议权。"

似乎有点听明白的李磊磊当即接问:"爸,你是指这次吊装甲醇洗涤塔的东海安装施工队?"

"对!若我不坚持,若其他厂领导不坚持,若许伯伯不支持,我们肯定难通过制定的吊装方案,最后只能按日本专家建议购买日本的大吊机。"说到这里,李阿牛顿了顿,伸手按在李磊磊肩上,"只有用东海安装施工队曾有的实践操作成功案例,才可以说服德方和日方。"

"噢。"李磊磊神色黯然地点了一下头,不知道接下来身边的人得知父亲这般抬举那帮人,他们会如何笑话自己。

"磊磊,我知道你现在的想法,爸爸也年轻气盛过。那天我说呼延熠他们也不易,你有抵触情绪,后来我又想了想,其实我们是欠了包括东海安装施工队所有建设者的情。"

"爸,这是公对公的事,即便你说工程款结账晚了些,那也是付清了,又没欠他们。再说厂付钱建设,他们干活赚钱,天经地义,谁也不欠谁。"李磊磊重复完公对公观点后,又特意强调

了两者的关系。

李阿牛突然想起当年在延长石油厂时汪家宝对陈振夏的分析,于是问儿子:"磊磊,你知不知道爸爸最早在哪家炼油厂上班?"

李磊磊一下子没适应父亲前后毫不相关的话题,但还是顺口答道:"延长石油厂。"

"对。之前清政府为保证从日本采购的钻机和炼油设备能顺利运抵延长,组织了数万民众耗时一年,修通了金锁关至延长县共二百多公里的马车道,可最后还是没能获得成功。你知道是什么原因吗?"

李磊磊不答反问:"不是说没找到可出油的井吗?"

"对。究其原因不难发现清政府和人民是简单的雇佣关系,所以无法激励人的能动性,也无法挖掘人的潜力。"

李磊磊明白父亲绕一圈的真实用意,看太阳已西沉,他不想在墓地和父亲继续讨论令他不快的话题,于是伸手拉住李阿牛的胳膊说道:"爸,我知道了,我们回去吧。"

李阿牛抬手指着胸口,说:"磊磊,你奶奶和爸爸这个心结无法过去……"

李磊磊发现父亲说这话时眼眶有些潮湿,就越发缓了口气劝道:"爸,我理解,但万事还是朝前看,不要想这么复杂,3年前我们不是已和日本在北京签订《中日和平友好条约》了吗?"

李阿牛摇了摇头,结合李琯卿老先生曾对自己说过的一段话:"我的上一代人输在器不如人,如果我们工业生产能力能有日本的一半,抗战肯定不用14年,也许很快就能战胜对方。现在我这代人在工业化进程中,也是败在了起步上,但通过我们所有中国人共同努力，也许不用两代人就能超越日本。"

听父亲把"我们所有中国人共同努力"刻意提高了声调，李磊磊知道今天不表态肯定过不了关，于是迫不得已地说道："爸，我记住了，会和'双鞭'处理好工作关系。我们走吧。"

这次李阿牛终于迈开了腿，但嘴上同时叮嘱："不光是工作关系，还有生活上的，抱团能让我们克服一切困难。"

"嗯。"李磊磊心不在焉地应着，他只想乘黑色天幕拉开时，尽快离开这个有些瘆人的地方。

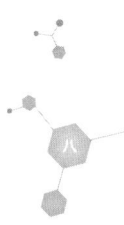

九

事实证明李磊磊原本的猜想与担心完全是多余的，在随后的工作过程中，东海安装施工队上至"双鞭"，下至卷扬机操作工，不但没有轻视或敌对李磊磊，相反，言语和举止对他表现出一种包含了歉意的尊敬。这种与施工人员不匹配的彬彬有礼，反让李磊磊有点不适应，似乎这支吊装队伍一夜之间换了人，不过忙碌工作和甜蜜爱情容不得李磊磊分神。

此时，李淼淼却在首个暑假的清闲中产生了苦恼。城关中学校领导没有把语文组增添一名教师的名额留给李淼淼，而是安排同样毕业于浙江师范学院的师弟毕栋。李淼淼在失落中很是窝火，如果说用贤任能，那自己过去一年所教班级的政治成绩，完全有资格成为全县中学的排头兵，更何况这个刚进教师队伍的毕栋业绩还是个"零"。如果说论资排辈，那理应也排在这个初出茅庐的小师弟前。也因为心里有疙瘩，所以李淼淼怎么看都对毕栋这个"加塞儿"不顺眼。不过有意思的是，无论李淼淼对毕栋什么样的态度，人家这个小师弟却对她特别尊重，即便在楼道口相遇，他不但主动热情打招呼，而且会侧身微欠身子让李淼淼先过。几次下来后，李淼淼慢慢在好感中少了丝怨恨之心，就好像原本吹得鼓鼓的气球，被人扎破后泄瘪了。

同样沉浸在甜蜜爱情幸福中的詹小霞，根本没有觉察到李淼淼内心的变化。因为"亲上加亲"的原因，她这个准嫂子几乎将李淼淼当作无所不谈的闺蜜，放学也是结伴出校。有时带上一盒糕点去李家看奶奶，有时直接去和李磊磊约会，哪怕是回自己家之前也要和李淼淼聊上一段再分开。

这天中午，詹小霞得知百货商场新到了衬衣，于是吃饭时约李淼淼放学后去商场给李磊磊挑一件。

"你知道我哥尺码？"

詹小霞脸红了一下，轻咬筷子说道："我哪知道，所以叫你一起去嘛。"

李淼淼又往嘴里送了块冬瓜，边嚼边含糊不清地回道："可我也不知道他穿多大。"

"那怎么办？我还想保密，等后天国庆节送他。"

"要不我晚上偷一件明天带来？"李淼淼咽下嘴里的食物，一脸坏坏地笑问。

詹小霞放下咬在唇边的筷子："财务周老师说商场货不多，我怕明天卖完了。"

"詹老师，李老师，你们聊得好开心呀。"

李淼淼侧脸纳罕地看毕栋端着饭碗坐在旁边，心里暗自捣鼓，我们两个女教师一起聊天，你一个大老爷们干吗插进来？坐对面的詹小霞抢先客套地转了话题回应对方："毕老师才来吃饭？"

"嗯，刚才有个学生来问个题目，所以晚了些。"

李淼淼刚转回头准备继续吃饭，突然重新回头上下打量毕栋

一眼后问:"小毕,你衬衣穿多大?"

相比詹小霞对毕栋的态度,李森森的口气非常生硬。学校有个不成文的规定,同龄都互称对方为老师,除了像李森森和詹小霞这种特殊关系直呼小名,很少用姓前加小来称呼对方。即便是校领导、资深老教师或师傅,在叫"小毕"时,那口气也和李森森完全不同,带有关切的味道。其实李森森也只是对毕栋搞"特殊",她清楚这是自己对学校领导分工不公的反抗,更是对毕栋妒忌的反应。

虽然詹小霞心领神会李森森蓦然发问的用意,刚扒饭的毕栋却被问愣了,他暗自奇怪对方怎么会关心自己的穿着?匆匆嚼吞下刚扒了半口的米饭,侧头朝李森森答复:"我穿41码。"随后又故意反问,"学校要发衬衣了?"

"怎么可能?!我哥最近忙,我想给他买件衬衣,你们俩身材差不多,能不能放学陪我们去趟百货商场?"

"没问题,放学后我在校门口等你们。"詹小霞满脸的不自在已让毕栋判断出她才是真买主,李森森不过和自己一样只是陪同。毕栋暗自为有这样的机会而高兴。工作一个月来,他已摸清了全校老师的关系,作为一名来自外地农村分配在城关中学教书的老师,他希望能找户本地条件理想的家庭作为依靠,而尚没对象的李森森无疑是最佳人选,不但父母都捧"铁饭碗"当领导,而且唯一的哥哥也在国企当技术员,准嫂子又是同事。毕栋打定了主意,即便李森森对自己不太客气或不友好,但近水楼台先得月,只要用心追必定能成功。

当天下午,毕栋乘上课间隙特意回寝室换了件干净的T恤衫。放学铃声刚响起,他难得当即放下手中的粉笔,转过身拍去手上的粉笔灰，边摘袖套边宣布"下课"。等班长喊过"起立"，全班同学起身鞠躬齐道"老师再见"，已收拾完东西的毕栋心不在焉地回了声"同学们再见"，旋即夹上教案就走出了教室。靠窗的语文课代表讶异地望着毕老师小跑向公共办公室，不明白毕老师今天为什么还没解释完这段文言文就下课，这可不是他的教学风格。平时毕老师不但要拖课，而且下课还会叮嘱自己收齐作业，有时还耐心讲解同学的提问。

毕栋在门口等了约半炷香工夫，看到李淼淼和詹小霞并肩朝自己走来，于是小跑迎了上去并远远打起了招呼："李老师，詹老师。"

搀着李淼淼胳膊的詹小霞用肘暗顶对方一下，轻声问道："他换衣服了？"

李淼淼也觉得挺纳闷，不过她心思不在对方穿什么，而是发现毕栋长年套在脚上的解放鞋居然换成了亮闪闪的皮鞋。心想，只是麻烦他试个身架而已，怎么搞得像是去领奖一样？也许从两人的神态上揣摩到了什么，走到面前的毕栋主动自我调侃："为了不影响两位老师形象，我刚换了一下行头，应该不会太落伍吧？"

听李淼淼乐出了声，詹小霞立马接话掩饰："哎呀，毕老师真是太用心了，给你添麻烦了。你这双皮鞋款式不错。"

"不麻烦，能陪你们逛商场是我的荣幸。"

李淼淼觉得毕栋这话不对劲，明明只是配合给我哥买衬衣，怎么成了一起逛商场？见对方搓着双手，两眼不安地望着自己，细辨刚才那柔声的语气，她蓦地警觉起来，于是抬手佯装看了眼手表催促："走吧，当心商场关门。"

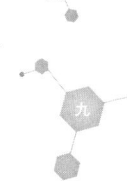

续航

买衬衣远比想象要顺利许多。出商场大门刚好听到鼓楼的钟声再次悠悠敲响了六声,日落的余晖已基本退尽。走完台阶的毕栋抬头看了鼓楼上的钟表,提出请两人到饭店吃饭。也驻足的詹小霞忙不好意思地接过了话:"我来请,今天已够麻烦你们了。"

"我们能陪詹老师买到称心东西也是挺高兴的。"

我们?李森淼这下断定毕栋有追求自己的心思。因为对半路杀出的毕栋抢了自己"好饭碗"没什么好感,于是她很是不爽地睨了眼毕栋,心想,凭什么把我和你合在一起?你若是想表达感受或态度,只能说你自己的,轮不上连我也代表了。为了纠正对方的"错误",李森淼刻意指着毕栋对三人的关系进行标识:"小霞,你和小毕客气一下也算了,我们俩就不要客套见外了吧?"

毕栋不是笨人,何况语文老师本就对文字敏感,自然能够听懂李森淼对三人关系的申明。尤其是客气和客套两个词语的巧妙运用,既划清了两人和毕栋的关系,更表达了不用请客吃饭的意思。他微红着脸应和:"对,李老师说得是,我们都是同事,抬头不见低头见,见外反而相处起来生硬。"

同样"我们"一词,由于从两人变成了三人,李森淼自然觉得不再刺耳,加之毕栋迎合自己对三人相互关系的强调,所以刚才不快的情绪瞬间抚平了。只是詹小霞尚不明白眼前两位同事的各自心事与想法,看两人要走的样子,马上攥紧了李森淼的手腕,另一提着衬衫袋子的手挡在毕栋面前,真诚地说道:"这怎么行,都6点多了,总不能让你们饿着肚子回去。"

"老同学,你们怎么在这里?"

突然横插上来一个人,李森淼和詹小霞看了眼对方,只见那人身穿四兜的军服,脚蹬崭新的解放胶鞋,斜挎军用书包。即便对方戴了墨镜且把军帽沿压得低，但还是遮不住被火焰燎过的烙印，干枯褶皱的皮质不难想象曾经的红肿和起泡。而两条从左脸蔓延至耳边长短不一的暗红色疤痕，更是犹如两条大小不等的狰狞毒蛇，让人心生畏惧。看两位女同事似乎并不认识对方，即便对方一身军官的打扮，毕栋还是抢先挡在前面喝问："你是谁？"

疤痕男并不理会毕栋，一手摘墨镜，一手拨开毕栋，自嘲着问道："是不是我丑得让你们认不得我？"

就在对方刚摘下墨镜那一刻，李淼淼一下子失声叫道："韩天！"

被拨得踉跄两步的毕栋一脸震惊地瞪大了眼睛，他不是因为奇怪李淼淼居然认识这样的男人，而是这个并不起眼的韩天竟然有这样的蛮力，若真是打起架来，自己根本没有招架之力。这时，只见韩天重新戴上了墨镜，笑着调侃："谢谢李淼淼同学，4年没见，好在你还能叫全我的姓名，没把你吓得只喊出我的名。"

韩天的幽默让大家心情放松了下来，回过神的詹小霞本想问对方脸上伤疤，可话到嘴边觉得不妥，于是手按胸口问道："韩天，你回来了？"

"没。"韩天摇了摇头后又解释，"这次到杭州有个任务，昨天顺便回家看一下爸妈。"

"什么时候回部队？"

"明天一早。"

"只待两天？不在家过国庆？"詹小霞一连问了两问。

"还有任务。"

听韩天每次答得很简单，李淼淼贴心地问道："是不是家里有什么事？我们可以帮上忙的你尽管说。"

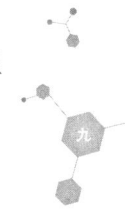

"谢谢,家里没啥事。我是刚在家吃完饭想到商场转转,看看有啥可给战友带的。真是巧,还没进商场碰到了你们,这位是……"

看韩天抬手伸向毕栋问自己,李淼淼不得不介绍起来:"这位是我们的同事,帮小霞给我哥买衬衣。"

"小霞成你嫂子了?"韩天的惊喜声表达了对两位女同学产生新关系的兴趣,也因为下沉了下巴,两条暗红色疤痕受肌肉的拉动变得愈发吊诡。

看詹小霞不好意思低头羞红了脸,李淼淼大大方方笑着纠正并发出邀请:"是,过去我们是同学,现在是同事,再过几个月就是姑嫂。对了,元旦如果你回家,记得来喝喜酒。"

"太好了。"韩天说完更好奇地朝毕栋努了一下嘴角,一脸笑意地问李淼淼,"那这位就是你的……"

"你瞎说什么呀。"

看李淼淼的脸一下子比詹小霞还红,毕栋赶紧插话打岔:"哎呀,光顾站着说话了,韩军官要不一起吃个饭吧?"

其实李淼淼的脸色不是羞红,而是被误会后的烦懑。现在毕栋再次提议吃饭,而且还拖上韩天见证"关系",这让本就想"踹开"毕栋的李淼淼愈发恼怒,于是她抢在韩天回应前拉着脸安排起各人的行程:"韩军官不是说已在家吃了饭吗?你先回去,我和小霞还要陪老同学去商场。"

"噢。"

对于李淼淼近乎呵斥的霸道安排,詹小霞很是不解,不就是韩天误会了你们两人关系而已,至于对无辜的毕栋这样态度吗?而且毕栋弱弱的应声,不但让詹小霞萌发了同情心,更望着对方特意打扮的行头心生愧疚。她刚想开口说话，不料李淼淼一手强势拉上自己，旋即另一手朝韩天一挥："走，老同学，我们陪你挑东西。"

看韩天朝毕栋挥手作别转身跟上后，詹小霞只好边走边扭头对毕栋挥了挥手："辛苦毕老师了，那你早点回去休息吧。"

"詹老师别客气，那我先回去了。再见！"毕栋很是大度地冲三个人挥了挥手。

望着走路腰板笔挺的韩天，毕栋抿紧嘴唇转身悻悻向大街走去。今天的挫折场景让他下定了决心，即便李淼淼目前根本看不上自己，甚至没什么好感，但好在她尚且名花无主，加上有个友善的詹小霞可以架桥，还是有可能在半路杀出个程咬金前追求到她。对于今天的意外，毕栋有信心击败这个"程咬金"。韩天虽然与李淼淼是老同学，但不难发现他们的关系就仅仅建立在这个肤浅的层面，而且还可以断定4年来他们没有联系。同时，无论是李淼淼还是詹小霞，与韩天意外重逢刚开始根本不是惊喜，而是被对方的外貌所惊吓。即便韩天现在已是穿四兜的军官，可自己好歹是大学毕业的天之骄子，就像当年高考竞争一样，当有信心把对方挤下独木桥。所不同的是当年通向高校的独木桥如今改为通向爱情的阳关道，从能通过千军万马的学子改为仅允一名的求爱胜利者。想到这里，毕栋心情大好，恰有个学生隔着马路向他问候，他当即也抬起手大声打招呼。毕老师这始料不及的热情回应，反而让那名学生有些骇怪。

当李淼淼一行三人再出商场时，整个天空像是被一张灰色的幕布笼罩，街两边闪耀起带文字和图形的霓虹灯广告，忽明忽灭、忽红忽紫地在夜空中交相辉映，使消失在地平线上的阴影或

浓或淡地重显,整个场景如同即将举行一场盛大的魔术表演。韩天热情地说道:"走,一起去吃点东西。"

"算了……"

李淼淼武断地打断了詹小霞的话:"好呀,走,你带路。"

詹小霞诧异地瞄了眼李淼淼,心说,刚才你不是一口回绝我和毕栋邀请,现在态度怎么来了个180度大转弯,甚至还表现得迫不及待的样子。要知道人家韩天可是吃了饭才来商场,不像和我们同样空着肚子来的毕栋,于情于理都不应该拒绝毕栋却答应韩天。韩天觉察到詹小霞的异样,客气地问道:"小霞是不是还有事?"

"哪有什么事,走。"不等詹小霞回应,李淼淼再次霸道地接过了话,随后大大咧咧朝韩天挥了下手。

韩天误以为詹小霞是不好意思让自己破费,现被李淼淼情绪调动后,也爽朗地手一挥:"走!"

三人进一家饮食店,韩天抢先掏出钱和粮票买上票,再到取食窗口领来三碗馄饨和三屉小笼包。待三人围着靠门的方桌坐定,韩天取下书包往桌上一搁,伸手招呼:"这家的馄饨和包子做得不错。在云南我老念这一口,还得谢谢你们给了这个机会。"

韩天的善意与用心让詹小霞颇受感动,还没坐定的她更是好奇地问道:"这4年你没回过家?"

"来过。"韩天含糊地应了一句,旋即率先拿起筷子,轻敲小笼包的屉沿催促,"你们还没吃饭,边吃边聊。"

已听到肠鸣音的李淼淼马上举起筷子响应:"那我就不客气了,谢谢老同学。"

詹小霞刚拉近馄饨碗,腾起的热气马上糊了镜片,她摘下眼镜时瞄了眼韩天，对方墨镜片明显也有了雾气，于是故意吹了口馄饨提议："韩天，你把墨镜也摘了吧，不然看不清。"

"嗯。"应声后的韩天拇指和食指捏着镜脚迟疑了片刻，终究还是在摘下墨镜时，抬起另一只手压了压帽檐。

韩天的小动作李淼淼看得一清二楚，本来理应尊重对方这种有意遮盖的隐私，但李淼淼觉得佯装看不见只会加重他的内心负担，不如挑明这两条伤疤的来历，让韩天在讲述中放下这个沉重的心理包袱。人有时还真像父亲说的生产塔罐，可以承受一定的压力，但绝不能超压，所以一旦超压，必须通过泄压来保障生产的安全。当然，泄塔罐的压力远比泄人的心理压力要容易，前者只需打开瓦斯阀或放空阀即可，而后者却不知道这样的"阀"在哪里，如何打开。但李淼淼下定了决心，无论操作难度多大，都要替韩天扛下喷射的压力。于是她咽下嘴里的馄饨后，轻咬汤勺盯着韩天问道："老同学，你的脸是什么时候负的伤？"

不等韩天回答，边上詹小霞惊得把刚吹凉的馄饨送到嘴边又放了下来，她实在不明白李淼淼今天的反常行为。这明明是人家的伤痛，干吗非要好奇去揭开？自己刚才提议韩天把墨镜摘下可不是想探究什么秘密，只是为了不影响他正常吃喝。不过韩天回应的情绪及言语出乎詹小霞意料，只见他压低手中的筷尖朝笼屉这边慢慢划去，随后滑上笼屉，挑翻上面一只小笼包，整个过程他一直用平静低沉的男中音配合讲述："去年5月，我们对占领法卡山的越南侵略军实施反击。当天我沿坡想去拔一个暗堡时，越军朝我开枪、扔手雷，我迅速跳进一个弹坑躲避，不小心脸被插在土里的弹片给划伤了。"

"那暗堡呢？"

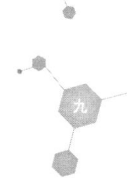

续航

　　韩天瞄了眼把汤勺咬得更紧的李森森,像表演哑剧用筷子叉起挑翻的小笼包,一口塞进了嘴里咀嚼起来。即便韩天说得是那么地轻描淡写,但李森森和詹小霞还是觉得惊天动地。李森森松了一口气,继续伸长了脖子紧追着问道:"那你伤什么时候包的?"

　　"这点伤包什么?"韩天说完鼻子"嗤"了一声,可马上又接了一句,"不过这模样吓到你们了吧?"

　　"没,没,你是大英雄,我们都得学你呢。来,我们敬一下大英雄。"李森森放下汤勺端起馄饨碗,顺脚悄悄踢了詹小霞一下。

　　詹小霞也马上双手端起馄饨碗,说:"那就以汤代酒敬大英雄。"

　　韩天虽也配合着端起馄饨碗,可嘴上却说道:"算了,还是我敬两位大学生同学。"

　　三只大碗刚轻碰在一起,只见有人迈进饮食店朝他们说道:"没想到你们在这里。"

　　詹小霞红着脸放下了碗,李森森则移碗到嘴边抿了一口后问道:"咦,哥,你怎么知道我们在这里?"

　　李磊磊没有理会妹妹,而是直接和韩天打起了招呼:"韩天,好久没见了。"

　　韩天起身握住李磊磊伸来的手:"是呀,有四年了。"

　　两只手上下摇了几下后,李磊磊做了个请的姿势:"坐,我去加点吃的。"

　　"你坐,我去。"韩天说完松手准备转身。

　　"别,好歹这里现在你也算半个客人,我去。"

韩天没有勉强，半推半就中重新坐了下来。等李磊磊去购买小窗口，李森森见一时无话，又自言自语聊起刚才的困惑："真是奇怪，我哥怎么知道我们在这里？"

"毕栋告诉你哥的。对了，你哥平时要加班吧？"

李森森心想，毕栋和我们分手是在百货大楼，又不知道我们在这家饮食店。还有哥说他们厂的大化肥工程设备安装已近尾声，最近非常忙，常常需要加班处理一些事，韩天怎么就知道哥平时经常加班。也许是因为韩天的答复和旋即的反问，让李森森听了愈发地茫然，于是好奇地反问："你怎么知道？"

韩天笑笑没马上接话，先咬了一只小笼包后，放下筷子埋头又舀了一勺馄饨，等大口咀嚼咽下后，这才指了指桌上的墨镜，说："你们俩本就已醒目，我这样的打扮行人大都会记住。"

一直侧目的詹小霞听到这里赶紧把目光从李磊磊这边收回，抢先说道："也是，当了一年多的老师，县城不少人认识我和森森，也算是有点小名气。"

正为韩天后半句自嘲式答复感到窘迫的李森森，此时就像雨天有人递上一把雨伞，于是在暗暗佩服詹小霞的应对中，马上跟进演算起来："对，我带了三个班，按每个人的父母和兄弟姐妹算，估摸有600人认识我。"

画蛇添足式的解释反而让韩天觉得更加好笑，为了不让同学不自在，干脆埋下头吃东西。不久，李磊磊端着吃食过来招呼："来，帮我接一下。"

等詹小霞起身手伸向李磊磊臂弯，李森森才发现哥夹紧的两臂中有4小瓶果汁汽水。眼疾手快的韩天整理出了桌面后，配合着把托盘上的吃食移到桌上。李磊磊让服务员用起瓶器一一打

开果汁汽水,詹小霞像女主人分别把果汁汽水分到各人面前。等服务员离开,李磊磊拿起果汁汽水朝韩天这边一举,说:"你明天就要回部队,今晚我们也没机会准备,下次等你回家时再好好聚聚。"

李淼淼这下确认是毕栋和哥说了碰面情况,而且说得很详细。只见韩天和三人轻轻碰了一下瓶子,说:"好,如果有机会回来,我一定来找你们。"

有机会回来?三个人心头一怔,谁都清楚从一名战士口中说出这句话,那潜台词就是假设没有牺牲。李磊磊反应还算快,当即接话:"肯定要回来,如果元旦前探亲,记得来参加我和小霞的婚礼。"

"对了,先提前祝你们新婚快乐!"

看韩天举着杯子又要来和自己碰,李磊磊手一缩,说:"这一次是饯行,等你来了再敬我们。"

"对,对,先为老同学饯行。"

韩天坏坏一笑,手指詹小霞调侃:"这还没过门就开始妇随夫唱了?"

看双颊羞得像升腾红日的詹小霞不接话,李淼淼巧妙抢过话柄回应:"行,那就这一次是为韩天饯行,希望下次为韩天接风洗尘时,也能带上举案齐眉、琴瑟同谱的军嫂。"

"对,就这样定了,干杯!"

随着李磊磊兴奋的响应和三人快乐地把手中的瓶碰向韩天,气氛一下子达到了高潮。韩天歪着嘴角耸了耸肩,不得不迎合着清脆的响声喝了一口。在随后的边吃边聊中,韩天问了各人的情况。等终于有机会插问时,李磊磊饶有兴致地问道:"韩天,你是哪年穿上四兜的？"

"我进步不快，去年8月才当排长。"

李淼淼马上想到韩天刚才说的暗堡，于是追问："是反击法卡山越南侵略军后？"

"对。"

细心的李淼淼看韩天应声后看了眼手表，就善意地问道："你是不是还有事？"

"是你哥还有重要事。"

李淼淼诧异地把头扭向李磊磊："哥，你有事？"

"没有啊。"

韩天向李磊磊伸出两指后，旋即用食指轻敲手表，说："你有两张电影票，我算了下时间，现在该和小霞过去了。"

不光李淼淼不解，詹小霞也是一头雾水，没听李磊磊提起去看电影呀。而李磊磊更是惊奇地问道："你怎么知道我有两张电影票？"

看韩天笑而不语，李淼淼越发好奇，倾过上身一把拉住对方的手臂催问："韩天，我都不知道，你是怎么知道的？"

"刚才哥在付钱时，飘落两张电影票，在确认哥平时常要加班后，基本推定他来找小霞就是看电影。"

李磊磊翘起拇指老老实实地说道："今天中午我妈托同事给我带来两张电影票，本来是想约小霞去看电影。"

"《茶馆》？"

"对。我妈之前就说这部电影不错，不但完整地保留下了舞台剧的重要情节和精华，而且相比之前的舞台话剧，由于能够用特写镜头把人的表情更完美地展示出来，可以让人物更加鲜明。"

"伯母不在人事局上班了？"

李磊磊本想解释母亲仍在原岗位，但听对方的问似是对影片的探讨，于是改口回应："我外公以前是拍电影的，我妈喜欢看电影。"

"噢。"韩天点头后又催促，"你们快去吧，不然迟到了。"

"你们稍等我一下。"

当李磊磊说完刚要推椅起身时，却被动作更快的韩天伸手按住了："票别送人了，我们抓紧吃完走。"

李磊磊暗自佩服韩天的判断力，真诚地解释道："电影以后有的是机会看，我们还是多聊会儿。"

"也不早了，我也该回家再陪爸妈一会儿。"

听韩天这么说，李磊磊不好意思再留对方，只好顺着对方的话说道："那说好了下次多留时间。"

"好！你和小霞先走，我会送森森回寝室。"

送走李磊磊和詹小霞不久，韩天重新戴上墨镜陪李森森出了饮食店。李森森止步说道："韩天，我就住在学校边上，很近，不用送我。你还是赶紧回家多陪老人吧。"

"我也想多陪他们，可我爸……"

见韩天欲言又止，李森森不解地问道："叔叔怎么了？"

韩天犹豫了一下，默不作声地朝学校方向走去。李森森不知该不该跟上，愣愣地站在原地。

"走。"韩天扭头像是给李森森下了个军令。

"噢。"李森森应声后加快脚步跟上。当走在韩天边上时，她突然为自己的行为感到困惑不已，今天这是怎么了，韩天让自己走就走？干吗听他？

"当年我爸一直阻拦我当兵,去年我当排长后,他不但没高兴,反而越发生气,说什么好铁不打钉,好男不当兵。这次若不是我妈生病,我还是想打打电话写写信,不想回家看我爸那苦瓜脸。"

听了韩天的抱怨,李淼淼很是震惊,也终于明白了对方为什么4年没有回家。她搜肠刮肚地想找话安慰韩天,可就是想不出什么更好的话,想刚才耽搁了对方不少时间,于是轻声问道:"阿姨现在人怎么样了?你还是赶紧回家吧?"

"十天前做了个阑尾炎手术,手术前怕我担心没说,现在早好了。对了,你对军人有什么看法?"

"军人是保卫国家安全和人民安宁的重要力量,你们的贡献和重要性不容忽视。"李淼淼一下子觉得舌头捋顺了,而且因为是真实的想法,所以语气不容置疑。

"很羡慕你有个好爸爸。"

乍一听,李淼淼觉得这话很耳熟,一回想,就是高考第一天中午韩天对自己说过。不过这次李淼淼既没有误解对方,甚至还正确读懂了含义。是的,如果哥或自己想去当兵,军人出身的父亲肯定不会反对。为了不让对方再纠结,李淼淼故意岔开话题:"对了,韩天,你怎么知道今天电影放《茶馆》?"

"白天路过时看到了广告。"说到这里,韩天转头朝电影院方向看了看继续说道,"听说电影《茶馆》改编很不错,好在现在我们不会让裕泰茶馆内中国普通民众的苦难重演。"

虽然韩天没有提军人,但明显还是想把话题转到军人上,李淼淼估计接下来的行程只能陪对方聊这个话题,于是自信地跟了一句:"我们现在400万军人,肯定能保卫国家安全和人民

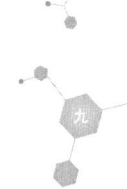

安宁。"

"我们说是有400万的兵力,但其实有不少是农业生产部队、铁道部队、黄金部队、文工团和武器装备科研单位的工作人员,并非战役师。"

韩天的纠正让李淼淼想起父亲其实之前也是名武器装备科研单位的工作人员,而且像农业生产部队和铁道部队等军人编制的人还真不少,她突然担心地问道:"那前线的人够吗?"

韩天不答反问:"新中国成立后我们还没输过吧?"

"对呀。"

"像我这样强烈想当兵的青年可不少,不用担心兵源。"

记得刚才韩天说自己进步不快,李淼淼顺口问道:"新兵成长是不是很快?"

"我们部队的新兵人数几乎过半,战前越南不少领导还叫嚣1名越南兵可对付30名中国兵,可我们就是在部队不满员和武器弹药缺编的情况下,横扫越南北部。"

"毛主席说过星星之火可以燎原,老兵素质高,自然新兵也不会赖。"

韩天兴奋地向空中挥了一下拳:"嗨,你这话总结得太好了,我一直想不出怎么来表达。"

两人继续边聊边走,当来到一个胡同口,李淼淼停住了脚步,说:"韩天,我就住在这里,谢谢你送我。赶紧回家吧。"

"嗯。"

见韩天支吾了一声没动,李淼淼尴尬地看了看四周,好在周边没什么人。沉默片刻后,李淼淼还是主动伸出手道别:"那我先走了,再见!"

韩天像是回过了神握住对方的手："哦，再见，是该回家了。"

"一切都会好的，希望我们尽快再见。"李森森明显感到对方的手劲从强到弱的变化，安慰后抽回手，转身走了几步，扭头看韩天还是像一尊雕塑般笔挺站在原地目送自己，于是挥了挥手后，又扬了两下催促对方，"快回家吧。"

韩天没接话，抬手敬了个军礼，转身向来时的路走去。李森森扭回头继续向前，在一排砖木混合的老房前，掏出钥匙打开了其中一间房门，这里是她和詹小霞的共用寝室。詹小霞的家在江南岸，虽需坐轮渡过江，但骑自行车从学校出发用不了半小时，加上自建的农房够住，原本她不打算住寝室，可李森森之前住惯了寝室，为了做伴和工作方便，干脆在傅抱石的"帮助"下，两人住在了一起。进门，李森森摸到灯绳拉了下，悬在屋正中的日光灯伴随镇流器"嗡嗡"的噪声闪了两下，瞬时让光照亮了整个房间。掩上门，李森森刚走到自己的床铺前，门外传来由远及近的脚步声，旋即有人敲响了门。

"谁呀？"李森森随口问了一声。

"李老师，是我，毕栋。"

这么晚毕栋找我有什么事？李森森愣了一下，站在原地问道："小毕，有什么事？"

"我不知道你们吃了没有，看灯亮了，就带点桃酥给你们。"

"小毕，我们都吃过了，小霞还没回来。"李森森特意强调房间就她一人后，边蹲身从床下取出塑料拖鞋边劝道，"你回去吧。"

"行，那我走了。"

听着门外脚步声再次由近渐远，坐在椅子上换鞋的李森森觉

得自己正面临一道难题，这道题的答案其实极其明确且简单，难的是如何把答案知会出题人。今天逛百货商场可以断定毕栋对自己有"想法"，可问题是自己对他一点感觉也没有，甚至还暗生不快。如果毕栋不是同事，完全可以不留情面不计后果地亮明"红灯"，问题是两人不光是同事，而且还交叉着教两个班的学生。就像毕栋今天对自己在三人关系申明后所说，属于抬头不见低头见。如果关系弄僵了，不但相处起来生硬，甚至会影响工作。不过李淼淼相信这只是个时间问题，按毕栋的智商和情商，他应该能很快"偷窥"到我的答案，而且能理性地知趣而退。换好拖鞋，李淼淼蹲身把皮鞋收进盒子，还没塞进床底，门又被敲响了。

"干吗？"李淼淼的语气明显很不快，她感觉这次毕栋的脚步声像悄悄潜伏过来。

"李淼淼，我是韩天。"

韩天怎么还没回家，他又是怎么知道自己的寝室，不过李淼淼诧异片刻后，还是三步并两步打开了房门。

"你怎么还没回家？"

"我……"

连脖子上青筋都看得清清楚楚的韩天继续吞吞吐吐的样子，李淼淼侧身让出一道："快进来，有什么事尽管说。"

韩天进门靠边一站，像是一尊脸憋得通红的关公雕像。李淼淼虚掩上门催问："发生了什么？"

"我……我……能不能……"

"你倒是说呀。"李淼淼越发着急起来。

"是！"韩天居然两脚跟靠拢并挺直了身体。

李淼淼忍不住笑出了声，伸手推了对方一把："你倒是快说呀。"

"我……能不能抱……抱你一下？"

韩天终于像挤牙膏似的把要求说出，虽然身体还是笔挺站着，可头却像是犯了错垂得很低。李淼淼也被这一幕给惊呆了，前段时间母亲还说要给自己介绍对象，今天这是怎么了，刚才还盘算如何拒绝毕栋的追求，现在突然多年的老同学也向自己示爱。按说眼前的韩天并没让自己厌烦，相反有时还觉得这家伙挺有想法，可也从没有过成为恋人的念头。尚未和异性有过亲密接触的李淼淼不知如何回应，瞠目结舌地暗自抠起了手指。

"啪——"韩天突然抬手狠狠打了自己一个嘴巴，墨镜应声落地。李淼淼被吓得捂着胸口连退了两步，差点撞在木桌上。当韩天重新抬起头，似乎一切回归到了正常状态，只见他整了整帽檐和衣领，口齿清楚地道起了歉："李淼淼同志，真对不起，刚才我无礼了，请你原谅我。"

韩天的变化让李淼淼一下子适应不过来，但也在惊吓中清醒过来，只见她长舒了口气后宽慰对方："韩天，别这么说。"

"是我不对。只是我还没抱过女孩子，真希望人生不要留下这个遗憾。"

李淼淼瞬间明白了韩天坦诚下的郁悒，怪不得在哥约下次回家再聚时，他回复是如果有机会回来，原来韩天心里十分清楚前线随时会有牺牲的可能。李淼淼顿时双眼噙满了泪水，没有再接话，默默跨前几步双手搂住韩天的腰，将头埋进对方的胸膛，似乎这样才能留住眼前这条鲜活的生命。韩天先是一愣，接着身体如同被通了电剧烈颤抖。他咽了下口水，艰难地抬起双手，终于

也结结实实抱紧了李淼淼,像要把对方融入自己的身体里。李淼淼感受到韩天一股股急促的气息在耳边拂过,心脏也在强劲跳动,她真怕这样的节奏会停下来。

时间仿佛凝固了,整个世界都安静下来,连一直"嗡嗡"作响的镇流器也似乎很知趣地"闭"上了嘴。也不知过了多久,外面突然传来瓦片滚落声,韩天一怔,不但身体不再颤抖,而且呼吸也迅速恢复了平静,他直起身子双手分搭李淼淼肩上轻轻一推。李淼淼顺势也松开了手,她悄悄抹去泪痕羞涩地慢慢扬起头,可刚和韩天对视的目光相遇,她心头猛然一颤,仿佛身体瞬间被电流贯穿。在李淼淼的印象中,韩天的眼神和别人没什么不同,可现在她发现对方的眼神既有凌厉且犷悍的北风劲扫感觉,也有柔和且明亮如沐晨曦的感应,犹如能穿透心灵的和煦阳光,深邃中隐藏着温暖的力量。也许有了不一样的感觉,李淼淼觉得韩天脸上两条伤疤也婉顺起来,让她有伸手抚摸的冲动。可还没等她动手,只见韩天后退了两步,接着挺身并拢后跟,抬起右手向李淼淼敬了个礼。

"你这是……"李淼淼不解地问道。

"谢谢你,李淼淼同志!"

看对方一本正经谢完放下手,李淼淼反而变得忸怩起来,避开对方眼神,羞红着脸又抠起了手指,说话声更是轻得像是铅笔在白纸上的划动声:"不用谢,我是自愿的……"

"不,李淼淼同志,你可怜我一下就行了……"

可怜?若和一个男人拥抱只是为了可怜对方,那岂不是水性杨花之人?李淼淼觉得自己受了严重的污辱,她重新抬起头,同样很不客气地打断并诘问:"你这是说的什么话?!"

"李淼淼同志,你要明白军人的风险,可不能意气用事。"

"我不用你来教育!"连着三次的同志称呼,已让李淼淼暗自不爽,当韩天把可怜换成意气用事,更让她觉得对方有指责的味道。李淼淼的脸又一次涨红,但这一次不是羞涩,而且语气更是表达出了愤怒的情绪。

"我错了,请你宽恕。"

看着韩天诚恳的态度,李淼淼真怕对方又打自己嘴巴,于是忙不迭地挥手催促:"不,是我错了,你快走吧。"

韩天极其艰难地缓缓转过身,就像是一个轴承的齿轮发生了严重卡涩。望着渐渐背向自己的韩天,李淼淼既想叫住对方,可又恨不得他马上离开这个房间,内心顿时陷入一个巨大的情绪旋涡。就在她乱麻般纠缠不清的情感萦绕心头之际,才迈一步的韩天倏然一个转身,只见泪流满面的他冲到跟前,不但重新搂紧了李淼淼,且果断却鲁钝地低头把滚烫双唇生硬压向对方。李淼淼也不知是习惯了韩天的意外举动,还是本身就盼着韩天再抱自己,居然呻吟一声后,温顺地仰起微微发烫的脸,虽然动作显得那样笨拙,却勇敢地微启双唇迎合住对方,使韩天温润柔软的舌尖顺着双唇和齿缝滑入口腔。李淼淼在吮吸中尝到了初吻的滋味,也品到了渗到嘴角的泪水味道。

突然隔壁传来急促的拍门声,旋即室内传来"谁呀"的发问。李淼淼和韩天缓缓分开四唇,但依旧没有松开相拥的双臂。随着隔壁吱的一声打开房门,只听室内那人还是在问"谁呀",不过加重的声音表达出困惑和不满。接着在一声骂人声中,房门被重新关上了。当四周重新静下来,李淼淼不再羞涩,腾出一只手去抹韩天的泪痕,让她不解的是深情望着自己的韩天,似乎眼泪越擦越多。韩天也暗自奇怪，即便战友不幸牺牲，也没有这样流过泪，今天这是怎么了，应该高兴才对，是不是自己在梦境中？

"韩天，我会等你回来。"

李淼淼的柔声表白让韩天相信眼前一切就是真的，他收住了眼泪问道："你不嫌弃我脸上的……"

不等韩天说完，李淼淼抚摸对方脸上的伤疤打断道："这是英雄的勋章，光彩、荣耀、雄伟、崇高。"

韩天觉得那凝脂般细滑的手指轻盈而优雅，滑动的每个细节都透露着女性的柔美与细腻。他一把按住李淼淼的手，让脸紧贴那柔顺的手掌，动容地说道："淼淼，即便我不能再回来，那也不会留下遗憾。"

称呼的回改让李淼淼听了很是舒心，她抬起另一手，食指压在韩天唇上："不，我等你，你必须回来！"

对于李淼淼近似撒娇的口吻，韩天大为意外，印象中对方做事干脆利索，连个拖泥带水都没有过，可现在她竟然嘟起嘴，藏起了两颗小巧玲珑的门牙。他情不自禁地点头应了声："嗯。"

"我们将来日子一定会很幸福。"

将来？在战场枪林弹雨中摸爬滚打的韩天老是有种不祥的预感，听了李淼淼的话，内心产生一个巨大的旋涡，纷繁复杂的情绪在高速旋转，无法控制，更无法厘清。他停顿片刻后坦诚地说道："淼淼，昨日之日不可留，明日之日不可知，唯有今日方可得。我一定会记着你。"

李淼淼却不假思索地纠正对方："韩天，不是记着，而是从此相互牵挂。我觉得今日是所有昨日的积累，也是所有明日的根基。虽然明日遥不可知,但今日就是要满怀希望地活着,保留着对生活的那份美好……"

这时,门外有人敲响了门。韩天和李淼淼闪电般地分开并退了两步,李淼淼轻声问道:"谁?"

"李老师,詹老师回来了吗?"

毕栋怎么又来了?他这么晚找詹小霞干吗?还没等李淼淼开口,门缓缓被推开了,只见毕栋伸着脑袋问道:"哎呀,韩军官也在。詹老师回来了吗?"

"你找她有什么事?"

毕栋捧着一个纸盒动作机械地走了进来,拘谨地解释:"我刚从图书馆回来,看你们灯亮着,门也虚掩,想你们还没睡,就把刚才穿的这双皮鞋拿过来了。"

李淼淼这才发现对方脚上又换成了解放鞋,一脸困惑地问道:"皮鞋?小霞要你皮鞋干吗?"

毕栋硬挤出来的微笑看上去非常不自在,闪烁不定的眼神更是充满了尴尬和发窘,说:"詹老师不是说这双鞋款式不错吗?估计她想让李哥试下,所以我换了擦净马上拿了过来。"

"不用,你拿回去吧。"哭笑不得的李淼淼连连挥手,那动作明显是在赶对方走。

"没事,我反正平时也不穿,放在这里等詹老师看了再说。"

"也是,等小霞来了再说吧。"捡起地上的墨镜后,一直冷静看着毕栋的韩天突然插了话。

"谢谢韩军官。"毕栋放下鞋盒起身,下意识地抹了一把额头上的汗水后说,"那我先走了。"

不等李淼淼开口,韩天抢先接过了话:"淼淼,我也得走了,明天一早就要归队。"

李淼淼很想再挽留韩天一会儿，可想对方还得陪父母，只能不悦地瞥了眼打搅好事的毕栋，说："走，我送你。"

毕栋听出李淼淼的话意与自己无关，于是知趣地抢先朝韩天伸出手："我先走了，祝韩军官早日凯旋。"

三人相继走出房间。等毕栋离开，两人才缓步走了十来米，韩天突然止步朝身后努了一下嘴轻声说道："淼淼，他应该爱上了你。"

李淼淼暗叹韩天的观察力，这才肤浅接触两次就觉察到端倪，她佯装平静掩饰惊讶和羞涩："我们只是同事，我可没看出来，而且我现在已有了爱我的人和我爱的人。"

韩天眼角弯起一抹很难察觉的笑："别送了，你还穿着拖鞋呢。"

"呀——"李淼淼这下反而大胆地捂住羞涩的脸，"你等我，我去换一下。"

"不用了，下次见！"

李淼淼很想再抱一下韩天，可看对方说完把手伸向自己，加上不远处有人影走动，只好也伸手拉住后叮嘱韩天："在前线小心，我等你来信。"

"今晚是值得回味的最美好日子，也是未来希望的起点。"

李淼淼觉得韩天的话虽和自己上下不接，但被带有诗意的告白所打动，就在她琢磨如何回应，不承想韩天蓦地抽回手，腰身一挺，极为标准向自己敬了个军礼。不等李淼淼反应过来，韩天随后以右脚后跟为轴，左脚辅助向后转了180度，等身体定住后，头也不回地走了。韩天正规又决绝的告别礼仪让李淼淼甚是纳罕,这哪是恋恋不舍的恋人,倒像是领命出征的将军离开行辕。好在李淼淼已习惯了韩天的突兀言行,望着渐渐走远的身影,她认为军人就该雷厉风行,自己以后当了军嫂就得适应这样的生活。想到这里,李淼淼脸羞红了……

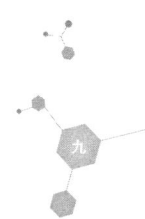

十

寒意渐浓的秋风吹拂着田野，很多植物开始在凋零中绽放出生生不息的生命奇迹。垂挂枝头的沉甸甸果实似在向世人诉说从最初冲破土壤束缚的嫩绿芽头，努力挺直娇小身躯，终在历经风雨后，悄无声息地从绿意盎然的成熟植株，变成现在果实压弯枝腰不断成长的故事。

每天上下班路上，李阿牛根本无心留意四周的景色，他总是不紧不慢骑着伴随自己多年的"飞鸽"牌"二八"自行车，在像潮水一样的人流中朝目标行进。平时骑车他大脑转得比车轮还快，今天更是心事重重。前天，化工部和浙江省政府已联合向国务院签发《关于浙江炼油厂大化肥工程试车安排及试车用油的请示报告》，标志着大化肥工程进入试车的冲刺阶段。可越临近装置试车，越感到巨大的压力。之前国内已投产运行的13套尿素装置经济技术指标差别挺大，加上装置类型不同，想通过学先进、找差距来推进试车各项工作没多少参考价值。而到装置流程、规模几乎一致的印度沽加拉托化肥厂考察后，李阿牛更体会到了开好大化肥装置的难度。据了解，沽加拉托化肥厂合成氨装置从投料到出氨居然长达75天，比浙江炼油厂制订的40天见产品计划超了近一倍时间。更为严重的是，这家化肥厂在试车过程中暴露了大量的设计、设备和施工问题，其中两台气化炉在开工初期发生炉口耐火砖烧坏事故，导致停车检修一个多月。昨天晚上厂部紧急开会，李阿牛根据带回的资料并结合各方的技术分析，认为炉口耐火砖烧坏事故的主要原因是炉子烧咀火焰直接烧到炉口与顶封头交接处的尖角砖上，导致高温气体从缝隙中蹿入气化炉壳体，使气化炉顶封头近炉口处壳体局部超温，引发炉口砖受高温过量热膨胀，从而将最下层的砖"挤"碎。虽然日本宇部兴产株式会社引进的气化炉虽功能与尺寸和印度厂略有不同，但炉口砖内径都是10英寸，而且烧咀与炉口耐火砖间隙是印度厂的四分之一，这势必更容易造成炉口耐火砖烧坏事故。所以，在化工部和浙江省组织的专家帮助与指导下，浙江炼油厂提出必须在试车前解决这个问题，决不能发生与印度厂类似事故。经研究确定，厂部派人通知宇部公司驻厂代表鸠山今早来厂部开会。

和以往一样，鸠山在通知的9时差2分时快步进了会议室，在翻译的陪同下来到座位前，鞠躬落座并飞快从包里取出本子。当听完大化肥工程设备负责人提出加长气化炉烧咀，并将炉口砖内径由10英寸改为11英寸的技术要求后，鸠山很是不解地问改动理由。在得知担心原设计有炉口耐火砖烧坏的风险后，他故意乐出声，随后耸肩摊开双手回应："美国德士古气化炉现是发展最迅速、开发最成功的第二代气化炉，并实现了量产，目前包括我们日本，世界上许多国家都在使用这个产品，我还真是第一次听到要更改这完美的设计。"

贾保华感觉鸠山这是想在气场上压中方，为了不落下风并顾及对方的面子，打着哈哈针锋相对地纠正："哈哈，鸠山先生，

世上怎么可能有完美不变的设计？只有在实践过程中不断发现问题、解决问题，从而让设计更加完善。"

"尊敬的贾副厂长，难道你们发现了设计漏洞不成？"

见鸠山在反问时虽然还是保持上身微欠的谦卑神态，但上翘的嘴角和充满自负的眼神，显现出心高气傲下的揶揄。李阿牛干脆放下手中的笔反问："难不成鸠山先生怀疑中国人的能力？"

鸠山来中国前已从公司得知李阿牛的身世与经历，了解这位厂领导的技术水平和强硬的性格。虽然他知道今天决不能答应中方的不合理要求，不然会给接下来的工作带来麻烦，但他也清楚有的人吃软不吃硬，硬杠可能会产生冲突并吃亏。于是收敛起原先的傲慢，赔着笑打着手势解释："李副书记，这不是怀疑或不怀疑的问题，而是承认或不承认的态度。现在全世界气化炉就是美国制造最好，所以我们工艺包指定就是用他们的产品。"

在翻译翻译前，李阿牛已从对方的语气和肢体语言中，揣摩出大致的意思，他平静地把连夜翻译好的资料推向斜对面的鸠山："鸠山先生，这是印度沽加拉托化肥厂合成氨装置开工发生的炉口耐火砖烧坏事故资料。"

鸠山并没有去接材料，而是听了翻译后点头继续微笑着回应："这起事故的材料我们公司已组织学过，我想如果他们能像贵厂一样采购美国德士古气化炉，并按要求操作，肯定不会发生这样的事。"

在场的人颇感意外，印象中鸠山不但很有礼节，而且很能沟通，可现在像是枚软钉子，表面看似在肯定浙江炼油厂的设备采购决策，其实是借机要求按规定执行，这也等于表态决不容许改动。看设备负责人要接话，李阿牛抬手制止后，旋即重新拿起笔飞快地在一张白纸上写了一行字，再次推向鸠山。只见鸠山瞥了一眼纸，和刚才看到的翻译资料不同，马上推椅起身伸手接过了纸。因为没人说话，翻译也只能和其他参会人员一样，不解地看着鸠山的反应。当鸠山重新坐下朗读起纸上"人を信じよ、しかしその百倍も自らを信じよ"这句话时，翻译立马想了起来，这不是昨晚在紧急翻译完印度沽加拉托化肥厂事故资料后，李副书记让我翻译的话吗？

"您懂日文？知道手冢治虫？"鸠山眼神从纸移到李阿牛脸上，既诧异又惊喜地问道。

李阿牛听完翻译摇了摇头，说："我会点英语和俄语，但不懂日文，不过英语也有这句谚语。"等翻译翻译完，李阿牛又马上补充了一句，"而早在1500多年前，我们中国的《后汉书》就告诉后人'自信者，勇气之源也'。"

会场中方参会人员听得一头雾水，明明讨论着气化炉的事，怎么他俩聊起了什么手中治虫？什么虫子还非得在手上治？当然，更让大家搞不明白的是李阿牛怎么还有闲心和对方谈古书。坐在后排的李磊磊也不解地望着父亲的背影，但和别人不一样，他坚信父亲现在这一切只不过是在为解决问题而铺垫。不料鸠山在听完翻译后，人向后一靠，双手抱胸，原本放光的眼神迅速黯淡下来，随后加重了语气强调："李副书记，我觉得人过度自信往往就会成为自负，很容易在错误的方向走下去。在气化炉安装上，我的态度是绝对不能动美国的设计。"

李阿牛没想到鸠山态度如此强硬，两次"我"完全可以看作是两块盾牌，既有效化解了自己刚才的努力，又有力巩固了他的立场。一旁的贾保华不满地问道："那万一也像印度一样发生炉

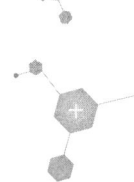

口耐火砖烧坏事故怎么办?"

"只要证明是他们的问题,损失自然由美方按合同来赔偿。"

鸠山轻描淡写的答复让中方所有人不悦,贾保华更是当即唇枪舌剑地连连追问:"如果也导致停车检修一个多月,这样的损失谁来赔?如果当季土地来不及施上肥,这样的损失又谁来赔?"

听完翻译鸠山觉得满肚子气,心想,这个贾副厂长到底懂不懂合同?说出的话哪像是企业的高管,反而和无理取闹的泼皮没什么区别。他环顾四周一眼,蓦然觉得此景颇像中国传说中的诸葛亮舌战群儒。鸠山一下子来了精神,提醒自己必须遏制中方随意改动设备设计的想法,如果松口同意,那接下来这帮人更会在"奇思妙想"中得寸进尺。何况一旦因改动而出事,自己受处分开除是小事,宇部公司的声誉也将受到影响。打定主意后,鸠山右肘撑桌,侧转上身,左手下移虎口叉腰,宛如一名随时准备跃出战壕冲锋的战士,说:"合同明确了我们三方的权利和义务。至于贾副厂长刚才提出的额外条件,我认为可以联系美方,一旦谈判通过,完全可以补充到合同内。"

贾保华当然听得出这种软钉子的味道,更清楚这种谈判提议美方必然不会接招,即便同意谈判那也是折腾不起准备、接触、调查、商洽、调整、签订等程序,甚至还没到初步达成协议阶段,就已到了装置试车时间。他刚想接话,不料李阿牛抢先开了口:"鸠山先生,我相信你也认可贵国手冢治虫先生提倡的'相信别人,更要一百倍地相信自己'观点。我们今天把你请来,是因为我们在计算后有指正设计不完美的自信,也有同你合作共赢的自信,绝不是什么自负,甚至我们还有同美国技术存在巨大差距的自知之明。"

贾保华这下听明白了,原来"手中治虫"是个日本人的名字,这也太搞笑了。鸠山听到这里犹豫了片刻,最终还是撑起上身,拿上之前被李阿牛推过来的那叠资料,默不作声地翻阅起资料。等重新合上资料,鸠山问道:"如果因改动造成生产或设备事故,贵厂会认吗?"

"当然!"李阿牛肯定答复后,指着正在记录的厂办工作人员加了一句,"若是不修改出了事故,我想今天的记录你也认吧?"

李阿牛的自信答复让鸠山觉得有点不可思议,面对对方抛来带有"胁迫"味道的烫手山芋,他不得不公文式地回应:"我会对我说的每句话负责,我会确保所有的言行是按制度办。"

李阿牛虽不满鸠山的狡辩和托词,内心却很佩服对方滴水不漏的表达能力。他接口说道:"我记得你们日本还有一句谚语,说事情一开始,就该想到它的结果。现在印度的案例就摆在我们面前,如果我们坚持知而不改,有可能发生同样的事故。"

"恕我直言,可能是绝不允许用来做依据的,我们需要的是肯定、必定下把握。"

被对方纠正后,李阿牛才意识到自己刚才说的话有多不严谨,好在贾保华迅速补上一刀:"鸠山先生,我们强调的是知错不改下发生事故的责任该由谁来承担!"

鸠山边听翻译边在本子上记录,突然他像想起了什么,不等翻译完贾保华的话,停笔抬头转向李阿牛说道:"李副书记,我们日本还有一句谚语。"

"什么?"李阿牛知道对方在深思熟虑后准备回击,只能硬着头皮准备接招。

"胆小鬼总觉得黑暗中的影子也会发出可怕的响声。"

213

翻译愣了片刻，不是这句话难翻译，而是这话的主语明显在影射并污辱李副书记等领导。于是在保留意思中，翻译巧妙作了改动："鸠山先生说我们不用担心黑暗中的影子会发出响声。"

从鸠山说话时的语气和神态，李阿牛已揣摩对方并不友善，所以听了翻译的翻译后，他猜测鸠山的原话并非如此，于是根据大意进行有力的回应："心若向阳，怎会有影？"

"妙，李副书记的解释让我很是受益。"鸠山没想到对方不假思索的对答如此巧妙，只好在肯定后马上转回正题，"但我个人的意见还是坚持遵循合同上的内容，任何的改动都需多方确认，我没有这样的能力，也不会在各方同意前对变更予以认可签字。噢，对了，中国不是有'以不变应万变'的老话吗？"

见对方对中国文化一知半解，李阿牛暗自一乐，故意反问："鸠山先生，你能把话说完整吗？"

"什么意思？"

"这句话全文是以不变应万变，以万变应不变，以万变应万变。"

贾保华觉得李阿牛今天的表现很奇怪，明明急着想通过与日方的谈判尽快改气化炉设计，可他似乎老是跑题，和鸠山聊与工作没什么关系的哲理。而听了翻译说以万变应不变时，鸠山也是一头雾水，没有变化干吗还要变，而且是万变。不过最后的以万变应万变他还是听明白了，他故意不解地问道："对呀，现在我们连一变也没变，需要的就是以不变应万变，想变就是折腾，就有可能乱中出错。"

李阿牛摇着头说道："鸠山先生，你理解错了。以不变应万变不是让我们守旧，而是让我们注意观察其变化，这样才能在处变不惊中解决千变万化的事态发展。以万变应不变是告诉我们在日常生活和工作中,会面临各种挑战与困难,但只要我们坚定内心,用经验就可以提前预测好解决办法。而以万变应万变就是提醒我们要善于独立思考,不能照搬照抄,但万变不离其宗,任何问题都会有解决的办法。"

鸠山越听越糊涂,看来父亲告知中国文化博大精深并非妄言,好在脑子听了发昏,可心里却一清二楚。他觉得自己今天不仅仅像诸葛亮舌战群儒,更像是关羽单刀赴会,虽结果注定不欢而散,但这样顶着压力坚持原则的作风传到宇部公司,应该会让人敬佩和传颂。想到这里,鸠山重新强调了自己的态度:"这些话的理解可有不同,但无论是什么样的原因,我不可能同意改原有的设计。"

还没等翻译开始翻译,厂办有人推门疾步而入,径直走到李阿牛边上轻声说道:"李副书记,许副市长找您。"

李阿牛很是不满地扫了来人一眼,觉得对方完全可以做主替自己挡一下。因对眼下谈判陷入死局本就有一肚子气,现在被打扰自然没好脸色,说:"告诉他我去现场了,回来后会马上回电!"

"李副书记,许副市长是直接来厂,现就在您办公室等您。"

"啊?!"

旁的贾保华听得清清楚楚,朝李阿牛递了个眼色。李阿牛推椅起身,也像刚才厂办来人一样,疾步向外走去。当贾保华示意翻译继续翻译后,鸠山斜睨李阿牛匆匆的身影,断定对方有意外事急需处理,而且是棘手的大事,不然向来处事稳重的李副书记不会这么急,甚至冒失得连个招呼也没打就走。就在鸠山费解猜测时,贾

保华听完了翻译的话后,再次问道:"如果真发生像印度一样炉口耐火砖烧坏事故,我们怎样确定美方的责任及赔偿金?"

"操作数据可以证实呀,至于赔偿金则按合同规定进行协商。"

贾保华听完翻译觉得很窝火。按鸠山的说法,前者只是让调查没完没了进行下去的借口,后者更是无尽无休协商的托词。不过就在他打算进一步咄咄逼人追问时,鸠山突然让翻译叫停了中方记录,随后口气一缓,推心置腹地解释道:"贾副厂长,也许这就是我们之间文化上的差异,您可以私下问一下凯恩先生,只要合同上有规定,我们必须按这规定来执行。我不能说认同你们的认证和提议,但我刚粗看了资料,觉得你们的调研挺扎实,改动设计也蛮科学的。但我真没办法同意你们的改动,不然我方公司知道会第一时间开除我,并让你们恢复原有的设计来施工。其实贵方若是真能确定这设计有风险和瑕疵,完全可以不开这样的会,我日后检查就当没发现被擅自改动过。"

听了鸠山的苦衷,大家这才明白鸠山为什么今天像换了个人,其实明抵触暗认可,最后的申明更是愿担上风险支持中方的改动。峰回路转的意外让贾保华大为感动,于是接下去双方在没有记录的谈判中顺利推进。

此时,回到办公室的李阿牛自然不知晓会场的喜剧性变化,和许师兄握手寒暄后,李阿牛直截了当地问道:"许副市长,怎么连个招呼也没打就来了?"

"怎么?现在我来还要预约不成?"

"哪呀,我是担心万一有事不在让您跑空。"

许师兄抬手看了眼手表,说:"跑一趟确是不容易,快五十分钟。不过无事不登三宝殿,该跑还得跑。"

什么大事需要许师兄亲自跑一趟?李阿牛赶紧做了个请的手势:"许副市长,快坐下说。"

两人刚并肩坐定,许师兄就问道:"大化肥工程开工后效益测算过吗?"

李阿牛暗自庆幸厂里提前做了功课,于是脱口说道:"许副市长,我们已安排专业财务算了三笔经济账。"

许师兄扭头瞅了李阿牛一眼,很是不解地追问:"三笔?"

"对,按目前进口价计算,52万吨尿素总价为10920万美元,而按生产所需37万吨渣油以出口价计算,总价仅6630万美元,两者相抵等于节约4290万美元的外汇。如果按平价渣油计算,大化肥投产后每年可上缴利润7300多万元。即便重油和尿素都按国际价格计算,每年仍可上缴利润4500万左右。"

"那还有一笔是什么?"许师兄眉头的"川"字已被熨平。

"间接的农业丰收。虽受土壤类型和农作物需求的影响,1吨尿素能够使用的实际耕地面积有所区别,无法估算准确的数据,但肯定非常可观。"

"很好!"许师兄望着对面墙上的地图,连点两下头。

即便得到了许师兄高度认可,可李阿牛还是搞不明白许师兄问这些数据的目的,也因为琢磨不出对方的来意,只能客套地回应了一句:"谢谢许副市长。无论是几年前的炼油厂筹建,还是当下的大化肥工程兴建,都离不开各方的支援,更是得到您的大力支持。"

"嗯。"许师兄很是满意地应了一声,接着侧过上身手按李阿牛的腿托付,"你嫂子厂里生产了一批小台式收音机,你们厂现

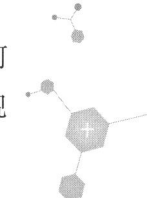

效益不错,可以买些配到岗位上。"

李阿牛对许师兄的来意颇为意外,现在厂里效益是不错,不但油品供不应求,而且液化气用户也在不断递增,可这和买东西没什么关联呀。何况给岗位配收音机既无理由又不妥,难不成让大家上班收听电台?那岂不影响工作?平时厂里再三强调操作人员盯表操作要专注、要精心,一旦分神,容易造成设备损坏或产品不合格的经济损失事故,严重的还可能酿成人身伤亡事故。因一时不知如何应对许师兄的要求,为了拖延时间,李阿牛支吾一声后问:"嗯——,是宁波航海仪器二厂的?"

许师兄转回上身,漫不经心地拿起茶几上的杯子喝了口水,等放下水杯不答反问:"难道我还有别的老婆?"

李阿牛尴尬地赔着笑:"许副市长,东海牌收音机应该很畅销呀。"

"这款是单波段小台式收音机,供电只需3节一号电池,不但声音洪亮,而且音色丰富。"

许师兄显然并没有接李阿牛的话,而且不但回避了畅销产品为什么要来推销,还自顾自较为专业地介绍起这款收音机的特色。看对方说完话又转过脸盯着自己等下文,李阿牛情不自禁地挠了挠头皮,说:"许副市长,给岗位上配收音机可能不太合适吧?"

"怎么不合适?可以让职工及时收听到新闻。"

李阿牛自然想起在沈阳和丁浩早上去食堂途中听到的半截广播新闻,当时苦于没收音机,两人为了听清整条新闻,只能等中午重播。可现在厂里不少职工家庭已有"三转一响"的四大件,不少人甚至从过去的手表、自行车、缝纫机和收音机的旧"四大件",升级到冰箱、电视、洗衣机和录音机的新"四大件",电视机让新闻内容从过去单一的听,变成了现在看和听的结合。看许师兄盯着自己等回复,李阿牛只能婉转地表达刚冒出的想法:"许副市长,放在岗位容易影响操作人员的工作,如发生事故可真担不起。我想现在厂里常有外国专家来,应该可以作为礼物馈赠对方。"

许师兄当然不会被李阿牛的前半句吓住,但也意识到确有不妥之处。当李阿牛说完后半句,他当即情绪高涨地肯定对方的提议:"你这主意不错,之前天津的'和平'牌、北京的'牡丹'牌都作为国礼赠给外宾。"说到这里,他突然侧身微撅屁股放了个屁,随后话锋一变,"但这没多少的量,还得想想其他办法。"

李阿牛只好再次抛出困扰不已的问题:"许副市长,我还是不明白,东海牌收音机应该非常畅销吧?"

"目前是有点供不应求。"

"那……"李阿牛的长音既表达了困惑,更期待对方的解答。

许师兄白了眼李阿牛,不满地问道:"当了厂领导眼光还是这么短?"

李阿牛清楚记得在向镇海县机械检查组报到那天,刚好宁波百货商店到了上海无线电二厂生产的"红灯"牌收音机,傅抱石整整排了4个多小时的队才购买到。他琢磨了半天,还是想不出答案,干脆厚着脸皮坦诚地说道:"我还真没搞懂畅销的东西为啥还要许师兄来打招呼。"

"虽然我们不少城市生产了不少品牌的收音机,但放眼看去,无论是德国的根德或荷兰的菲利普,还是日本的索尼,这些牌子的收音机就像你们厂的一些进口设备,优势很明显。我们只有让更多的中国人用上本地产品,才能让企业发展并制造更好的产

品。对了,我还是得提醒你,现在炼油厂的产品虽然很抢手,但也会有经营困难的时候,你们一定要想得远。"

许师兄的判断让李阿牛想起了阳早,记得他在延安时就断言"我们这辈子都不可能找到能替代石油的东西"。从目前来看,石油被称为"工业血液"当之无愧,成为国民经济和生活的支柱。既然世上没有可以替代石油的东西,那怎么可能会有经营困难的时候。也许心里有这样的想法,李阿牛的疑问脱口而出:"应该不会吧?"

"会!肯定!"许师兄重重强调后又说道,"才成立 2 年多的宁波新乐洗衣机厂,自去年造出中国最早的铝合金内桶洗衣机后,一下子就把之前的品牌压了下去。现在我们宁波的'新乐'洗衣机、'凤凰'冰箱、'富丽'鸿运扇已成为有条件家庭结婚的必配品,我们一定要想方设法把'东海'收音机名声也打响。对了,你可别以为我是为了老婆来推销产品,我是想让生产厂家和大客户单位直接对接,在提升服务需求中把厂做大。"

李阿牛觉得许师兄最后这句话有点耳熟,暗自琢磨终于想了起来。对,在沈阳第一次见面吃饭时,许师兄就提出过大统筹下的增产节约思路,即通过生产和使用直接对接,实现增产节约的目标。记得当时就觉得许师兄有格局、有思路、有激情。现虽时隔 30 年,但无论是言者还是听者,都依旧心潮澎湃。李阿牛清了清嗓子真诚地说道:"咳,许副市长,我这边再以奖励的方式发给先进职工。"

"好,多发给职工,让他们工作有激情。"许师兄好像对新拓开的销售渠道蛮满意,点了点头。

李阿牛看事已谈妥,抬手看了眼手表建议:"许副市长,不早了,一起去我们厂招待所吃了饭再走?"

"行,叫上磊磊,我好久没见他了,一起坐我的车过去吧,我快要离休了,以后想坐我车也没机会了。"

陪许师兄下楼之际,李阿牛想起还有一事要说,于是边走边说:"许副市长,我们这次也像炼油厂试车一样,确保'三废'治理工程与生产工程同时投产。"

"对了,我听说你们试车前还搞工厂绿化、美化?"

听许师兄没肯定厂"三废"治理工程,相反问工厂绿化、美化时的口气明显很不满,李阿牛赶紧解释:"之前我们也没这个想法,这还是外国专家提出,说搞工厂绿化、美化对于防治环境污染、提高员工的工作满意度和生活水平具有重要意义……"

"提醒你一下,别给那些鬼子和洋人转晕了。"许师兄很不客气打断后,捂了捂发痒的鼻子,随后又说道,"在延安时,我们有搞绿化、美化来提高战士满意度的说法吗?现在国家要用钱的地方还很多,别浪费。"

"好的,我记住了。"李阿牛很后悔自己的多嘴,当即就这一话题刹车。

"真有多余钱开支,不如给职工发收音机。"

对于许师兄的提议,李阿牛啼笑皆非,可嘴里也只能应和:"好的,好的。"

吃完午餐送走许师兄,李阿牛和李磊磊并肩往厂部走去。李磊磊边走边和父亲描绘谈判会场的结果,最后一脸轻松地问道:"爸,这下你放心了吧?"

李阿牛扭头瞥了眼儿子熨帖的表情,不满地问道:"放心?你不清楚日本人工作会耍滑头?"

"嗯?"李磊磊并不认同父亲的评价,他及同事与鸠山接触蛮多,大家都认为日本人工作挺严谨,甚至还暗自敬佩他们的敬业态度。也许是因为觉得父亲的评价太情绪化,李磊磊于是轻应了一声没接话。

"严重说就是盲目崇拜下的愚昧搪塞!"

听父亲的用词更严厉,李磊磊不得不替鸠山叫起了屈:"爸,日方不是同意改了吗?平时鸠山他们工作还是挺负责的,我反倒觉得我们厂有的'主人翁'还不及他这个'雇工'呢。"

"工作绝对是有标准的,要么对,要么错,不能骑墙头想八面玲珑。"

李磊磊听明白了,父亲对鸠山默许中方"擅自"改动气化炉烧咀和炉口砖内径并不满意,相反还认为对方是在耍滑头。他不得不直言相劝:"爸,我们得理解一下鸠山。当弱者想要改变强者原有的理念和做法,所呈现出来的技术或观点,在强者看来那不过是一种努力支撑面子的偏执。说实话,现在若是走程序谈判,最后拖不起的还是我们,所以说这次谈判让鸠山默许就是完美的结果。"

李阿牛蓦地止步,儿子的话一下子戳痛了他的心,只见他仰头喃喃说道:"这世上应该没有完美的结果,只有尽力而为的故事。"

李磊磊听得懂父亲并非与自己争辩,那不过是他内心煎熬后的最后挣扎,就顺从地应了一声:"嗯,爸,我们尽力而为。"

"磊磊,看来阻止我们前行的不是眼前的大石块,而是鞋子里的小石子。我们得用技术来说话,为这一代国人争气。"

"嗯。"李磊磊这次应声响亮许多,并重重点了下头。

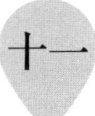

十一

1983年元旦,李磊磊和詹小霞如期风风光光办了婚礼。看着一脸幸福娇涩的詹小霞,李淼淼心里像是打翻了五味瓶似的,思念、失落、焦虑、愤恨等情绪交织在一起,彻底打乱了萌动的内心世界。

自去年国庆前和韩天分别后,对方像从人间蒸发了一样,再没有任何的信息。一开始,李淼淼还替对方找理由,可能是前线作战任务重,甚至保密需要无法通信。可随着时间的推移,李淼淼开始慌了,毕竟军人随时有生命危险,失联极有可能是牺牲的代名词。她也不知道从哪天起,早晚两次绕路去韩天家,远远就忐忑不安地张望门框,确定没有"烈属光荣"金属牌匾,这才稍安心离开。有好几次她恍恍惚惚走到门口想进去打听消息,却到了跟前又不敢敲门,只好一步三回头地离开。

这又放学,李淼淼走着走着,不知不觉又来到了韩天家,让她没想到的是刚到门口,那道熟悉的木门突然开了。右脚刚迈过门槛的韩天母亲抬眼看到李淼淼后,竟然主动打起了招呼:"咦,这不是小李吗?"

"阿姨好,您认识我?"李淼淼又惊又喜地反问。

韩天母亲继续笑着回应:"怎么会不认识?就算你和韩天同学时不认识,那你考上大学时也会知道。"

想起5年前自己差点也和韩天一样名落孙山,李森淼情不自禁暗自感慨,看来"十年寒窗无人问,一朝成名天下知"还真是这么回事。她谦逊地回道:"阿姨,我只是运气好点而已。"

"真是个好孩子,这么优秀还这样谦虚。你这是……"

"噢……,我没事走走,刚好路过。"李森淼结巴时就脸红了。

"要不进来坐坐?"

韩天母亲的主动邀请让李森淼脸更红了,她太想进屋摸摸韩天坐过的椅子,看看韩天读过的书,可担心第一次进门没韩天陪同,会在尴尬中给韩天母亲留下不好的印象,就站在门口结结巴巴打听起韩天的情况:"嗯,好……,不了,阿姨,韩天现在有信来吗?"

"这孩子每半个月总会给家里来封信。"

半月一封?那韩天为什么不给我寄?不等李森淼多想,韩天母亲突然招呼声"等我一会儿"后,旋即转身进了还开着的门。不一会儿,韩天母亲手捏一封已开启的信重新来到门口,边从信封中掏出信纸和一张照片,边说:"这是天天前天刚寄到的信,他现在已是副连长了。"

李森淼发现韩天母亲明显挺起了胸脯,即便眼睛快眯成了一条线,还是难以盖住欣喜与自豪的光芒,似乎在向世界宣告自己有个了不起的儿子,自己是世界上最幸福的人。可这样不但说明韩天性命无忧,且不到两个月又有进步的喜讯,反而让日思夜想的李森淼没有半点的兴奋,甚至愈发地痛苦。李森淼不明白韩天能每半个月给父母寄信，为什么不给自己来信。她接过韩天母亲递来的照片，照片上的韩天没什么变化，仍是一身的戎装，唯一和上次见到不同的是腰上系了武装带，手里还握了一把枪。这时，韩天母亲又适时展开信纸递到李淼淼眼前，说："每次来信，天天都会让我们代问他爷爷和奶奶好。"

虽早知韩天不会和家人说两人的关系，但得知韩天每次会向爷爷和奶奶问好时，李淼淼心里很不是滋味。她接过信一目十行浏览完，内容不过就是证实韩天母亲刚才的介绍，如在部队一切挺好，上周当上了副连长，但信末在代问爷爷和奶奶好后，说希望明年能休假多陪家人几天。希望？李淼淼想起上次和韩天见面时，两人各自说过希望一词。自己说的是"希望下次为韩天接风洗尘时，也能带上举案齐眉、琴瑟同谱的军嫂"。后一句是那天晚上告别时，韩天对自己说"今晚是值得回味的最美好日子，也是未来希望的起点"。再过两天就是明年，也是哥和小霞结婚的日子，韩天会不会给自己来个惊喜，以他不喜欢按常规出牌的性格，真有可能会突然拉上自己出席哥的婚礼。如果是这样，那当下发生的一切就可以解释通了，不来信就是为了制造这份意外的惊喜。

"小李，你怎么了？"细心的韩天母亲发现李淼淼眼圈红了，一脸关切地问道。

李淼淼心一惊，为了掩饰自己内心想法，她脱口而出："前线的解放军很辛苦，希望韩天他们平安无事。"

李淼淼的话一下子戳痛了韩天母亲，她紧张地把信封合在手掌心，连连虚拜："老天保佑我家天天平安，老天保佑我家天天平安。"

看着韩天母亲惊慌的样子,李淼淼恨不得给自己两个巴掌,怎么能在老人面前说这样的话。她赶紧叠好信纸,和照片一起塞进韩天母亲手中的信封里,随后亲热地挽住对方的胳膊改口说道:"阿姨,韩天命大,肯定平安。他是我们班同学的骄傲。"

韩天母亲对李淼淼的话并没什么感觉,尤其后面这句明显是客套话,但对方在挽住自己胳膊时,她莫名有种异样的感觉,旋即体内久违的兴奋因子似乎全被激活了。只见韩天母亲一手捏信,一手盖住李淼淼的手背,边轻轻摩挲边热情发出邀请:"小李,等我们韩天探亲时,能不能来坐坐?"

"好呀,谢谢阿姨。"李淼淼觉得韩天母亲无论是说话还是眼神,都让人感到很是亲切,甚至连摩挲的动作也不感觉唐突,反而有种温和的感觉。

"一定?"

"一定!"李淼淼觉得自己这样答复还不够,于是又在对方恳挚的眼神下,特意又许诺似的加了一句,"阿姨,等韩天回来,我一定过来看您。"

两天很快就过去了,当喧闹的元旦婚礼进行时,韩天还是没有"意外"出现。韩天不光没有给李淼淼带来惊喜,居然连给李磊磊和詹小霞电报祝贺也没有。李淼淼在痛苦中彻底绝望了,她坐在角落又细细回忆了一遍那天晚上两人的场景。突然她想起韩天在向自己索抱时的一句话:只是我还没抱过女孩子,真希望人生不要留下这个遗憾。难道他就仅仅想抱自己一下而已,是一种流氓式不带爱情的"揩便宜"?

宿舍因为詹小霞的搬出又暂没有安排其他老师入住,房间一下子宽敞了许多,李淼淼觉得自己的心就像这房间一样,空落落的有点怅罔。人苦闷时越没人说话，就越会胡思乱想，越会在钻牛角尖中伤感。万籁俱寂的深夜虽然睁着眼但什么也看不清，可思绪就像是团纷乱的毛线在眼前打转，别说是厘清，甚至连个毛线头都找不到。李淼淼气恼地拉了一下拴在床边的灯绳，悬在房中的灯应声亮了，那团纷乱的毛线也不见了。可仰望那昏黄的灯泡，她又觉得自己像灯泡里面的钨丝，随时就要熔断熄灭。

由于睡眠不好，李淼淼不但有次上课走了神，而且期末监考居然打起了瞌睡。詹小霞曾关心地问过李淼淼，但都被她以来例假难受等理由搪塞了过去。李淼淼心里明白，这种事只能自己暗扛，即便是同事、同室加亲人关系的闺蜜也不能说，这倒不是詹小霞不可信任，而是对方除了替自己着急，不会有一丝的帮助，相反可能因担心而"泄密"给父母或哥哥，既让自己没面子，又徒增他们的烦恼。

一学期的工作又近尾声。这天下午毕栋突然拦住准备回办公室的李淼淼，小心地问道："李老师，我能不能单独和您说个事？"

单独？情绪不佳的李淼淼瞥了一眼对方，直接反问："有什么事不能在这里说？"

"我有件事想求您帮忙，也就三五分钟说清，不会耽误您其他事。"

见毕栋　脸诚恳地央求，原本还想凶对方的李淼淼心一软，终于憋回了要出口的话，抱着政治备课本转了个身。毕栋如同一只欢快的小狗，马上跟了上来。离开教学楼，快到宣传栏时，李淼淼停下了脚步，转身问道："说吧，有什么事？"

"我想和李老师换一下。"

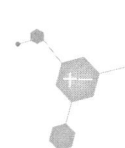

换一下？李森森没听明白毕栋想让自己帮什么忙，更不明白他有什么意图。见对方垂头盯着自己不停划拉地面的左脚，她不得不警觉地追问："换什么？"

"下学期您来教语文，我去教政治。"

"为什么要和我换？"毕栋的要求令李森森非常费解，老师们都抢着教主课，怎么冒出这么个傻帽儿？

毕栋停下了划拉地面的脚，抬眼刚和李森森双目相对，立即像是一交战就落荒而逃的败将。只见毕栋把头垂得更低，轻声解释："我想看到您开心的样子。"

"你不后悔？"

"决不后悔。为您。"

虽然毕栋这句话是病句，可李森森听了内心很感动。她思忖片刻矜持地答复："非常谢谢你的好意，不过我建议你再慎重想想……"

毕栋再次快速抬起头，急切地打断李森森的话："李老师，实话告诉您，我前后已考虑半个多月了，不用再想。"

没有再垂头的毕栋用温柔深邃的眼神直迎李森森的审视。李森森自然读得懂对方的意思，内心顿时觉得有泓清亮的山泉，正泛着银光并带着悦耳的潺潺声，冲刷自己那颗受伤的心灵。她转头看了眼不远处的教室，柔声说道："谢谢毕老师！请容我也再考虑一下。"

对于李森森首次客气的称呼，毕栋很是激动，更让他亢奋的是自己隐晦的情感表达，对方不但完全看懂、听懂，而且没拒绝，还给了希望。能以最小的代价换取期待许久的收获，那就是大赢。毕栋咽了一下口水，手抚胸口表态："李老师，我会一直

228

等您的消息。"

当天放学,李森森站在走廊望着悠悠西沉的太阳,心就像那曾绽放无数绚丽姿彩的云霞,在狂欢后也渐渐地暗淡下来。她咬了咬牙根当即下定了决心,必须作出明智的抉择,无论是什么样的结果。于是吃过晚饭,李森森径直来到韩天的家。当抬手敲响门板时,传来的沉闷声响让她吓了一跳。之前在门口的马路上不知徘徊过多少次,可就不敢有这样的勇气上来敲门。看来人有时得想得开,优柔寡断就是绊脚石,一旦在感情上拖泥带水,不敢正视现实和结果,只会让自己禁锢在痛苦的囚笼中。就在李森森胡思乱想之际,门开了,一个穿着棉袄的中年男子看了眼李森森,随后摘下挂在耳上的眼镜,上下打量了一眼,不等李森森说话,旋即露出一对浅浅的酒窝,侧身儒雅地做了个请的动作:"你就是小李吧?快请进。"

"谢谢叔叔,我是韩天的高中同学李森森。"李森森谢过后,边往里进边自我介绍,即便这是多余。

韩天父亲关上门向里吆喝:"老柯,来客人了。"

"谁呀?"

毕竟房子不大,韩天母亲早听到了外面的动静,这边问声刚落,人已从里间走了出来。见是李森森,韩天母亲赶紧把手中正在织的毛衣针和挽在臂上的小竹篮往桌上一扔,疾步迎了上来:"哎呀,是小李呀,快坐。"

"阿姨好!"

李森森被韩天母亲牵着手来到方桌前,屁股还没完全坐定,韩天母亲就关切地问道:"晚饭吃了吗?"

"阿姨,我在食堂吃过了。"

韩天母亲用肘推了推边上的韩天父亲:"老头子,傻坐着干啥,赶紧去打两个糖水鸡蛋。"

不等韩天父亲应声,李淼淼欠身抢着阻拦:"叔叔别辛苦了,我真吃不下。"

韩天母亲起身边拉李淼淼的手边说:"哎呀,这么冷的天,就当作暖暖手,暖暖胃。"

看韩天母亲说完扭头给韩天父亲递了个眼色,李淼淼知道接下来是两个女人的戏,虽然各自的想法与目的不同,但没有其他人"参与"会更放松、更自在。于是就不再阻拦,微笑着重新坐了下来,并乘机打量了四周一眼。韩天家条件不错,这间吃饭和会客的房间不但有电视机,还用上了冰箱。不过最为醒目的是挂在墙上的镜框,除了居中一张全家福,全是韩天的个人照片,那张当副连长的照片被摆在了最上面。

等韩天父亲从冰箱中取两个鸡蛋离开,韩天母亲刻意拉了拉刚坐下的椅子,等更靠近李淼淼后一脸心疼地叮嘱:"小李,才几天不见,你又瘦了。工作再忙,也记得一定要吃好睡好。"

"我这边挺好。"李淼淼模糊着回应后,果断把话题引到正题上,"阿姨,韩天现怎么样?"

"元旦给家里拍了个电报,说今年过年不回家了,要去军校读书。对了,我去拿电报。"

既然元旦记得给家里拍电报,也不顺便给我哥来个贺电,更没给自己只言片语,这种电报看了也没意思。想到这里,李淼淼一把拉住韩天母亲,说:"阿姨,不用去拿,我随便问问,再说内容您都说了。"

"也是,没几个字。"韩天母亲附和后没再起身,仍一脸慈祥地盯着李淼淼。

"看来我们同学中韩天最有事业心。"

"小李,你也很优秀。"在兴头上的韩天母亲自然没听出李淼淼的话带有调侃,并继续乐呵呵地告知,"我和他爸元旦前一天和天天还通了电话,和他提到了你。"

"哦?"李淼淼觉得这个信息很关键,当即竖起了双耳。

"天天听得很认真,还告诉我们明天你哥和詹小霞就结婚了。"

听得很认真却没问一句我的情况,记得我哥结婚却只给家里拍了电报,过年军校肯定也放假,这一切明显不是想和自己做彻底隔断吗?李淼淼视线跳过韩天母亲,望了眼墙上的镜框,心里愤愤不平地说道,韩天呀韩天,看来那天你打自己耳光是活该,既然你无情,那我也不会勉强。想到这里,李淼淼转身从包里取出早就准备的"道具",双手递向韩天母亲:"阿姨,这是我哥和小霞让我代转的喜糖,前几天忙没送,今天刚好家访路过就带来了。"

韩天母亲接过致谢并送上祝福:"好,好。谢谢你哥,代我们祝福新人。"

"糖水蛋来了。"

这时,韩天父亲端着一碗糖水鸡蛋走了进来。韩天母亲放下喜糖,手脚利索地给李淼淼放了块垫子,说:"我和他爸想好了,过年我们去军校看天天,小李过年也放假吧?"

这样的问,显然是变相邀请李淼淼同行。若是在元旦前,李淼淼肯定会欣喜若狂,甚至还会让韩天父母保密,策划一个意外惊喜给韩天。可不到两周时间,现在一切都变了。李淼淼正想着

231

如何直接回绝,只见韩天父亲在自己面前放好糖水蛋碗后,居然嘴角上扬露着一排洁白的牙齿直接说道:"小李是老师,暑假时间更长,可以让天天在军校多陪几天。"

这种越俎代庖式的安排让李淼淼哭笑不得,可看着两个快乐溢于言表的老人期待的眼神,尤其是韩天母亲那对耸成肉疙瘩的脸蛋儿在灯光下泛着红光,李淼淼觉得硬生生回绝对不明真相的老人来说过于残忍,不如委婉告诉他们自己与韩天不可能的关系。于是她微笑着回道:"叔叔、阿姨,非常谢谢你们的信任,可我今年过年要去看男朋友父母。"

洋溢着快乐说笑声的小屋顿时寂静下来,李淼淼看到两位老人相互望了一眼,当表情木讷地转回头,不但韩天父亲的浅浅酒窝和一排洁白牙齿不见了,韩天母亲那对肉疙瘩脸蛋儿也消失了。好在韩天父亲知书达礼,马上回过神来邀请道:"太好了,以后带男朋友来我们家坐坐。"

出门告别挺简单,可能没了轻轻摩挲手心的亲昵动作,客套言语像清汤寡水一样无味。挥手作别回头才走两步,两行泪瞬间从李淼淼眼眶中溢出,她装作若无其事继续前行。当身后传来轻轻的关门声,李淼淼还是忍不住驻足扭头回看了一眼那道熟悉的木门。此时紧闭的木门不仅阻挡了外泄的灯光和内吹的寒风,更像是隔绝了自己和那家人的关系。李淼淼抬手抹去眼泪,重新向那道木门挥了挥手,这不是和韩天家人告别,而是和自己的初恋告别。等再次回转头迈步,李淼淼觉得身子一下子轻松下来。是的,一切都画上了句号,初恋对我来说是痛苦的,好在时间不长,好在也就只被流氓"揩"了个小便宜,值得侥幸、庆幸。

对于李淼淼发生的这些波折故事,可能由于回家时间少,加上处置快而稳,所以无论母亲还是嫂子都没有察觉。作为家庭成员的男人,李阿牛和李磊磊更是因全身心扑在大化肥工程上,自然一无所知。不过让这对父子庆幸的是经过两年多的奋战,大化肥工程终于迎来了开工试车的日子。

11月7日9时,看一切准备就绪,大化肥工程开工总指挥在现场果断下达了指令:"点火!"

"等等。"

所有人被德语翻译的紧急叫停声吓了一跳,紧张不安的情绪像一股瞬间涌起的暗流,迅速漫过每个人心头。站在一旁的李阿牛像是头顶响了声霹雳,之前不光部省组成的联合检查组,分成生产装置、安全环保、物资准备、工程等8个检查小组对装置试车前的各项准备工作进行了检查确认,而且中、日、德联合检查后,三方现场总代表也已在确认装置具备投料试车的文件上签下字。难不成西德专家凯恩发现还有不具备试车的问题?那他究竟是刚发现还是故意拖到这节骨眼上才说?这一问题会不会延迟开工计划?对于今天发生的事如何向上汇报?此时,开工总指挥心已提到嗓子眼,心脏如摇鼓般狂跳,仿佛要冲出胸膛。

突然,大家发现一脸紧张的德语翻译听完凯恩的话后,神情顿时放松下来,不过旋即换上一副为难的表情。当他向开工总指挥翻译完凯恩的要求后,李阿牛终于长呼一口气,忍不住愤愤地暗骂:"外国人就是没规矩,想 出是 出,这么重大的事瞎凑什么热闹?!"

原来凯恩之前参与装置开工试车从来没有点过火,这次他觉得眼前的场景有点像奥运会点火炬仪式,于是突发奇想,当即向中方申请和操作人员一起去点燃气化炉的炉嘴。刚被吓了一跳的

233

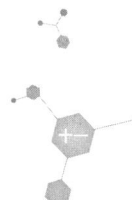

开工总指挥自然乐得有专家全程深度参与，于是马上同意让翻译陪同凯恩到炉前和操作工一起点火。

众人在气化炉前看着凯恩手持裹了沾煤油布头的长铁棍，将拖着一股黑烟的火源缓缓伸进炉膛。一旁的操作人员利索地打开气阀，一条轻盈火舌瞬间从炉嘴喷出。

"哇！看，火神赫菲斯托斯来了，世界是多么的明亮。"

看到凯恩收回点火棍冲着气化炉叽里呱啦叫喊时，李磊磊暗吃一惊，该不是执意要改的炉嘴出了问题？当他冲上前一脸紧张听完翻译，当即扭头冲身躯高大魁梧的凯恩愤愤不平地骂道："你简直就是个神经病！"

翻译好心提醒："小李，你别乱骂专家。"

凯恩急着催问翻译："李工说什么？"

"嗯——"翻译心里咯噔一下，瞥了眼李磊磊，旋即灵机一动，用德语回复凯恩，"李工说凯恩先生的诗激励了我们。"

凯恩是个聪明人，刚才李磊磊带着情绪冲自己吼叫时，还以为自己操作有误，可现从翻译的表情和支吾声来推断，肯定不是操作上有问题，而且八成是不好听的话。既然操作上没问题，其他算不了什么事。于是，仍在兴致上的凯恩顾不得多想，继续在操作人员的配合下，按顺序点燃了4个炉嘴。也许是受了凯恩的感染，从观察口望着空荡的炉膛盛开一朵朵玫瑰色的云彩，李磊磊一时也走了神。是啊，无论是东方的信仰，还是西方的神话，火神一直受世人的顶礼膜拜。可以说火伴随并见证了人类的进步，帮人们驱赶猛兽，抵御严寒，煮熟食物，照亮大地。它是人类的护身符，更是人类的希望。自从人类掌握了火，便拥有了生存与发展的基本力量。此时炉膛内的火就是我们浙江炼油厂人为了追求光明、温暖与幸福,不停释放的激情……

当所有的炉嘴点燃并确认后,凯恩随众人回到了主控室。听了合成氨车间主任的汇报后,早就准备就绪的总指挥邀请日方代表城光雄一起按动了"1号炉投油"电钮。随着电钮一转,各台设备就像一匹匹骏马"奔驰"起来。

"进料正常!"

"炉温控制正常!"

……

听着不断传来的汇报声,李阿牛觉得一行人是在驾驶一艘行进在大海上的轮船,航行目的地和距离很清楚,但海面上喧嚣的层层浪花、怪诞的阵阵海风及海底下杂乱无章的礁石,随时有可能让轮船偏离航向,甚至造成船毁人亡的惨剧。怕吗?不怕,因为向目的地前行是必须的,更何况掌舵者是有着经过严格技术培训的工人。对,人是最为重要的力量,无论是先进设备的制造还是先进工艺的操作,都是由人来创造和发明的。知识可以让人类插上翅膀,可以飞得更远、更高,不再受海浪颠簸之苦。看着忙碌的技术人员和操作人员,李阿牛觉得厂部这次集体讨论的发展规划非常好,是到了机构改革和人才梯队培养的关键时刻,不光得让中国有能驾驭先进设备的人才,更要让中国以后也能有制造世界一流设备的人才,甚至让中国也能有发明最优化工艺技术的人才。

耳边传来日语交谈声,李阿牛扭头看到城光雄一会儿看主控仪数据,一会儿与技术专家探讨,虽忙得连额头沁出了细汗,但仍把白色安全帽扣得严严实实,原本合体的工作服,此时却显得有点空荡。回想连续54天高强度的调试工作,李阿牛记得城光

雄一次也没落下：高架火炬点火、二氧化碳压缩机性能试验、合成氨各工号氮置换、水联运……

在现场吃过简单午饭后，参与开工的所有人在紧张中殷切期盼起来。虽然设备运转良好，虽然工艺受控正常，但能否产出合格的尿素还是个未知数，可这恰恰是衡量开车能否一次成功的关键。

终于尿素车间主任惊喜地指着仪表盘抢先喊道："成功了，生产已获得成功。"

城光雄也难得咧开嘴笑道："可以去现场看'尿素雨'了。"

除了坚守岗位的技术人员和操作人员，其余人扣上安全帽向现场跑去，在尿素塔周围围成圈仰望塔顶。没等几分钟，眼尖的人看到有几粒晶亮的颗粒飘落，还没回过神，瞬间，尿素恰似洁白瀑布般从天穹撒向人间。

"出尿素了！出尿素了！"人们再也抑制不住激动的心情，纷纷鼓掌欢呼，掌声与欢呼声如同决了堤的洪水，浩浩荡荡向前涌去。李阿牛也摊开双手接上一捧尿素，望着熟悉的白色颗粒，眼眶噙满了泪水。

当晚庆功宴结束后，李阿牛叫上李磊磊一起从招待所步行回家。此时街上没几个行人，李阿牛突然停下了脚步，背着手问儿子："磊磊，现在你心里有什么想法？"

想法？对父亲蓦然的问话李磊磊觉得挺奇怪，这时候还能有什么想法，自然是兴奋呗。于是乘着酒兴脱口连用了几个同义词："舒心、欣喜，嗯——欢畅、振奋……"

听儿子还在搜肠刮肚想词，李阿牛摇着头否定了对方："肤浅！"

肤浅？难道还有更合适的词？李磊磊一脸不服地反问父亲："爸，那你的想法是……"

"安心后泛起的惆怅，甚至沮丧。"

李磊磊以为自己喝多听错了，这次若是开车不成功，那是该惆怅或沮丧。可明明开车极其顺利，哪有什么好惆怅或沮丧？这不是在故弄玄虚，就是在装腔作势。于是他晃了下脑袋追问："爸，你是说……"

"你没听错，我说是安心后泛起的惆怅，甚至沮丧。"

从对话和一字不差的复述来判断，李磊磊断定父亲没喝高。而且李磊磊清楚父亲的酒量，今晚再来三两"茅台"也不用扶着回家。可越是清楚父亲没喝醉，越是搞不明白他为什么会有这样负面的情绪，李磊磊只好坦率地问道："爸，我听不明白。"

李阿牛指了指边上的路沿："坐。"

李磊磊本想提议回家或返程到招待所，可看到父亲已一屁股坐在路沿上，犹豫一下还是顺从地跟在边上坐了下来。由于担心酒后吹风会头疼，就开口催问："爸，怎么了？"

"根据发展的需要，准备将厂更名为浙江石油化工总厂，同时在设炼油分厂、化肥分厂和原油码头两级单位的基础上，拟建机修分厂，从而形成'三厂一码头'的生产格局。"

李磊磊扫了眼四周，心中暗自奇怪这么重要甚至可能须保密的话，父亲怎么会在路边说。如果说在招待所担心旁人听到，那在家里聊总没问题吧？哪怕明天在办公室谈也行呀。因为不清楚父亲的意图，李磊磊只是简单地应了一声："哦。"

"我想调你去机修分厂。"

明白了父亲透露机构改革后对自己工作的安排设想，李磊磊这才揣摩出父亲刚才问自己心里有什么想法的含义。是呀，自己现在也算是大化肥工程建设和开工的功臣，哪怕不能马上论功赏爵，那也有资格排上晋升的队列。现在和之前炼油厂开工成功后就调到大化肥工程不同，那时到新岗位既有锻炼的机会，又可年纪轻轻就成为开工的元老，完全避免了原来在机关资历浅、水平低等短板。现在这个机修分厂从其冠名就可以推断这种机器修理的活儿没啥大意思，父亲为什么要这样安排？就在他发愣之机，李阿牛侧过脸盯着李磊磊问道："怎么？不想去？"

"我没想法，服从组织安排。"李磊磊决定以守为攻，佯装无所谓的样子。

"我想听听你的想法，我最多再干6年就要离休了。"

虽然父亲又重复逼问相同的话题，可后半句让李磊磊内心怦然一动，联想父亲正在向组织申请修正他当初的虚报年龄一事，他激动地挺起上身问道："爸，是不是让我去当领导？"

李阿牛愣了愣，随即笑道："你现在就是有能力和资格，有你这个当总厂领导的爸在，还真不能提拔。"

"那我没想法，反正搞设备到哪都一样。"语气中明显带着赌气的李磊磊说完暗自长长吐了口酒气，像打足气的球被扎了个洞，一下子瘪塌下来。他干脆上身向前一趴，下巴扣着按在膝盖上的手，另一只手捡起一块石子，漫不经心在地面上乱画。

李阿牛没料到儿子已有官瘾，而且还不小。为了让话题不再偏，他挪了挪屁股，说出憋了许久的担心："磊磊，这次化肥开车我远比炼油装置时紧张，因为我们改了气化炉烧咀和炉口砖内径，如果弄巧成拙，那……"

即便父亲的话戛然而止，李磊磊也清楚没说出的后果是很可怕的。自己也是因为过度紧张，曾在现场错骂过情绪激昂的凯恩，后来还盯了大半天炉子，好在现在证明当初的改动是正确的。于是，李磊磊一边用手上的石子在地面打了个钩，一边带着成功者不屑的口吻劝父亲："现在结果都出来了，还担心什么？"

"我是想说以后不但不能迷信外国技术，更要相信只要我们用心调研、扎实认证，设备制造肯定不会比进口差。"

联想上下的对话，李磊磊蓦然明白了父亲安排的用意，侧过脸问父亲："机修分厂要自己造设备？"

"以设备维修为主，辅以设备制造。"

虽然只有十三个字，李阿牛所透露的信息量却不小。李磊磊重新直起上身向远处望去，即便今天有点雾气，但依稀能看到厂区的灯火。他思忖片刻扔了手中的石子表态："爸，设备制造上我们是该有所突破，大连'西湖'号远洋油轮下海的场景一直在我脑海浮现，连这么大的船都能造，我就不信我们造不出炼油设备！"

"我就要听你这样的话，这才是青年人该有的模样！"

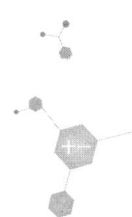

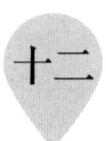

十二

随着生产经营规模的不断增加,针对厂子弟上学不便的问题,1984年春节刚过,浙江石油化工总厂不但建起了机修分厂,而且决定扩办小学并新办一所中学。消息一传出,由于职工待遇要比教育局管辖的学校老师高不少,许多老师争相想调入浙江石油化工总厂的中小学工作。办理完退休手续不足三个月的傅抱石顾不得面子,既"督"李阿牛要"关心"此事,又跑老单位和教育局,为女儿和儿媳争取调动名额。李阿牛本就不会按妻子的意思去有关部门打招呼,更何况组织正在调查自己的真实出生年月,这节骨眼上很容易让人认为自己是在为荫子而作最后的挣扎。

虽然李阿牛的不作为让傅抱石气恼,可当年学期一结束,公布的结果却让傅抱石甚是满意,女儿和儿媳双双如愿成了浙江石油化工总厂中学的老师。但暑假刚开始,两个接连的消息让傅抱石喜中带有一丝遗憾。这天早上,詹小霞的干呕让傅抱石基本断定"有喜",而詹小霞随后又向她"泄密"了李淼淼的对象。虽是双喜临门,可让傅抱石遗憾的是那个叫毕栋的男孩也是城关中学的老师,若女儿早点"坦白",何至于两人被硬生生"拆开"。当然内疚的并不是成功调动了李淼淼,而是没有把毕栋也调到浙江石油化工总厂中学。理由当然也不纯粹是让两人可以继续同进同出多相处,而是根据厂里规定,夫妻双方均是浙江石油化工总厂的职工,不但结婚可以马上分到房,而且还有诸多福利可享受。

今年的暑假,李淼淼长时间处于亢奋状态,这并非因工作的调动,在她看来在哪里当政治老师还不是一个样,就算许多老师羡慕她成了一名国企职工,待遇远比城关中学要好不少,可这些在李淼淼眼里没啥好高兴的。让她亢奋的是中国运动员在美国洛杉矶举办的第二十三届奥运会上一次又一次登上领奖台,一次又一次让五星红旗在国歌声中升起。从射击运动员许海峰夺得第一块金牌,到今天闭幕式前以15金、8银和9铜的成绩收官,中国的金牌总数高居奥运会奖牌榜第四,李淼淼都不知道鼓了多少次掌。

由于今天是李淼淼第一次带毕栋上门,家里小方桌上搁了张从邻居家借的圆台面。饭桌上,贝氏仅剩的一个耳朵因听力退化,再大的话音也很难听清。但这并不妨碍她愉悦的心情,独眼几乎没在菜盘上落一下,如同一盏追光灯,谁说话就"照"谁,试图从嘴型中"听"清内容。当然,在暂无人接话时,被"照"得最多的还是詹小霞。自从得知孙媳有孕后,一旦詹小霞进门,贝氏的眼神就像是鉴定师在欣赏一幅名画,流露出专注和认真的神态,宛如世界上别的东西都消失了一样。今天她还是挨着詹小霞坐,无论小霞夹什么菜到她碗里,都觉得特别香甜。

就在一家人边吃边聊时,李阿牛突然停下筷子问李淼淼:"你在城关中学时,学生体育课有什么内容?"

李淼淼不明白父亲的话题为什么一下子从奥运会转到了学校的体育课,如果说没关联似乎也不对,毕竟都和体育有关,可若说有相干,那微乎其微的体育项目也太勉为其难了。于是很是随意地回了一句:"也就跑跑步、做做操、打打球,有时还会跳高、跳远、扔个铅球。"

"教育是立国之本,你们几个所从事的可是与国民素质和民族兴亡沉浮相关的职业。"李阿牛脱口先引用和史冷霜第一次见面时对方说的话。

"谢谢叔叔的指导,您这一说,让我感到了老师这一职业的伟大与责……"

李淼淼扭头用肘顶了下毕栋,白了一眼后没好气地打断了对方:"别瞎捧我爸,一个教书匠有什么伟大的?"

毕栋光想着用理论话来迎合准岳父,被李淼淼这一问反而有点不好意思起来,捏着筷子的手挠了下头皮,赔着笑应道:"对,也是。"

看妹妹太过霸道,李磊磊用调侃的口吻替唯唯诺诺的毕栋打抱不平:"淼淼,你让小毕说嘛,第一次上门你就这样霸道,以后人家都不敢来了。"

李淼淼毫不示弱地搬起了救兵:"小霞,你老公吃里爬外,你管不管?"

几个人都笑了起来,贝氏虽不知道家人们为什么笑,但看到大家笑,也跟着发自内心地笑。李阿牛等大家笑完,为了续上前面的话题先申明:"我可没有想抬杠,你们三个当老师的听我把话说完。"

毕栋赶紧把手中的筷子放下,双眼看着对方,那专注的表情像是生怕漏听了一个字。詹小霞虽然没有放下筷子,但双眼也望着公公等下文。李淼淼却一如常态不急不缓地夹了块红烧肉,咬了半块后慢慢咀嚼，不过双耳早就悄悄竖直了。让人意外的是李阿牛没有接着说下去，而是先提个问："我们泱泱大国曾创造了灿烂的农业文明，你们说说为什么会被小小岛国日本整整欺侮了14年之久。"

李磊磊听到这里哭笑不得。心想，父亲怎么老是要提日本侵华这桩事，老揭旧伤疤既无益于进步，相反还会让人在痛苦和迷茫中寸步难行。再说现在中日已建交，两国来往交流不少，如果让我们都埋下仇恨的种子，那必然会让时代倒退。更何况今天奶奶也在，如果她听清了，岂不是折磨她老人家？想到这里，他抢先回应："爸，这教科书上都有……"

毕栋已揣摩出李阿牛的用意，当即打断李磊磊的半截话予以补充："哥说得对，教科书上有。不过教科书上讲的更多是地方割据、政权不统一等客观原因。其实国与国的对抗，看似是拼军力，最终拼的是财力、物力和人力的综合。所谓大炮一响黄金万两，当时我国的经济远不及日本，而且对方钢和铜等产量是我们的上百倍，国力的天壤之别自然导致军力的悬殊……"

一旁的李淼淼很是不满地打断了滔滔不绝的毕栋："怎么有这么多的话？是来吃饭还是来说话？"

"对，对，吃饭，吃饭。"对于李淼淼出的"选择题"，毕栋马上拿起筷子不假思索地边点头，边答出令她满意的答案。

李阿牛抬手示意女儿别插嘴后，冲着毕栋鼓励："小毕，你分析很在理，说下去。"

刚往嘴里送了块芋艿的毕栋看了眼李淼淼，见对方白了眼自己没吭声，一时拿不定主意。好在李磊磊也对毕栋的分析有兴趣，扬扬下巴催促："你说呀。"

见女儿抬起头准备制止儿子,挨在一旁的傅抱石不动声色地用膝盖悄悄顶了一下女儿。李淼淼这才把头扭向毕栋,带着情绪下令:"那你就说吧。"

毕栋快速咀嚼了几下,连吞带咽将芋艿送入食道,接上了刚才的话柄:"另外在地缘上,日方通过对中国形成海上全封锁态势,逼得我们的盟军只能远绕驼峰航线和滇缅公路给中国输血。同时,因为有纵深国土的优势,我们凭借兵力数量让日军无法快速灭亡中国,并在武汉会战后迟滞住了日军的攻势,成功让这种伟大的抗战精神得到全球大多数国家的认可与支持。"说到这里,毕栋觉得之前的铺垫基本完成,接下来该是围绕准岳父的话题核心精准打靶,"当然,军力上的差距还有一个重要的因素,那就是两国军人的文化素质。"

李阿牛眼一亮,放下筷子问道:"这个你分析过?"

毕栋心中暗喜,看来刚才的判断完全正确,现在准岳父这关大概率已过。他也迅速放下筷子继续说道:"叔叔,我看了些学习资料。记得当时我国因内乱导致文化教育严重落后,文盲率很高,士兵和军官文化水平非常有限。正因为教育水平不高,尤其是数理化知识的匮乏,别说飞行员、机械修理人才储备奇缺,连炮兵、通讯兵和工兵等这类技术性兵种也缺人。"

詹小霞也被这样的观点与说法吸引,由衷地夸道:"毕老师,我没想到你语文教得那么好,连历史也学得很棒。"

"詹老师谬赞了,您是我们语文组老师的标杆,我得多向您学习。"

"哎呀,都是一家人了,说话别这么客气。米,边吃边聊。"傅抱石笑着适时挤进一句话。

毕栋欣喜若狂。之前别看他落落大方侃侃而谈，其实内心虚得很。要知道自己面对的准岳父是大厂的领导，那个在机关做了一辈子人事管理工作的准岳母，更在圈内是出了名的较真。本以为得到他们的认可没有一年半载不可能，没想到第一次进门就双双通过。毕栋按捺住兴奋，重新拿起筷子后，眼疾手快地夹起鱼肚上一块肉，抬起屁股，左手托着夹筷的手递到贝氏的碗中："奶奶，这块没有鱼刺。"

贝氏虽听不清孙女的对象说什么，但看清了夹来的菜，不善言辞的她连忙点头回应："罪过，罪过。"

毕栋一愣，奶奶刚才不光吃了鱼虾，也吃过肉，怎么瞬间又成了信徒？难不成自己又听错了宁波话？看到毕栋空举着筷子，继续抬着屁股不知如何应对时，傅抱石压了压手笑着解释："坐吧，小毕，奶奶说的是本地人的一句客套话，类似于普通话的'谢谢'。"

"噢，谢谢阿姨，我又学会了一句宁波话。"毕栋如释重负地坐了下来，悄悄抹去额头渗出的细汗。

看着拘谨的毕栋，傅抱石不但好感陡增，且母爱大发。为了缓解他的情绪，特意又说了段自己曾出的洋相："我跟你叔叔刚到宁波时，我因为不懂方言闹过不少的笑话。比如这里人把馒头叫'淡包'，当时我还奇怪镇海物价真低，'蛋包'只要一分一个。那天直到吃完还误以为运气不好，食堂师傅给我的这个'蛋包'忘了放蛋。"

欢快的笑声再次在小屋中响起，李阿牛看话题又被带偏，就乘笑声快落时说道："小毕，你分析得非常到位。早在1868年明治维新初期，日本已经普及了小学教育。1872年睦仁在日本第

245

一条铁路通车后,在福泽谕吉的建议与推动下,不但又进一步建立了普及至中学的全民教育,高等教育也跻身全球前列,专业军事教育更是成为亚洲第一,吸引了包括中国在内的大量外国人前去学习。所以我们可别小看文化教育对军队的巨大作用,文化教育同样也是提升国力的基础。"

詹小霞追问:"爸,睦仁是谁?福泽谕吉是干吗的?"

毕栋自然不想放弃展示知识面的机会,当即对这两人进行了身份和成就的说明:"睦仁就是日本的明治天皇,是他带日本人建立了亚洲第一个资本主义国家,并走上军国主义的道路。福泽谕吉是日本近代著名的启蒙思想家和教育家,也是与早稻田大学并称为'日本私学双雄'的庆应义塾大学的创立者。据说在甲午战争中日两国谈判期间,就是他提议本国政府向中国索取巨额赔款,并要将中国的旅顺、威海卫以及山东省和台湾省等领土收入囊中。现在他的头像就印在日本一万元纸币上。"

此时的李淼淼早已不再反感毕栋的讲述,而是咬着筷头侧脸看着对方听得入迷。看着看着,她蓦然有种幻觉,毕栋消瘦的脸颊慢慢拉伸成了韩天的国字脸型。李淼淼吓了一跳,回正脸揉了揉眼睛。虽然人清醒过来,可韩天的影子还在脑海中浮现。李淼淼觉得老天像是变了个惊天大魔术,在自己眨眼的瞬间就把韩天变没了,睁眼已是一样博学健谈的毕栋,真不知韩天现在如何。就在李淼淼恍惚之际,只听詹小霞惊呼着夸道:"毕老师,在学校我真没看出你有这样的学识,远比历史老师讲得精彩。"

这回毕栋只是淡然一笑作为回应,没有像刚才那样谦逊接话。一直旁听在耳里、看在眼里的傅抱石,也对眼前这个准女婿有了更多的好感,她越发为没有把毕栋和女儿一同调到石油化工总厂而懊恼，决心晚上单独问阿牛有无可能明年把毕栋也调到厂里的学校。有意思的是自己念头才冒出，李阿牛已开口问毕栋："小毕，从刚才的谈吐中，看得出你日常读的书不少，不知你对教历史有没有兴趣？"

毕栋心中大喜，李阿牛这话听起来是在咨询自己，其实背后包含两层意思：一是对方已完全认可了自己，二是有把自己调到浙江石油化工总厂中学的意图。虽然成功调动后会让自己从授主课到授副课，但待遇会有较大提升，发展空间也会拓展。不过胸有城府的毕栋没有正面回应，而是带着感恩的口吻谢道："叔叔，谢谢您对我的认可。我也就课余时间喜欢读点史料而已，认知还是比较肤浅。对教什么我都服从组织安排，也一定会尽全力带好学生。不过……"

看毕栋说到这里欲言又止，急性子的李磊磊替父亲催问："不过什么？"

"我们许多老师都很羡慕詹老师和李老师调到厂中学任教，但这是符合厂子弟调入的规定，别人就算有看法或意见，最多也只是饭后茶余闲聊几句而已。可我不一样，就算是以非关系调入厂中学，别人也会联想到叔叔和阿姨是不是假公济私，会影响叔叔阿姨的名声。"

听完毕栋直接挑明的话，经历过为儿媳和女儿调动工作的傅抱石大为赞赏。这次她没有看毕栋，而是把目光转向女儿。李森森察觉到母亲在看自己，刚把脸转向母亲四目相对，只见向来不苟言笑的母亲破天荒地朝自己意味深长咧嘴一笑。李森森脸一红，羞涩地转回了头。李阿牛也是意外中颇感欣慰，不过这让他更下定了决心要把毕栋调来，这可不是自己想滥用权力，哪怕现

247

在有人背后会指责自己"封妻荫子",想必日后也会在收获中知道自己的用心和苦心。想到这里,李阿牛霸气地说道:"我清楚了,这事就不用再说了。"

虽然李阿牛模棱两可地结束了这个话题,没给出最后说法,但毕栋喜出望外,知道自己以退为进的策略成功了。以准岳父的资历和能力,想调动一个人的工作,那还不是一句话的事?此时他只需拿起酒杯敬谢一下即可。

当再次放下酒杯,李阿牛终于又续起刚才的话题:"刚才和你们仨是想聊聊如何做好学生的体育教育,我认为学校教育是国民体质提升的关键。这次无论是战士们在老山地区全部收复被越军侵占的中国领土,还是李宁在奥运会自由体操、鞍马和吊环项目中斩获3枚金牌,一人独得6枚奖牌,成为本届奥运会获奖牌最多的运动员,都证明了近几年我国体育基础工作挺扎实。厂子弟学生现在正处于迷茫期,所以老师不光要引导他们学习成绩好、思想品德好,还要掌握对社会有影响的体育教学方法。"

"迷茫期?"李磊磊第一次听到有人这样评价厂子弟学生,不光是这个词语贬义味浓,而且不明白迷茫期和体育发展有什么关联。

"对,受电视的影响。"

听了父亲的分析,李磊磊反而越发糊涂,这体育和电视又有什么关系?看毕栋一脸认真地等下文,李磊磊就不再插话。果然李阿牛扫视6人一眼后继续说道:"去年播放的电视剧《大侠霍元甲》效果很不错,这部电视剧主题鲜明,条理清晰,以普通青年如何在时代风云中成长为一位民族英雄这条主线,颇有教育意义。不但让《万里长城永不倒》的主题曲唱响了全国,还让许多人从此迷上了武术。"

李磊磊听明白了,毕栋在点头时脑子飞速运转,既然准岳父提出的是迷茫期受电视影响的观点,那必定需正负结合宣讲,于是他试探着说道:"这让我想起了前几年从美国引进的电视剧《加里森敢死队》,据说各地青年模仿加里森敢死队,有的还用钢锯条锉小刀,学练飞刀,成群结队到处惹是生非,我为此还写过一些小评论。"

毕栋的敏捷思路让李阿牛颇为吃惊,随着原本平静如湖面的眸子一亮,脸上露出既惊又喜的表情,面朝毕栋说道:"你这例子举得好,我正在写这方面的政治思想材料,你有空把写的文章给我看看。是的,《加里森敢死队》这剧坏就坏在英雄人物也可以是罪犯,让文化程度不高的无业青年容易受剧中人物影响,几乎在一夜之间就学起了抽烟、喝酒和打架。一些原本小打小闹的流氓,不再拘泥于偷盗,而是在社会上拉帮结派,堂而皇之地当街行凶和抢劫勒索。他们不以在正向比较之中寻求社会集体的认同感为荣,而是以罔顾国法、蓄意滋事为荣,甚至攀比进派出所和监狱的次数,成了人见人恶的八十年代'蒋门神''镇关西'。有的学生也效仿练拳,可这种练拳和刚才说的武术不同,它是以打架斗殴为目的。好在26集的《加里森敢死队》只播16集就停播了,而且经过去年的严打,社会风气现在好多了。"

虽然其他人都是第一次听说《加里森敢死队》没有全播,但感受还是不同。李森森乘机调侃道:"哎呀,爸,我们难得一起聚聚,当老师也就放假才能放松一下,就别说这么沉重的话题了,再说我们都上过大学,不可能去当'蒋门神''镇关西'。"

女儿无意的话让傅抱石一下子紧张起来,偷眼看了看儿子,磊磊好像并不在意,就在她思索着如何换话题时,只听李阿牛当即反驳指出:"我和你妈看的第一场电影叫《思想问题》。记得那晚观影后,你妈就告诉我大学充其量不过是增长了知识,拓宽了视野,只有在参加工作融入社会后,才能树立起正确的人生观。"

　　当李阿牛和子女说起三十多年前"七夕"场景时,傅抱石有点感动,但旋即嫉妒如腾起的烟雾,渐渐遮蔽住了感动的光芒。想自己那天晚上全情投入,可事后才知道李阿牛当时心里装的是史冷霜。既然我的话能记住,那史冷霜说了什么肯定也没忘。也许是心里有气,傅抱石竟然扭头脱口说出令她后悔不已的抱怨:"谢谢你还记得这些,希望没记别人的话。"

　　除了长辈贝氏听不清,四名晚辈即便不知道傅抱石说的别人指谁,但都清楚这句话背后的含义。由于毕栋还不能算家人,默不作声的李磊磊兄妹和詹小霞显得有些尴尬。恰巧这时贝氏筷子没夹稳,花生米滑落桌面后迅速滚落到地上。毕栋当即放下筷子钻进桌底去捡,等他再次坐定后,只见李阿牛刚才轻蹙的眉头已舒展开,笑着朝傅抱石竖起拇指:"当然记得,这家你贡献最大!"

　　也许是因为有这样的意外插曲,接下来聊的话题既不轻松也不严肃,几乎围着奥运话题不痛不痒说着。结束晚饭收拾停当后,李磊磊带詹小霞回自己家,李淼淼和毕栋准备去逛街。道别时,毕栋双手紧握李阿牛,一脸谦卑又期待地说道:"期望能早日读到叔叔的论文。"

　　李阿牛看毕栋记得自己刚才提到的政治思想材料,就抬起空着的左手,连拍了几下对方的胳膊。即便没有一句话,可这一动作已让毕栋甚是知足,断定今天的表现让准岳父判了个高分。虽然李淼淼和自己谈对象前有"污点",可世上哪有完美的事,有些事还得自己想通,何况得到的肯定要比失去的多。

果然快放寒假前,一纸调令把毕栋从城关中学调到了浙江石油化工总厂。对于这次的调动,虽然难度很大,但李阿牛在看了毕栋带来的文章后,就让女儿把毕栋叫到家里,口述一些内容让对方在眼皮底下草拟报告和通知。看毕栋能够准确、快速地完成文稿,即便女儿和毕栋已确定恋爱关系,爱才心切的李阿牛还是以举贤不避亲的态度,不但力荐厂党委向地方要毕栋,而且安排的不是对口的厂中学,而是刚好空缺的总厂调研室。

办理完报到手续后,毕栋觉得自己像是刘姥姥进了大观园。虽然之前进出李家已有5个月,而且在李磊磊的陪同下,偷偷进厂区逛了一次,但总厂厂部大楼他还是第一次进。这楼外观其实和城关中学的办公楼没多大区别,连楼层也一样是4层,只不过总厂楼的门厅阔了些,两侧的房间也多了几间。毕栋本在学校时就觉得校长这个官很大,教育局更是不得了。可进了浙江石油化工总厂才知道,总厂里不光准岳父这样副厅级以上的领导就有7人,处级领导干部更是多达20余人。同时,两家单位的办公条件差别也很大,厂里才报到就给配上办公用具,更让他吃惊的是办公桌上还有部电话机,虽然这部电话机和另一位同事联机同号,也让他感觉配制非常高端。

眼勤、腿勤、手勤、脑勤的毕栋即便第一次干调研工作,但很快把老师身份成功切换到了调研角色,因为有着较为出色的口头和书面的表达能力,得到了许多领导的肯定。看着毕栋的表现和各方的评价,李阿牛放下心来,即便有人开始认为自己是任人唯亲,那至少现在的评价也该是唯才是举或知人善任。

续航

在贝氏记忆中，1985年除夕是有生之年来得最晚的一年。不过让贝氏惊讶的是詹小霞，凭经验屈指算来，小年就可见到重孙，没想到等到除夕前一天，超了6天预产期的孙媳愣是一点也没动静，这下让她慌了。

当地有除夕投胎的孩子一生运薄、多劳不乐的说法。晚上吃过饭，见詹小霞拉着李磊磊的手迈着肿胀的脚，腆着大肚向自己家走去时，贝氏扫了眼五斗橱上的台钟，再过5小时就是除夕！她伸长脖子用仅有的一只眼睛焦灼地向外张望，真希望看到孙媳这时腹痛、见红、破水，哪怕就是在路上生产也行。可事实是詹小霞就像一只臃肿的大花鹅，虽然走得不利索，但还是背对自己摇晃着平安远去。

按之前的生活习惯，贝氏会坐在沙发上看一会电视，20时一过，就洗漱泡脚进了里间。向来上床就倒头入睡的贝氏，今天眼睛却像是安了个弹簧，上下眼皮无法合上。她在黑暗中瞪大了左眼，听力不全的耳朵像机警的梅花鹿，任何轻微的声响都会让她一个激灵，甚至撑起上身侧耳向外听个仔细。可随着儿子和儿媳的入睡，房外再也没了声响，整个大地像电视机被切断电源，连"嗞嗞"作响的雪花声也没了。当忐忑不安的贝氏听到外间那个忠实走了二十多年"三五"牌台钟再次敲响后，连续12声的钟声就像是砸在贝氏心脏上的重锤，每一下犹如毁天灭地的力量不急不缓、依次有序地对准心脏最柔软的地方狠狠砸去，伴随剧烈的抽搐，血液如喷泉般从心脏喷涌而出。贝氏顾不得寒冷，翻身跪在床上，双手合掌祈祷重孙再晚24小时出生。她坚信，只要詹小霞能再熬过一天一夜，那重孙就是兴隆之命，不但能趋吉避害，更可以幸运循来。

辗转反侧的贝氏觉得此时的床就像是一个热锅，平躺背酸，侧卧肩疼，趴睡胸闷。也不知过了多久，她终于困得上下眼皮合在了一起，可还没睡一会儿，就听大门被人敲响了。贝氏一下子惊醒过来，翻身坐起屏息听到另一间傅抱石拉亮了灯，大声盘问："谁呀？"

"妈，我是磊磊，小霞生了！"

"太好了！男的还是女的？"

不同于傅抱石还在关心出生的是孙子还是孙女，担心了整整一个晚上的贝氏终于在消息落地后再也扛不住，眼前一阵眩晕，一头栽倒在了床上，她甚至连李磊磊高兴喊着"男孩"的答复也没有听到。直到李阿牛一家人到贝氏房间来报喜时，才发现老人家已经没了气息。

谁也没料到一场喜事竟会连上一场丧事，一个新生命刚隆重登场，另一个生命却悄无声息地走完了一生。也许这就是生生不息的生命定律。

除夕，中央电视台把春晚舞台从演播大厅搬到北京工人体育馆，当电视上响起《五女拜寿》的唱词时，已入殓的贝氏再也听不到期盼多日的越剧曲目。不过让贝氏万万没有想到的是重孙不是出生在大年三十，而是年二十九的晚上。原来当晚詹小霞从婆家回到自己家没多久，小腹突然有明显的下坠感。李磊磊本想挨到明天再去医院，可看到妻子痛苦的表情加上预产期已超好几天，不敢再拖延，急敲开隔壁邻居的门，让他去路边找一辆三轮车。把詹小霞送上三轮车还没到医院，羊水已破裂。庆幸的是当晚值班医生就是妇产科的主任，她迅速安排人接生。零点钟声敲响前，母子俩已平安送出手术室转到住院病床上。也许，如果李磊磊当

晚就把詹小霞送医院的消息及时告诉奶奶,那贝氏或许能在紧张中等来令她期盼的好结果,不会整晚都在煎熬担心。但一切只能是如果,世上本就没有如果的事,只有不得不正视的结果。

大学毕业后第一次没回老家的毕栋跑前跑后,俨然像半个主人用心帮忙处理贝氏的后事。也许是有这方面的经验和能力,毕栋的办事能力既让李阿牛夫妇很满意,连李淼淼也觉得毕栋有着原本自己不了解的一面,蓦然有种欣慰的感觉。

过完年,李阿牛虽然人消瘦了不少,但精神还是不错,丧母之痛被孙子的喜临冲淡了不少。这天晚上,李阿牛夫妇在儿子家刚吃完饭,已放下碗筷的李磊磊突然说道:"爸,有空吗?我有个事想和你聊聊。"

傅抱石猜儿子工作上遇到了困难,起身抢先说道:"你们去忙吧。小霞不要吹风,进去看看聪聪醒了没有,可以喂奶了。"

"妈,辛苦你了。"仍在休产假的詹小霞清楚婆婆这是变相让自己也回避,于是顺应着先进了房间。

李阿牛不急不缓推椅起身,先取了根牙签,然后边剔牙上的残渣,边向沙发走去,漫不经心地问道:"什么事?"

李磊磊压低了声音说道:"爸,我想在分厂攻关换热器制造技术。"

儿子短短的一句话让走到沙发前的李阿牛一怔,等转身坐下后拍了拍三人沙发的空位:"坐。"

李磊磊挨着父亲还没坐定,就迫不及待地追问:"爸,你会支持吗?"

李阿牛把用过的牙签扔进茶几上的垃圾盒,不答反问:"为什么有这样的想法?"

"既为国家省外汇,又可盘活厂人力资源并取得经济效益。"

李磊磊的回复虽听上去很有说服力,李阿牛心里却清楚此事说易做难。为了验证儿子这一想法是经过深思熟虑还是心血来潮,他继续问道:"有没有想过有哪些困难?"

"没想,也不去想。"

儿子坦然的答复让李阿牛几近讶然,一名技术干部怎么对拟推出的新思路、新举措可能遇到的困难都不考虑,这不是把头埋进沙子的典型吗?如果今天在单位有人这么说,李阿牛早就劈头盖脸地呵斥过去,这已经不是工作有无能力的问题,而是态度存在毛病。他瞥了一眼正在擦桌子的傅抱石,不悦地在责备中耐心开导儿子:"磊磊,你这样的工作思路可不行。如果没有事先预想各种困难,并提前做好相应的应对举措,我们就无法战胜困难……"

"爸,我眼里不允许出现困难一词,只有如何去取得成功。像你这样提前预设困难就是用心良苦的败笔,它只会让我们还没开始做就把自己劝退。这些年工作经历也告诉我,有些困难不过是被自己放大后的臆想。为此,我还常提醒自己保持活跃的思维,一旦思维形成定势,思路就难以转变,自然也就没了闯劲。"说到这里,李磊磊咽了一下口水比画着又说道,"爸,之前我们厂多次用卷扬机吊装大型塔不就是这样吗?如果光想困难,就不可能按时完成吊装任务。"

当儿子贸然打断自己并抛出对困难一词的不同理解后,李阿牛已是又惊又喜,在听了卷扬机吊大型塔的例子后,内心更是百感交集。不难发现,儿子打断自己是有底气的,而且抛出观点也是自信的表现。李阿牛暗忖,不得不承认,畏难情绪就是因为把

有些事想得过于复杂。到底是自己老了思维跟不上时代的发展，还是年龄越大胆子越小。不过无论是前者还是后者，都将成为企业发展的阻力，而且职务越大，阻力越大。双手撑在腿上的李阿牛扭头边打量儿子，边等儿子继续说想法。不料，李磊磊看父亲目不转睛地盯着自己，误以为是父亲不认可自己的说法，也就戛然而止。对视两秒后，懵怔的李磊磊忍不住开口问道："爸，我说错了？"

李阿牛一脸涩然地摇了摇头，回转头撑起上身向后一靠，十指交叉叠压在微微隆起的小腹上，双目虚视前方，说："磊磊，把你的想法说完整。"

"嗯。"虽然还没揣摩出父亲的态度，但李磊磊还是应声学父亲把上身靠在沙发背上，侧过脸不急不缓说出了这段时间琢磨后的感想，"爸，我国的换热器制造不但起步较晚，而且技术远落后于国外，产品大都要靠进口。不光在我们石油化工领域需要这样的设备，而且电力、冶金、船舶、机械、食品、制药等行业也需要这样的设备。随着我国经济建设的发展，换热器的市场需求在未来一段时期内将保持稳定增长，如果我们还是一味依赖进口，那不光会耗费大量的外汇，而且容易让国外厂家坐地起价，甚至有可能持货待沽，影响我们的建设和生产。"

对于儿子提到的这些现象和问题，李阿牛不是不知，甚至比儿子更清楚现状和隐患。听儿子还没有说到相应对策或措施，就干脆催问："你准备如何攻关换热器制造技术？"

不承想李磊磊不答反问："爸，你记得我国第一台管壳式换热器在哪里生产的吗？"

"抚顺机械厂，好像是1963年生产的，按美国TEMA标准制造。"

李磊磊直起上身，表情夸张地望着父亲："爸，你这都记住了？"

"当时我就在沈阳，这么大的事肯定知道。"

"所以要干就要干人家没有干过的事，干让人记得住的大事！"李磊磊因兴奋而语调变得激昂。

李阿牛听到这里却眉尖轻拧。他觉得儿子这话听上去有鸿鹄之志，充满崇高理想和奋斗精神，但往往这样的年轻人好高骛远、眼高手低，甚至遇到困难就会浅尝辄止。于是他不得不提醒："磊磊，年轻人有这样的抱负是值得肯定的，但千万不要急功近利，更不能有一步登天的念头，必须脚踏实地做事……"

李磊磊不满地打断了李阿牛："爸，你怎么这样想你儿子？"

李阿牛认为儿子越是反感自己的提醒，越是让他放心，所以他欣慰地说道："磊磊，你能主动把一些想法和我说，说明在你心目中，我们能在信任和理解中进行有效的沟通。作为父亲，无论是觉察到你的思路问题，还是即将面临的困难，我都将直言，哪怕就是说错了，也要提醒你需要注意的事项。"

父亲变相的认错让李磊磊心里很温暖，于是继续回到刚才的话题："我想，既然22年前我们已能制造出合格的管壳式换热器，那么现在无论是材料还是技术，应该能制造出企业所需求的换热器。"

"22年前这台管壳式换热器并不能说明什么，一来是对照国外的标准，二来也没什么产能和利润。其实盈利是企业生存的命脉，更是发展的基础，我们可不能再有不计成本的思想。你也知道，这次我们尝试加工'高价油'，不但使炼油分厂生产渡过了

'饥荒'难关,保证化肥分厂有达标的原料供应,更在降低企业能耗中保障了市场的供给,广大职工的福利也得到了提升。只有把国家、企业和职工三者的利益结合起来,才能进一步调动职工群众的工作主动性和积极性。"

李磊磊听明白了父亲的意思,马上接口:"我现在最为担心的不是能不能制造出换热器,而是能不能成功制造出高质量的产品,还有就是成本的核算能不能支撑市场的需求。"

"嗯,考虑很周到,继续说下去。"

即便父亲肯定的语气很平淡,但李磊磊发现父亲刚才轻拧的眉尖已舒展开来,而且嘴角还微微上翘。于是他兴致勃勃一口气说出了已考虑半个月的想法:"爸,不但抚顺机械厂成功造过换热器,据我了解,随后几年中,兰州石油机械研究所和苏州化工机械厂,也相继研制出板式换热器和螺旋板式换热器。所以说从设计和制造的技术层面,我们已有可以向国内院所和企业借鉴学习的基础。我目前担心的除了刚才说的质量和成本,还有三个方面。一是钢材的质量,据说国家'六五'规则让钢产量增长25%以上,可是能用于制造换热器的优质钢材还是少。二是根据现行的《锅炉压力容器安全监察暂行条例》,我们厂想取得国家劳动总局的制造许可证,必须具备保证产品质量所必需的加工设备、技术力量和检验手段。这不光要加大设备采购,还得增加掌握相关技能的人员。三是我们机修分厂的职工已习惯了等总厂米下锅,一旦增加工作量,他们定会有怨气。"

李阿牛听到这里暗吃一惊,儿子陈述的制造换热器的三个困难非常全面,甚至还考虑到了钢材质量的问题。他平静地追问:"那你想过对策吗?"

"钢质质量我认为可以通过相关部门对接有关钢厂进行专项提升,相信通过倒逼厂家能满足我们的质量需求。"

李磊磊脱口说完第一个问题对策后蓦地一个急刹车,李阿牛看儿子紧抿嘴唇望着自己,就不得不先表态:"我看可以。"

"目前,各地乡镇企业如雨后春笋般蓬勃发展,据说产值马上要超农业总产值,这完全证明了中国农村经济已经进入了一个新的历史时期。"

"嗯?"李阿牛奇怪儿子没再说问题的对策,话题明显牛头不对马嘴。

"不难发现,各地乡镇企业的兴起就是农村家庭联产承包责任制带来的效应,这一制度改变了农业生产方式,解放和发展了农村生产力,使农民获得了生产和分配的自主权,为乡镇企业的发展提供了原材料和劳动力支持。"说到这里,李磊磊突然话锋一转,"爸,既然农村家庭联产承包责任制已证明是一条符合国情的亿万农民致富道路,那工厂完全可以试行类似的任务承包奖金分配责任制。"

虽然李阿牛并不陌生儿子提出的任务承包奖金分配责任制思路,但目前想推进这样的制度来自各方的阻力还是很大。别看去年5月六届全国人大二次会议上的政府工作报告已宣布逐步实行厂长(经理)负责制,可谁都知道这一制度是取代传统的集体分工负责制,用"逐步"这一副词就很好地说明具有明显的阶段性。既然顶层推进该项制度还需循序渐进努力,突然冒出一个贯穿企业上下所有人利益的制度,那必定会乱套。李阿牛挪了挪屁股,缓缓解释道:"让机修分厂试行任务承包奖金分配责任制并没有什么难度,但你有没有从总厂层面来考虑现实问题。当机修

分厂推行新的奖金考核分配制度,其他分厂怎么办?如果跟进实行,炼油和化肥加工量都受来料的限制,汽柴比也有规定,定任务远比机修分厂要繁杂太多……"

"爸,改革本就是件难事,不能因为难而退缩甚至放弃。"李磊磊很是不服气地打断了父亲的话。

"你说得对,但任何事一定要考虑全局,只利局部不利全局甚至是有害于全局的事,我们不能做。刚才我只是举了炼油和化肥两个分厂定任务难度,更麻烦的是同为一厂职工,处室根本无法实行任务承包,总不能定小毕这些人每月参加几次会议或调研,规定写几份材料吧?如果总厂实行两种奖金分配方案,即便机修分厂职工有了干劲并取得业绩,那其他单位职工会在挫伤中影响凝聚力和战斗力。你说是不是?"

李磊磊这才明白父亲指出要从总厂层面来考虑现实问题的含义,但仍心有不甘地反问:"爸,你的意思是只能按部就班,放弃换热器制造的想法?"

"不!关键是我们先要找准合适的机会。"

合适的机会?机会就像时间,错过了无法重来,哪有什么合适不合适。不过对于父亲话语中的"我们",李磊磊感悟到父亲已和自己站在同一战壕中,便接着问道:"合适?"

"对,要找准合适的机会争取到国家劳动总局的制造许可证。没有这个许可证,一切都是纸上谈兵。"

李磊磊恍然大悟,父亲说的关键并非如何推行奖金考核分配制度,而是如何通过《锅炉压力容器安全监察暂行条例》,看来父亲是赞同自己的想法的。李磊磊一下子兴奋起来,挺直了上身像分厂领导向上级表态一样说道:"只要总厂能在资金和人力上给予支持，我想这不是问题。"

李阿牛很是欣慰，似乎看到了自己年轻时的模样，但他又不得不纠正儿子的想法："自党的十一届三中全会实行对内改革、对外开放的政策后，社会上这两个脚步明显有些差异。你看，我们厂不但开始加工外来油，而且还有进一步与外企合作的计划，但内部改革我们明显力度不够。这主要是任何一项内部改革理论上定有利于企业的发展，但也必然会损害一部分人的利益，推进中必须考虑广大职工的接受程度和承受能力。磊磊，改革其实是一个系统工程，不能理想化地操之过急，不能光想蹄疾，更要步稳。要既能出招，又善于接招，确保改革的每一步能得到绝大部分职工的支持和认可。当下我们厂的生产形势较好，而且注意力全集中在炼油和化肥生产上，机修分厂的生产任务仍定位在保两分厂的安稳运行，我甚至可以肯定即便是总厂其他领导，也没有抢占制造换热器市场的意识。"

在父亲指出不能理想化地操之过急时，李磊磊就觉察到不妙，当听了父亲给机修分厂定位和断定总厂领导认知后，李磊磊如同遭遇了一场肆虐的台风，刚荡起的火热激情瞬间被吞噬殆尽。心想，现在连父亲都说不通，看来思忖半个多月的工作思路全白费了。只见他身子一松，再次靠在了沙发上，只是这次不是放松，而是像个泄了气的皮球在作最后的挣扎："犹豫不决必为其害。"

显然李磊磊这句话是针对李阿牛提出的操之过急劝导。为了避免儿子误解自己，更不想挫伤年轻人向上求进的信心，李阿牛直接表明了对制造换热器的个人立场："当断不断，必受其乱。事留变生，后机祸至。我们宁要不完美的改革，也不能让企业日

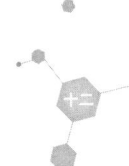

261

后生存发展遗留当下不改革的危机。磊磊,我非常支持你的想法,但推进不能操之……呃,心急吃不了热豆腐。你要学会在提出思路前,让大多数职工看到希望,这样他们才会积极参与。"

也许是心有不满生怨气,也许是没听懂父亲前两句的意思,李磊磊木讷地望着从厨房出来的母亲。可在听了后面的话语后,他猛地扭头望着父亲。当李阿牛看到了儿子眼里闪起的泪光,抬手边拍对方腿边说:"年轻人就该有这样的闯劲和冲劲,不要怕出错。"

细心的傅抱石也觉察到了儿子的异样,联想之前儿子的轻声细语和爱人一度紧锁的眉头,现听清了爱人最后一句话,这下更坚信自己的判断。为了不让儿媳听到,她快步走到父子俩跟前矮下身子轻声探问:"磊磊工作上出错了?"

看儿子眼眶中的泪花还没完全隐去,傅抱石顺势一转也坐在沙发上,随后把手按在儿子肩上劝道:"你爸不是让你不要怕出错嘛,不用担心,相信你爸会处理好。"看李阿牛没有接话的意思,傅抱石不满地瞥了一眼满脸不解的爱人,旋即拍了李磊磊的肩膀又补了一句,"磊磊,你放心,妈也会尽力,没啥大不了的……"

"妈,你胡说些啥呀?"哭笑不得的李磊磊打断了母亲的话。

李阿牛也反应了过来,笑道:"儿子工作好好的,你瞎操什么心呀。"

"嗯?"一脸狐疑的傅抱石收回了手。

等李阿牛把儿子的大致想法说完并表明自己的看法和态度后,傅抱石更放不下心来,历史告诉她改革家大都没有什么好下场。为秦统一六国奠定基础的商鞅,最后落了个"车裂"的下场。为明朝力挽狂澜的张居正死后不但被抄家，甚至被锉骨扬灰。清末戊戌六君子正值英年惨遭杀害。于是傅抱石又手按儿子肩膀急劝道："磊磊，你又不是分厂长，千万不要做得罪人的事……"

傅抱石还没说完，隔壁传来聪聪嘹亮的哭声，李磊磊乘机起身敷衍："妈，我知道了。"

李阿牛反感傅抱石的说法，配合着挥手催促："快去帮帮小霞。"

"哎。"李磊磊应声后马上离开了房间。

李阿牛余光察觉到傅抱石正不满地盯着自己，只好转过头对妻子说道："儿子在厂里能够独立想这么远很不容易，我们即便当不了垫脚石，也绝不能做拦路石。你看，当初我在沈阳若没有爸妈的支持和帮助，那我肯定做不成事。"

傅抱石觉得阿牛的"两石论"是针对性地批评自己，可随后补充的内容又在内心被戳到痛点时感动了。是呀，当时阿牛就是在爸妈的支持下，才下定了决心调到沈阳铸造厂研究所，从之前的配角成功转为了主角。她突然伤感地感叹："来宁波已快二十年，我才回去给爸妈扫了三次墓。"

"今年暑假一起带聪聪回趟沈阳，让爸妈也看看重孙。"

"你请得了假？"傅抱石惊喜中有些诧异。

"离开谁地球一样转。"李阿牛说完拉上傅抱石的手又追加了一句，"没二老的关心和支持，就没有我李阿牛的今天，以后我离休了，每年陪你回去扫墓。"

"嗯。"望着曾经"入赘"的爱人，傅抱石似乎又回到了当年的幸福时光。

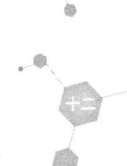

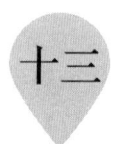

十三

清明一早,李阿牛和家人到龙山墓地祭祀完故人返程上班,临近下班时间突然接到已离休的许师兄电话,说下午有事来厂,强调李阿牛整个下午不要安排其他事等自己。整个下午?什么事要这么长时间?李阿牛干脆打趣着问许师兄有什么急事,能不能先透露一下好有所准备。不料许师兄没接话,甚至连个道别也没有就挂了电话。听着电话筒"嘟嘟"的忙音,李阿牛怔了一下,不过马上就释然了。在沈阳许师兄不也常常话音刚落就挂电话吗,现在联系电话少了居然有些不习惯。

中午,李阿牛回家吃完饭就骑车前往办公大楼,还没拐向自行车车棚,只听身后传来一阵长鸣喇叭声,扭头一看,一辆"上海"牌轿车挤着人流顶了上来。李阿牛刚跨下自行车,"上海"牌轿车已贴着自己停了下来,只见习惯坐副驾驶的许师兄早早摇下了车窗,也不顾周边的人劈头盖脸地呵斥起李阿牛:"怎么这么晚才来?!"

李阿牛觉得一肚子委屈,自己刚放下碗筷就来,离规定上班到岗足足还有半个多小时,谁能想得到你许师兄这么早来?更何况早上你自顾自说完就挂了电话,怎么能怪我?可想到许师兄饭点时间就赶着从市里跑来，李阿牛猜测有重大事情，就歉意地说道："许副市长，您在电话里也没说时间，不然我肯定提前等您。您饭吃了吗？"

"吃了。"可能是李阿牛的歉意让许师兄情绪有了缓解，他竖起拇指向后一指，"上车！"

不是说到我这里来吗？啥急事让许师兄连门也不进就走？甚至连个自行车也不让去停。虽然许师兄的指令蛮横无理，但李阿牛还是叫住路过的一名职工，让他帮自己把自行车推到车棚。随后，李阿牛拉开后排车门，利索钻进车厢。刚坐定关上车门，只见许师兄就抬手在空中转了半圈："掉头！"

司机掉转车头按许师兄指的方向踩下了油门，李阿牛坐正后不解地问道："许副市长，我们这是去哪里？"

"看师傅。"许师兄瓮声瓮气地回了一句。

李阿牛一下子接不上话，思忖回乡这么多年，给范师傅扫墓也就4次，而且次次都是许师兄来约。虽说跟范师傅时间不长，可好歹范师傅也是耐心教了自己打铁技术，使自己一到延安就"脱颖而出"。如果借口工作忙，那许师兄更有无法脱身的各种理由。李阿牛抬眼从后视镜窥探许师兄，只见他紧抿双唇，眉心紧锁，脸上泛着沉思的神色。李阿牛有点不解，之前给师傅扫墓也没见许师兄神情如此肃穆呀。为了打破车厢的沉闷，李阿牛调侃式地打趣："许副市长离休后头发又白了不少。"

"正常生理现象。"许师兄说完也抬眼从后视镜扫了李阿牛一眼，旋即低头看了眼腿上的那个黑色皮革包，蓦地又补叹了一句，"唉，若是生命凋谢时还是青春模样也挺好。"

李阿牛觉得自己的话题启得很不好，许师兄接得更是糟糕，

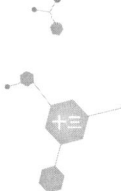

为了弥补过失赶紧补上一句调侃:"许副市长,我看那些到过延安的老战士身体都不错,丁浩上月离休后天天骑车还登山,说打算今年年底骑车去趟延安。"

"他……"许师兄似乎欲言又止,刚好有个路坑颠了一下。等重新坐正,许师兄马上转了话题,"路得要看准,不然就会吃苦头。"

一脸歉意的司机赶紧接口认错:"许副市长,刚才我没看清,接下来……"

许师兄抬手打断了对方:"没说你,这些年跟着我跑了不少地方,今天又辛苦你了。"

"许副市长您太客气了,跟您是我的荣幸,您帮了我那么多事,我们全家都感激您。"

"一起干革命就算是战友,不要见外。"

李阿牛尴尬地虚挠一下鬓角,许师兄和司机的对话显然不便插嘴,好在这时许师兄转过头来问自己:"你还要干几年可以离休?"

"我把真实年龄改了回来,还要干4年多。"

"嗯,人就得老实,不能欺骗组织,以后更要好好干。"

李阿牛觉得许师兄平时说话不是这样的风格,感觉今天有点怪怪的。于是应声后决定乘机提磊磊制造换热器的想法,说不定日后在申请制造许可证及采购钢材上能得到许师兄的支持。可是直到他把父子俩商议的内容说完,许师兄还是如同一尊石雕目视前方,既没插问一句,更没有接话的意思。李阿牛暗自纳闷,以前每次提出工作上的新想法,许师兄必定会给具体指导,就算是否定,也会说明不妥的理由,绝不会像今天这样置若罔闻。难不成许师兄离休后想两耳不闻天下事、乐做闲人？就在李阿牛想接下来该聊什么时，车终于在范师傅的墓地陵园口停了下来。

司机熟练地把供品在范师傅墓前摆好，刚准备点香烛，许师兄却挥手示意司机下山等。许师兄把两袋标有"银元宝"的冥宝纸袋往边上一放，让李阿牛点燃香烛。等插好香烛，李阿牛抬眼一看，整个墓地除了远处一个护墓人在打扫卫生，再也看不到其他人。这时，许师兄蹲身从随身皮革包取出两个用黑布裹着的东西。一边拆，一边自顾自地说道："团长，小许，师傅，今年清明你们先聚一下，我也快来找你们了。"

李阿牛猜到黑布裹的必是黄团长和许雅的牌位，不明白许师兄为什么说这话，想自己刚才在车上口不择言说对方白发，于是瞥了眼揭开黑布在范师傅墓碑前摆正的黄团长牌位，认错式地解释："许副市长，您还年轻着呢，您看我的头发也白了很多。"

"我病了。"许师兄揭开另一块黑布后，没有放下许雅的牌位，而是拿在手中端详。

这句话像一枚炸弹在李阿牛头上炸开了。当年许师兄在向自己揭开身体残缺的秘密后，曾指着这两块牌位说哪天若是病了，就直接去找他们。李阿牛吓得转身一把拉住许师兄胳膊追问："许师兄，您得了什么病？我们可以想办法治好。"

"没法治了，只能……"许师兄说到这里，拿手在脖子上划了一下。

许师兄那动作和当年在沈阳住所时一模一样，不但手势相同，连在脖子上比画的位置似乎也丝毫不差。李阿牛不顾一切地一把夺下许雅的牌位放在一边，双手紧紧抱住对方，慌张地说道："不！肯定能治，如果宁波医院不行，我们去省医院，再不

续航

行到上海或北京去治！"

"别急，坐下听我说。"许师兄冷静地掰开李阿牛的手，把许雅的牌位放正后，一屁股坐在地上。

李阿牛犹豫了一下，还是挨着许师兄席地而坐。灰头土脸的许师兄双手抱着左膝盖虚望坟头，过了半晌终于道出了病情："我犯罪了，什么事你不要追问。也只有我在世上消失了，有的人才能安心。"

犯罪？李阿牛惊愕得难以置信地张大嘴巴，就像是被鱼钩扯拉得无法合拢。若许师兄得了这样的"病"，那还真是没办法"治"了。由于一时不知该不该接话，更不知如何接话，满脸尴尬的李阿牛显得有点木讷，支吾了一声："那——"

"丁浩早上进去了。"

就像又一个惊雷在李阿牛头上炸开，他单手撑地弹起后又转身下蹲，几乎脸贴脸地问许师兄："怎么回事？"

"你很快会知道。"

看着异常冷静的许师兄，李阿牛猜今天许师兄约自己匆匆来这里并非为了给师傅扫墓，而是想交代身后事。他像刚刚那样重新挨着许师兄坐了下来，把右手压在对方左膝上轻声表态："许师兄，需要我做什么尽管吩咐。"

许师兄朝牌位努了一下嘴角开始托付："我走后会带走这两个，以后给师傅上香时，你就当作我们也在这里，顺便给我们也点几支香。"

李阿牛本想说"一定，您放心"，可话到嘴边觉得很不妥，只能重重点了点头。许师兄似乎对无声的表态很认可，吁了一口气接着说道："我还有个人放心不下，只能托给你了。"

李阿牛自作聪明地接过了话:"许师兄,我会照顾好侄女。"

"呵呵。其实你应该清楚她不是我女儿。"

当许师兄苦笑着摇头时,李阿牛终于证实之前自己的猜想没错。为了消除许师兄的顾虑,他又画蛇添足地加了一句:"既然您养了她,我也定尽力。"

"我托你是照顾好我的亲妹。"

许师兄什么时候找到失散多年的孪生妹妹?她现在山西还是来了宁波?李阿牛抬眼看了一下四周,除了那个越走越远的护墓人,再也看不到一个人。于是脱口问道:"她在哪?"

"在河南。"

李阿牛觉得脑海闪过一道灵光,急声追问:"小包家?"

许师兄没接话,但轻轻点了一下头。就在李阿牛想问为什么不接妹妹过来时,发现许师兄的眼眶噙满了泪水。记忆中,许师兄好像从没这个样子,李阿牛情急之下捏紧了许师兄的膝盖劝道:"许师兄,我们可以从头开始……"

许师兄拨开李阿牛的手,极其粗暴地呵斥:"不要插话,听我说!"

李阿牛赶紧合拢上下嘴唇,看两滴泪水从许师兄眼眶溢出,旋即沿着两侧脸颊滑落,并好巧不巧穿过双腿间隙重重砸向地面。李阿牛决定暂时不再劝慰,让许师兄说完事由再想法子,于是垂下头聆听。

"记不记得师傅以前说过我有个孪生妹妹?"

"嗯。"李阿牛本只想应一声继续听许师兄说下去,可看到已悄然抹去眼泪的许师兄盯着自己,于是刻意加了一句以证实自己记得此事,"那时您被师傅收养,她被一位山西商人抱走了。"

"对。她叫许洋。"许师兄转回头,无神的眼珠直愣愣盯着前方,平静地叙述起李阿牛尚且不知的那段往事。

原来那位山西商人家住昔阳县,在师傅眼皮底下把许洋抱回家后,并没有像算命先生说的那样从此日进斗金,反而受中原大战等影响,生意一落千丈。虽然家中人丁兴旺,可除了长子还能帮着办点事,其余十多口人就像巢中的幼鸟,光张大嘴等吃。商人老婆本就看许洋不顺眼,现在更是将她视作眼中钉、肉中刺。

当抗日战争全面打响后,由于昔阳县位于素有"天下之脊"之称的太行山北部,自然成为抗日战争时期的战略要地之一。1937年10月,日寇攻入昔阳县境,东渡黄河开赴山西抗日前线的八路军第一二九师转战平定,在七亘取得三天连续两次伏击日军的胜利后,成功完成增援娘子关东线防御侧击西进之日军的任务,取得了八路军自平型关大捷以后又一次重大胜利。日军在损兵400余人和耗费大量军用物资后,开始对八路军进行极其疯狂的大"扫荡",并残酷制定了"巩固城周围15里地以内,摧毁15里以外"的"内部清共"政策。

这天,山西商人进了批棉花和纱布,抵达新寺庄村时天已黑,看进城无望,只能在村内找了家农户借宿。不料当夜日军出城"扫荡",由于商人不是本村村民,加之带有棉花和纱布,就遭日军酷刑拷打逼问。被折磨得奄奄一息的商人,不得不"承认"自己"通匪"。日军不但当场枪杀了商人,割下其头颅,在抢光全村粮食和牲畜后,点燃房屋,甚至丧心病狂地在井内倒入粪尿,致使村民无家可归,无粮可吃,无水可喝。

当"通匪"商人的头颅被悬示在县城城门后,有邻居认出了他,吓得一路小跑去告知商人妻子。不料正在擀面的她第一反应

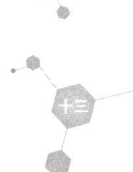

不是立马收拾细软带家人逃命，更不是去日军驻地为丈夫叫冤，而是看着正在纺纱的许洋怒不可遏，似乎所有的不幸都来自这个"扫帚星"，既没有像当家的所说从此财源滚滚，而是厄运不断、祸事连连。只见她目露凶光握着擀面杖，上前对着背对自己的许洋后脑狠狠一击。当许洋一声不吭面朝地栽倒后，商人妻子还歇斯底里地用擀面杖指着大门吼道："滚！马上给我滚出这个门！"直等看到倒地姿势怪异的许洋有鲜血从后脑流下，开始在地上如蚯蚓蜿蜒爬行后，才吓得扔了手中染血的擀面杖，发疯似的冲出房间在院内尖叫。

此时，也有路人向守城日本兵反映了商人的真实身份。不想日军如获重要情报，立即派兵包围了山西商人的家，把一家老少全捆绑在一起。带队的日军少尉松岛得知地上的女孩并非商人的女儿，而是被商人妻子所害时，本着"敌人的敌人就是友人"的理念，招呼两名日本兵好好掩埋。好在抬"尸"头的日本兵在给许洋翻身时，发现对方尚有气息，赶紧向松岛汇报。松岛看了眼许洋，疾步上前蹲下身子叽里呱啦叫了一通。看到许洋微微睁开眼，他当即下令马上送医院，随后押解商人全家和搜刮出来的财产归队。虽然许洋捡回了一条命，可倒霉的商人全家老少却同被捕的地下武装人员，被日军推进城外的大坑集体活埋。

在松岛的关照下，许洋身体得到了很好的恢复。她虽然听不懂那个日军少尉对自己说什么，但从他的眼神中读懂了善意和帮助，似乎生命中除了忙碌商人的眼神，再也没有这样的眼神让她有安全感。

出院后，松岛特意将许洋安排在离军营不远的住地予以关照。每次执行完任务，就带上吃的来看望她。时间一长，许洋不但学会了日语，甚至正值豆蔻年华的她对松岛产生了不一样的情愫，其实这正合背井离乡的松岛心意。原来那天听了抬"尸"日本兵的汇报，松岛扭头看到正面的许洋后，顿时惊呆了，对方居然和自己曾暗恋的女同学长得一模一样。可惜当初还没等他表白，这名女同学在日本军政府的鼓动下，放弃学业成了关东军化学部的一名女兵。也不知什么原因，不到一年就传来她不明原因的去世消息。为了替心上人"报仇"，更在国内"发展大东亚共荣圈"的鼓吹下，大学刚毕业的松岛立即报名参军，并沿着心上人的"足迹"来到中国战区。不过他没有被分在关东军，而是成为日军第一军第20师团的一名少尉。原本政府鼓吹的"为了中日和平，解救中国百姓"的谎言，在他上生死难料的战场之后不攻自破。看到受伤的许洋后，他萌生了将来带对方回日本的念头。不过这样"称心"的日子并不长，1938年3月，才晋升为中尉的他随师团在占领蒲县后西进，配合辎重部队企图进犯陕甘宁边区，被八路军三四三旅伏击击毙。

许洋成了"寡妇"后，临汾市一名伪警察馋涎其美色，并猜测她肯定藏有死去日军军官的钱财，于是在打听清楚对方没有靠山后，采用恫吓和威逼手段，胁迫许洋就范。在长达近7年的打骂中，许洋吃尽了苦头，还给这名后来升任伪警察局长的丈夫生下了两个女儿。这位为侵略者服务、荼毒国人的伪警察局长为虎作伥太甚，就在抗战胜利前三天的夜里，他酒足饭饱哼着小曲下黄包车刚迈上自家的石阶，街上突然窜出几名不明身份的武装人员。伪警察局长反应很快，立马闪到门后并拔出了枪。不料训练有素的武装人员在开枪压制他火力的同时，迅速扔进两枚手雷。随着两声巨响，不但将伪警察局长送上了西天，两个女儿因闻声出来迎接父亲，结果也双双被流弹击中要害毙命。在里屋的许洋听到枪声，尖叫着两个女儿小名冲向小院。可右脚才迈过门槛，就被爆炸气流掀翻在地，后脑重重磕在了地上。当她从医院醒来时，世界已发生了变化。虽然伪警察在抗战胜利后不用再受审判，但再次守寡且瘸腿的许洋因两次婚姻和侵华日军有关，当地人把痛恨日军的残暴和伪警察在世的恶劣行径，悉数算在了她头上。由于后脑再次受伤，彻底丧失记忆的许洋根本不知人们为什么要审问她，更不知自己以前干了什么事。结果这反让她成了怙恶不悛的汉奸家属典型，成为国人痛恨的对象。一些利用肃奸机会大捞横财的国军官员，乘随后国民政府颁布《处理汉奸案件条例》的契机，把目光锁定在无依无靠且民怨沸腾的许洋身上，对其毒打一顿赶出住所，并没收了她所有的财产。身无分文的许洋在满街唾骂声中，惊恐地瘸着腿向城外走去。

当天夜里许洋也不知走到了哪里，更不知自己要去哪里，又饥又渴又乏又困的她见边上有一池塘，疾步上前用手掬饮了好几口。当水面恢复平静，许洋借着月光看到自己肿胀的脸，先是一愣，接着再次掬水，但这一次她不是喝，而是用冰冷的水清洗自己的脸。当她终于起身后，用袖子抹了抹混合着水迹和泪痕的脸，抬头望了眼悬在半空的那轮明月，旋即毫不犹豫地跳进了池塘。

因受郑州花园口决堤来临汾市逃难的河南小包一家正好住在此村，那晚陪傻儿子解小便的小包父亲听到声响，转脸一看是有人滑落池塘，就急忙跑过来救人。好在许洋既没漂开更没沉底，小包父亲一把攥住其衣领，用力一拉就将对方拖上了青石板台阶。于是，自杀未遂的许洋改被包家收养。虽然两次被收养都是在山西，但二十年前被山西商人收养是作为女儿，这一次是被当作儿媳。在得知儿媳过去"叛敌"事后，小包父母本就因抗战胜利动了返乡的念头，这下为了让傻儿子有个幸福的家庭，果断决定全家回河南。

听到这里，李阿牛觉得找到了一丝救许师兄的希望，于是脱口问道："许师兄，我现就去把妹妹接来行吗？"

"唉——，能接的话我会等到今天？"

看许师兄万念俱灰反问后咧嘴苦笑，李阿牛细品这句话的含义，似乎之前所有的谜团迎刃而解。对，小包对许师兄的复杂态度，就是因为手中有着许副市长妹妹曾是"汉奸"这张王牌，她可以让念亲情又有权势的许师兄听其"调遣"。就在他思忖如何让小包再次出王牌放弃许师兄自戕的想法时，只见许师兄取过身边那两袋标有"银元宝"的冥宝纸袋，朝李阿牛这边一递交代道："除你外，我没有可信任的人，包括你家的傅抱石，你一定要帮我关照好妹妹，这些钱你收着。"

"这——"李阿牛支吾着没伸手，接也许是成了藏匿赃款的罪证，不接又似乎不愿关照那苦命的妹妹。

许师兄像是看懂了李阿牛的心思，一把拉过李阿牛的手，将手中的纸袋往对方手里一塞，说："本来这些事我肯定交给丁浩办，毕竟我妹还是他帮忙找到的，可没想到他出事了。阿牛，你尽管放心，这些钱是干净的，全是我的积蓄，里面附有我从1974年到现在的工资条和离休收入条。"

许师兄这番解释让李阿牛不得不接，这也许是其最后的尊严，也是其最后的托付，更是其最后的一份信任。

……

续航

  每周一早上八点半是总厂的大调度会，李阿牛养成了提前到相关处室了解情况的习惯。这天，等他从分管的工会办公室出来重新上楼，在楼道就远远听到自己办公室传来的电话铃声，于是加快了脚步。可还没迈进办公室，电话铃声戛然而止，就像考场作弊的学生，看到进门的监考老师立马停止了小动作。这时，机要科的秘书虞虹从卢厂长办公室出来，看到李阿牛劝慰式地汇报："李副书记，您的电话早上一直在响，估计马上又会打来。"

  "嗯。"李阿牛有口无心地应了一声，旋即进了办公室。可自进办公室一直到去参加大调度会，桌上的电话就像是徐庶进曹营——一声不响。谁会一大早一直打电话找自己？可事多得让李阿牛根本没时间揣摩猜测。

  开会前，有人带来东海安装施工队队长呼延熠被抓的消息，李阿牛断定和丁浩有关。考虑之前磊磊和工程队打交道多，李阿牛既担心儿子会不会涉及，也担忧工程队承担的业务有没有问题。整个会议李阿牛有点走神，会后他就急急忙忙把儿子叫到办公室。当父亲摊明谈话内容后，李磊磊当场拍着胸脯表态，不光从来没收过任何一家施工单位的钱或贵重物品，还确定自己所经手的项目没有偷工减料之事。李阿牛本还想再多问几句，可李磊磊又加了一句反问："爸，你说会不会是他们冤枉了好人？或者是其他施工单位为竞争而设圈套？"

  李阿牛本想在确认磊磊与呼延熠犯罪无关后，建议对东海安装施工队在厂里的所有业务开展安全隐患排查。当听了儿子的质疑后，他不但更坚信磊磊是清白的，而且觉得不需劳师动众地组织人开展安全隐患排查了。由于暂时不想把丁浩和许师兄的事告诉儿子，就只能推断性地下了结论："这个可能性不大。"

"反正我觉得有点不正常，这样下去以后没人干活了。"李磊磊情绪显得很不满。

"没了张屠夫难道从此只能吃带毛猪？"李阿牛正要继续反驳儿子的观点，恰巧有人推开了门，谈话只好戛然而止，并扭头对这种不敲门直接推门而进的行为反感地问道，"谁？"

推门进来的居然是傅抱石。只见傅抱石没应声，等随手重新把门关上后，先反锁，然后径直走到李阿牛办公桌前，挨着儿子边上的椅子坐下。李磊磊瞧了母亲一眼，顿时吓了一跳。只见傅抱石不但脸色苍白得像是抹了白灰，眉头紧锁咬着下唇，紧握的双拳更是像在努力抑制自己的情绪。想到家里早就装了电话，妈不打电话特地来爸办公室必定是有重要事，李磊磊推椅起身扶着她的肩诧异地问道："妈，你怎么了？"

"给我倒杯热水！"傅抱石全身紧绷，虽然双手已下意识地抱在胸口，可身体就和她的声音一样微微颤抖。

"好！"李磊磊转身给母亲倒水。由于跨得太急，膝盖重重磕在桌上，可他竟然没有疼痛感。

"老李，许副市长死了。"

从傅抱石进门那一刻，李阿牛就猜到妻子带来了许师兄的不好消息，他平静地追问："你从哪里听说的？什么时候的事？怎么死的？"

刚倒好水的李磊磊忙不迭地边盖热水瓶盖子边扭头压低了声提醒："妈，这种事可不能乱说。"

傅抱石仍没理会儿子，快速扫了坐在对面李阿牛一眼，然后盯着桌面视若无睹地答复："今天早上有人在月湖发现了溺水死亡的许副市长。"

李磊磊把水杯递到傅抱石面前,笑着说道:"妈,这种谣言你也信?许伯伯虽然腿脚不利索,但你也知道他是游泳高手呀。"

傅抱石仍没理会儿子,接过水杯捧在手上,把视线重新锁定在李阿牛脸上,说:"他不但在衣服和口袋里塞满了石块,而且在胸口塞了两个牌位并绑了块大石板。"

听妻子说话声已完全平静下来,李阿牛指了指她手中的杯子,说:"先喝点水,慢慢说。"

傅抱石不但没喝,反而把水杯往桌上一搁,扭头对眼珠子瞪得溜圆、张大着嘴巴的李磊磊说道:"磊磊,你若没其他事,先回去工作。"

李磊磊知道父母和许伯伯的感情,很想陪同父母,可母亲现在明显想让自己回避,只能爽快答应并劝道:"爸,妈,那我先去忙,你们别难过。"

"快去吧。"傅抱石沉着脸挥了一下手,似乎有点迫不及待。

李磊磊很是不解地退出房间,刚顺手带上门,只听里面马上传来反锁声。他愣了一下,许伯伯不光和父亲是至交,还曾当过副市长,这种非正常死亡的噩耗于情于理都不能乱传。但母亲过度的谨慎和过激的反应,实在让他理解不了。李磊磊最后只能认为一直搞人事工作的母亲有着胆小的特性。

当傅抱石重新在李阿牛对面坐下后,继续一声不吭,房间静得能听到对方的呼吸声。李阿牛只好率先打破这份让夫妻都感到陌生与窒息的氛围:"抱石,要不我们下午过去看看?"

傅抱石仍死死盯着李阿牛不语,李阿牛很不自在地移了一下屁股,刚准备再开口,只见妻子黄褐色眼珠四周的眼白瞬间全红了,两行泪当即涌出眼眶。

"你这是怎么了？"李阿牛不得不起身掏出手绢伸长手臂替傅抱石擦眼泪。

傅抱石推开李阿牛，顺手抹去眼泪，一脸肃穆地反问："为什么要骗我？"

"骗你？"

"得知老许自杀消息这么冷静，那只有一种答案，就是你早已知道，甚至……"

傅抱石已悄然把许副市长改口为老许，并说到这里欲言又止，李阿牛双手按着桌子追问："甚至什么？"

"甚至你知道他自杀的原因！"

李阿牛不得不佩服妻子的推断能力，更为自己拙劣的"演技"而尴尬。他重新坐了下来，坦诚地说道："我知道他瞒不住了，扛不住了。"

傅抱石打了个寒战，重新捧上茶杯说道："他瞒什么我不想过问，但你不能对我有隐瞒！如果有什么事，我们得尽快想办法，能割裂决不能心慈手软。"

一阵绞痛从李阿牛胸口涌起，许师兄真是太聪明了，居然生前能判定事后各人的态度。看来傅抱石和小包一样，真的从来没有把他当亲人，一切后事只能单独找自己相托。不过李阿牛无法责怪傅抱石，在家人面前，她可以说是尽到了妻子和母亲的责任，甚至到了忘我的境界。可在对外交往时，一旦发现会影响到家人安全的人和事时，可别奢望她能心慈手软。她只会毫不留情划清界限，甚至心狠手辣动用一切手段打击对方来保护自己，之前在沈阳对高峰的匿名举报就是典型的例子。李阿牛暗吐了口长气，缓缓说道："抱石，我真没有什么想隐瞒的，我只是知道他

和丁浩出了事……"

"丁浩?"傅抱石问完又打了个寒战,这次能明显听到牙齿磕碰声。毕竟在她眼里,李阿牛和他们不能说是形影不离,但绝对可以认为是肝胆相照的患难兄弟。如果只是一个人犯罪,丈夫还有可能不涉及,但另两个人都出了事,剩下一人不太可能洁身自好、独善其身。

李阿牛更压低了声音:"丁浩上周五刚被抓,他俩可能有贪污行为。"

傅抱石眼睛亮了一下,从"他俩"和"可能"中,可以听出丈夫应该没有参与贪污的弦外音。她再次死死盯着李阿牛问道:"你没有和他们……"

"放心,我在工作上都是求他们相助,我没有行贿,也不可能有办法行贿。"

傅抱石垂下眼帘思忖了片刻,等再次抬起那对单眼皮时,不容置疑地表达出应对的态度:"我们已是当爷爷奶奶的人了,必须替子孙们考虑。从今天起不能再和两家有任何的往来,就是找上门也要拒绝见面,不然会说不清!"

"行。"

听李阿牛口是心非敷衍地应了一声,若有所思的傅抱石又问道:"阿牛,还记得困难时期我曾和你说过的话吗?"

"什么?"李阿牛心想说了这么多话,谁知道你提的是哪一句。

傅抱石像当年那样苦口婆心地劝道:"阿牛,我曾说即便我身体出了问题也没啥,但你不能在工作上出任何的纰漏。我还说他们两个人经不起资产阶级的腐朽思想和生活方式的侵蚀,逐渐腐化堕落，就会沦为阶下囚……"

李阿牛何尝不记得傅抱石这些话，而且也感动妻子为自己的付出，但后半段画蛇添足的话让他很是心堵。现在傅抱石连许师兄他们的名字都不提，用"他们两个人"来指代，之前同样话题中的"成人民罪人"改成了"沦为阶下囚"。为了打住傅抱石的话，李阿牛当即插话打断："我是政工领导，知道该怎么做。"

傅抱石不想停止关键的话，于是又说道："阿牛，那就让我再啰唆一句。你还得干好几年，既然在战争中没倒下，在和平建设中没栽倒，更要在当下改革开放的经济建设浪潮中不被淹没，永远不能被铜臭味熏倒。"

"我会给孩子们做好榜样的。"

果然，李阿牛迂回巧妙接的一句让傅抱石顿时安心许多。她喝了口水，还没放下杯子，门被轻轻敲响了。李阿牛一边应道"等一下"，一边起身去开门。傅抱石也知趣地放下杯子起身。门开了，是机要科的秘书虞虹。对方一看李阿牛身后紧跟的傅抱石，马上赔起了礼："哎呀，不知傅主任在，真不好意思，打扰你们了。"

不等傅抱石回话，李阿牛径直问道："小虞，有事？"

"李副书记，卢厂长说有事找您，让您去他办公室。"

李阿牛推断总厂厂长是听闻许师兄自杀消息来问自己，于是说了声"等一下"后，转身去取笔记本。乘这空当，虞虹又次向傅抱石赔起了礼。可没想到话才说了一半，傅抱石笑着摇了摇手："小虞，我也没啥急事，刚去买菜忘了带钱，于是顺路上楼来拿点钱。"

"以后这种小事您打我电话……"

这时，已取上笔记本的李阿牛上来打断了两人的对话："走吧。"

"傅主任，那我们先走了。"

"嗯，再见！"

正如李阿牛所判，卢厂长确实是听了许副市长自杀的消息后，想第一时间找李阿牛了解情况。当李阿牛佯装对这一消息吃惊后，卢厂长只能作罢。两人又聊了几句，恰有客人来访，李阿牛借机告辞退了出来。就在李阿牛从楼道返回自己办公室时，他怎么也没想到此时傅抱石正躲在马路对面的粗壮樟树后观察自己。看着气神闲定的李阿牛朝自己的办公室走去，确定李阿牛不是组织找去要求交代罪行甚至被逮捕，傅抱石背靠樟树揉着胸口吁了口长气。

看上去气神闲定的李阿牛回到办公室后，当即反锁房门，背还没靠上门，成串眼泪夺眶而出。他掏出手绢狠狠抹去泪水，脚步踉跄地走到办公桌前，扶着桌面绕到椅前坐下。放下已湿了一片的手绢，李阿牛从腰上取下钥匙打开了抽屉。

抽屉中两个冥宝纸袋自大前天带回办公室后还没动过，按许师兄生前的叮嘱，现在应该是他拆封的时候。李阿牛瞄了眼两个标有数字的纸袋，拆开标有"1"的纸袋，里面不光有捆扎整齐新旧不一的10元钞票，还有一封没封口的信。李阿牛打开一看，里面附有许师兄十一年来的工资条和离休收入条，信上不但留有许洋的河南地址，也对如何用这笔钱作了安排。即让李阿牛尽快联系日本宇部兴产株式会社的鸠山，之前他悄然通过各种渠道，已确认鸠山和松岛是同学加好友。当年松岛参加征兵后，鸠山也动过来中国参战的念头，好在反战的家人阻止了鸠山的莽撞

282

行为。许师兄让鸠山以友好人士身份对侵华时期给中国人造成的伤害予以补偿,用这笔钱购批小驴赠给许洋,再请原山西342厂离休的老同学江怀英,想办法和长治食品加工厂签订收购腊驴肉的合同,确保打通从收驴到售驴的所有环节。信最后是引用苏轼在狱中的"绝命诗"——与君世世为兄弟,更结来生未了因。

读完信,李阿牛唏嘘不已,没想到许师兄之前早就设想好了一切,就像诸葛亮临终前留下的锦囊妙计,对身后之事作了周密的安排。这样处理既用本就"干净"的钱让牵挂的妹妹过上好日子,又可推动中日民间的友好关系,是一举两得的好事。

再拆开标有"2"的纸袋,和前一个纸袋没啥区别,也是捆扎整齐新旧不一的10元钞票和一封没封口的信。李阿牛抽出叠得方正的信纸打开,映入眼帘的是张发黄小纸条,上面用毛笔歪七扭八写了"癸亥戊戌丁卯己巳许福"10个字。想必这就是师傅提到过的许师兄的生辰和姓名。这是封许师兄的亲笔信,但惜字如金,既无称呼,也无落款,只是抄写明代张三丰在武当山修道时留下的《无根树》首篇——"无根树,花正幽,贪恋荣华谁肯休?浮生事,苦海舟,荡去飘来不自由。"李阿牛读完信泪流满面,日后即便把这信给了许洋,想必对方也读不懂其"无根"之意。而包括妻子傅抱石在内,他们肯定认为许师兄是个贪得无厌的腐败分子,是人人唾骂的损公害己的毒瘤。可又有多少人知道许师兄内心之苦?又会有多少人记得许师兄在抗日战争和解放战争中的巨大付出?更没有第二个人知道许师兄对黄团长的忠心和对许护士的忠贞。别说各地多家企业会忘了这位在企业成立与发展中给予指导和帮助的领导,连自家在最困难时曾付出的无私关爱,傅抱石早也一笔勾销,现更是唯恐避之不及。也许这就是

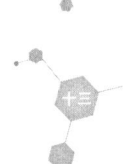

许师兄基于对人性的复杂认知后,决定离世的选择方法很不一样。那天在结束扫墓下山前,他突然说自己很认命,既然妹妹跳池塘没死,那自己就代妹妹受这个罪,何况兄妹出生于癸亥年,无论是天干的"癸",还是地支的"亥",都属阴水,愿让水洗净他们在人世的所有罪孽。

门又敲响了。正在回想与悲痛中的李阿牛一怔,拿起手绢快速抹去泪痕,边关抽屉边问:"谁?什么事?"

"李副书记,开会时间到了。"门外传来虞虹的声音。

"噢,我马上过来。"李阿牛应声抬手看了下手腕,这才想起已到党委月学习会的时间。腾的一声起身,急忙锁上抽屉大步向外走去。

重新走进会议室的虞虹暗自诧异,李副书记今天这是怎么了,无论是刚才夫妻俩还是他独自一人都反锁了门,要知道平时他甚至下了班也有忘关门的时候。当然,随后也迈进了会议室的李阿牛顾不上看虞虹诧异的眼神,他现在不想和任何人对视,避免自己的内心痛苦被人读懂。

对于当天的学习内容,李阿牛因为走神几乎没记得多少,但在随后就拟与省委党校联合举办首期干部马克思主义理论教育培训班进行讨论时,李阿牛似乎一下子有许多话要说。于是他从是什么力量让我们能在棉田建起炼油和化肥工程起题,阐述了努力打造一支强政治、严执行、敢担当、有办法的高素质干部队伍的重要性和必要性。接着又从坚持"炼油先炼人,炼人先炼带头人"的理念展开来,抒发了做好干部梯队培养工作和让有能力的干部从基层脱颖而出,就是在为党的事业和企业高速发展打基础的见解。

当李阿牛超长时间的意见发表终于收尾后,本就想在厂里建立结构合理、素质优良领导"梯队"的卢厂长,立即给予了高度的肯定。于是首期干部马克思主义理论教育培训班就这样定了下来。李阿牛内心清楚,刚才自己提的"马克思主义理论素养可以夯实学员思想根基,坚定理想信念,使培训班成为培养企业好干部的'摇篮'、接受马列主义教育的'殿堂'、锤炼党性意志的'熔炉'、提升能力的'油站'"等观点,听上去有点像套话、大话、空话,其实是在事实佐证下的真话、实话、心里话。他推测随着许师兄和丁浩案子的查处,会有些相关干部"倒下"。呼延熠的案子更是注定会涉及厂里一些人,自己和磊磊没问题并不能说明其他人没有问题,相反有的干部问题会很快被揭露出来。

出乎李阿牛意料之外的是,因离休许副市长的"突发事件",导致与他相关的案件无法再追查。这让李阿牛想起许师兄曾叮嘱自己不要多问,说只有他在世上消失了,有的人才能安心。现在许师兄如愿带着诸多见不得阳光的秘密离开了人世,这些未解之谜只有那些躲藏在阴暗之处的人才知道谜底。李阿牛相信他们在暗自侥幸中,内心或是绝处逢生后的狂欢,或是在瑟瑟发抖中煎熬。

但如李阿牛所料,随着东海安装施工队的经济案件被查处,厂原机动科的童科长和已升任保卫处的宋副处长等四人相继涉案,一时浙江石油化工总厂风声鹤唳。好在 个月后,终于传来案子已查结的消息。

身边四人的犯罪并没让李阿牛感到悲痛,相反他还觉得这不是什么坏事。李阿牛认为身边人的案例就是最好的警示,就是最大的震慑,让更多的人汲取教训、筑牢防线,起到入脑入心的效

果。可随后传来的一个消息让李阿牛像是打翻了五味瓶,心里不是个滋味。小包没和任何人打招呼就带女儿回了老家,据说房间里许师兄生前的很多照片撒落一地。不实婚姻的薄情残酷,让他心里有着说不出的哀痛,同时也为许师兄的明智感叹不已:之所以没把"干净"钱托付给小包,其实他早就看透了小包是个寡义之人。

十四

当李阿牛夫妇带着家人从沈阳返回，传来丁浩被判三年七个月有期徒刑的消息。李阿牛本想找个机会去探监，鼓励他早点改造出狱。可细想，这个节点去探监既帮不上丁浩，还可能让身边同事及傅抱石敏感，于是决定暂不接触丁浩，先全力按许师兄的锦囊妙计办妥其托付之事。

就在李阿牛苦思如何联系日本人鸠山时，机会突然来了。

刚过完国庆节，从北京传来一个好消息，说是厂技术人员研制的 Z85-1 水稳剂通过了国家鉴定。这一技术的发明，不但标志厂科研技术取得重大突破，也使日后国内炼油企业不必再花大量外汇进口该产品。卢厂长正考虑如何宣传和引导更多的人来参与科研工作，不想李磊磊又连续放了两个"卫星"。原来名不见经传的李磊磊借助宁波高校自主开发传热技术的师资力量，并结合国内强化传热元件的市场化应用，成功设计出了板壳式换热器，并在教授们的指导和帮助下，撰写了论文《换热器设计的新发展与应用》，刊发在《化工设备设计》杂志。没有上过大学的李磊磊发表了重磅论文，犹如在平静的湖面扔了一颗炸弹。于是，经过总厂班子讨论，决定召开首届科技论文报告会，建立总厂科技情报通讯网，努力搭建为技术人员实现人生价值的舞台，为企业的发展插上翱翔的翅膀。

在商议首届科技论文报告会时，总工程师提议邀请几名外籍专家。李阿牛心一动，赶紧应和总工程师提议，并把邀请对象定为参加过炼油和化肥工程的有功外籍专家。这样的提议自然得到与会班子的认同，于是鸠山自然上了受邀的5名外籍专家名单。

借着新年的气象，浙江石油化工总厂举办了首届科技论文报告会。这天招待宴结束，李阿牛以会老友的名义，带翻译到宾馆房间会见了鸠山。简单寒暄后，李阿牛直奔主题："鸠山先生，你是不是有个大学同学叫松岛？"

听完翻译，鸠山立马收起谦卑的笑容，满脸警觉地不答反问："阁下有什么事？"

从对方瞬间变化的表情来判断，许师兄提供的信息是正确的，只是让李阿牛困惑的是许师兄是怎么知道两人关系的？不过此时的他来不及多想，马上接口继续追问："你知道他在中国有过……女性朋友吗？"

李阿牛本想用"妻子"一词，但出口前觉得生硬又不妥，一来是对侵华日军的反感，二来也担心鸠山不认同松岛与许洋的关系，于是临时用了个"女性朋友"来特定代指。不想鸠山听后先笑了一下，接着平静地答复："我知道阁下的意思，对方叫许洋，我还有他们俩的合影。"

即便鸠山只是淡淡地笑了一下，但谈话的氛围顿时轻松起来。李阿牛见已确认身份当即咨询："鸠山先生可否翻拍一张给我？"

"阁下有什么用？"

就在翻译刚张嘴准备翻译,鸠山突然叫停了翻译:"等等,转告李副书记,我回国后马上翻拍并寄给他。"

李阿牛不明白鸠山为什么叫停翻译,但当得知对方愿意提供照片后,旋即接上了下一步计划:"鸠山先生,我有个朋友曾是许洋的邻居,之前受过他们家的帮助,他去世前托我帮衬一把许洋。"

鸠山眸子闪亮,连向李阿牛发出三问:"许洋还活着?她现在哪里?生活怎么样?"

"活着,现定居在河南,嫁了个残疾人,听说生活上还是蛮困难的。"

"唉——"鸠山叹了口气,迟疑片刻后起身从桌上取过笔和纸,等再次回到李阿牛面前半躬身体,真诚地说道,"她也是战争的受害者。请阁下给我地址,我马上改行程去看看她,就算是替松岛君也应该帮她一把。"

对于鸠山主动提出的请求,李阿牛自然偷乐不已,整个事情的推进完全出乎意料的顺利。现唯一担心的是小包此时也回了家乡,按之前许师兄的说法,她有可能会独吞鸠山的帮助。但反过来想,反正这次是鸠山本人的意思,用的又非许师兄的"遗产",起码对许洋的生活多少也会有改善和帮助。想到这里,李阿牛马上把记在脑海里的地址留给了鸠山,当然他没有按许师兄的锦囊妙计再推进下一步。

在对接完鸠山赴河南行程和随身翻译的细节后,李阿牛如释重负地回到了家。刚进家门,傅抱石就迎上来问道:"阿牛,你晚上去哪了?"

李阿牛诧异地看了眼妻子,印象中傅抱石不"干涉"自己的

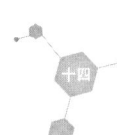

工作,难道是家里出了事?于是脱口反问:"出什么事了?"

"没有。"摇头否定的傅抱石眼神比李阿牛更诧异,"你为什么这次对日本人格外客气,晚上还拉上翻译去他房间?"

李阿牛放下心来,边换拖鞋边调侃:"你比间谍还可怕,居然对我的行程都掌握。"

看李阿牛向客厅走去,傅抱石跟在后面解释:"磊磊是好奇你对日本人态度翻天覆地的变化,而我是担心你千万不能被他们诱惑利用。"

明白了妻子的"情报"来源和用意后,李阿牛把包往衣架上一挂,一屁股坐在沙发上,说:"唉,之前我也没想到日本还有世代亲华的家族。"

"嗯?"傅抱石觉得李阿牛像是回复了自己,可又像是没有说完。

李阿牛示意妻子挨着自己坐下,接着像儿时说书邻居的郑爷,绘声绘色地讲起鸠山要帮助河南妇女的故事。当然他只字不提许师兄的嘱托,更没有提许洋的原籍身份。傅抱石听完后放下心来,旋即嘟囔了一句:"既然我国没有向日本政府索赔,日本人更应该自觉反省赎罪。"

李阿牛觉得妻子的话没错,但他不想就这一话题说下去,于是转问今天聪聪感冒病症是否好些。话音刚落,传来开门声,接着是李淼淼的声音:"爸,妈。"

细心的傅抱石听出女儿的招呼声和之前不一样,于是没有简单应声,而是伸长了脖子回道:"我和你爸在客厅。"

李淼淼光着脚就跑进了客厅,气喘吁吁地说道:"我刚看到韩天了。"

傅抱石脑海里立马浮现出那张国字脸来，暗自诘责女儿，不就那个在云南参加自卫反击战的同学吗？至于这么激动吗？她没好气地问道："那怎么了？"

不等李淼淼回话，李阿牛抢先说道："对，韩天转业了。"

"爸，你怎么肯定他转业了？"

"转业军官的名单已到总厂人事处。"

李淼淼心情愈发复杂，原本自己在这里教书，韩天在前线打仗，今生老死不相往来多好。现在两人不但又要身处同地，居然还要成同单位的同事，以后碰面多尴尬。不过李淼淼马上调整了情绪，说："怪不得，我还想会不会是看错了。"

傅抱石好奇地追问："那你和小毕没跟他打招呼？"

"没。"

李淼淼瞬间的红脸和躲闪的眼神让傅抱石顿时警惕起来，女人的直觉让她故意加大嗓门提醒："韩天转不转业跟你没什么关系，你们也不过是点头的老同学。早点洗漱休息吧，马上要期末考了，学生的学习得抓紧。对了，明天晚上叫小毕回家吃饭。"

"噢。"

见李淼淼应声后转身朝厕所走去，傅抱石又没好气地提醒："穿上拖鞋！"

"噢。"李淼淼应声刚转向，突然驻步扭头好奇地问道，"妈，平时叫毕栋来吃饭都是让爸顺便在楼内说一声，今天怎么让我叫他？"

"他是你男人，以后别人替代不了。"

李淼淼觉得母亲话里有话，刚平静的脸又红了起来，她迅疾回头边去门口穿拖鞋，边应道："知道了，我明天早上通知他。"

"这就对了。"

见李阿牛不解地看着自己,直等李淼淼进厕所,傅抱石才黑着脸轻声埋怨李阿牛:"这丫头都跟你学坏的!"

"啊?"李阿牛一头雾水。

"都快谈婚论嫁了,必须打消她对韩天的好感!"

从傅抱石眼神中闪过的那道带醋意的熟悉怒气,李阿牛顿时明白过来,但也只能扫了眼厕所门苍白无力地解释:"我见过韩天,你可不要多想……"

"你知道什么?!"傅抱石打断并白了李阿牛一眼,对方尴尬的表情终于让她缓了缓口气说道,"女人的直觉很灵。淼淼这边我会想办法,那个韩天既然分在你们厂,你管住他就行。"

"好,我记住了。"李阿牛只好无奈地应了声。

三天后,李阿牛真把报到后的韩天叫到了办公室。当对方在自己前面以标准的军姿坐下后,李阿牛顿时眼睛一亮。没想到印象中那个桀骜不驯的大男孩经过部队的锤炼,现身姿挺拔如松,眼神坚毅如炬,气质威武如山,即便没了那一身戎装,仍不失刚毅和威严。唯一遗憾的是脸上的两条疤痕,尤其是韩天开口说话时,那两条疤痕会随之蠕动:"请李副书记指示!"

听着大嗓门的话音,李阿牛微笑着说道:"小韩,你刚从前线部队转业,希望你能尽快适应新的工作岗位。"

"我一定会完成上级交给的所有任务!"

李阿牛收住了笑容摇着手强调:"你和淼淼、小霞都是关系不错的老同学,我也是个老兵,今天我是以私人关系找你谈话,所以也没叫组织部门的人,你不要太拘束。"

"是!"韩天深邃而沉稳的眼神闪过一道流光。

李阿牛离开部队已有三十多年，相继在三家大国企接触过不少转业或退伍军人，可印象中没有一人像韩天这样。即便自己已向他伸出了橄榄枝，对方还是无亲切感，当然也无丝毫畏怯之意。李阿牛索性以拉家常的方式聊开："小韩，你在部队进步很快，为什么这么年轻就转业？"

"主要是服从中央裁军一百万的决定。"

李阿牛顺着话题说道："这次中央军委裁掉四个大军区，昆明军区是原二野的主力，也是当时全军唯一还肩负着对越自卫反击作战任务的大军区。有人说这样的裁法会影响战事，作为前线的转业军官，你怎么看？"

"我个人认为撤销昆明军区绝对不会影响前线战事，而保留成都军区则有利于长时间应对西边边境安全，这是非常英明的选择。"

李阿牛点了点头，觉得乘对话不再客套之机，该结束私聊开始公干的时候，于是拿起笔问道："小韩，提前和你透露一下，按你转业的级别，我们拟任你为保卫处治安科副科长，你有什么想法？"

韩天知道这才是李副书记今天谈话的主题，于是挺了挺上身表态："谢谢领导的信任，我刚转业到地方，可能很多业务还不熟悉，希望各位领导多批评指导。"

由于之前在讨论人事安排时，按韩天的正连级且立二等功干部的待遇，地方应当安排科长岗位，更何况他在战场上受过伤。但有人提出韩天年纪实在太轻，更何况有过违纪的警告，于是最后改为副科长待遇。今天李阿牛代表组织找韩天谈话，不仅仅其是分管政治思想和后勤部门的总厂领导，也考虑了对方是儿子的

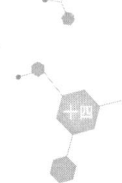

朋友，是女儿和儿媳的老同学，当然也包含了妻子对女儿恋爱的担心。现在既然人事安排看不出韩天有抵触的情绪，他就顺势肯定道："小韩，我们相信你的能力。"

"我申请转业还有个原因。"

听对方又把话题回到最初，李阿牛这才想起刚才韩天在答自己问时特加了"主要"一词，既然有主要，自然还有次要，甚至还有次次要和最后。李阿牛和蔼地问道："什么原因？"

"有个当地姑娘想嫁给我。"

"云南的？"

"是。"

"你什么态度？"

"娶！"

李阿牛暗自一乐，这下傅抱石总该放心了。由于不明白韩天为什么说这些私事，李阿牛只能继续和蔼地附和一声："那提前祝贺你们。"

"我有一件事想求组织帮我们一把？"

组织？好在自己之前已申明是私人关系谈话。出于不明白对方会提出什么诉求，李阿牛放下手中笔身子往后一靠，问："什么事？"

"能不能安排我未婚妻来厂里上班？"

"她是干吗的？"

"农民。"说到这里，韩天又刻意补充了一句，"是我们连队上前线前的驻地村民。"

家境不错的正连干部找了个外省农村户口的姑娘？他韩天到底是怎么想的，带回来不光工作难找，而且等有了孩子，这户口也成问题。李阿牛歪头挠了挠头皮,放缓了语句表态:"小韩,但凡符合条件的,我定会帮忙。但这个可不行,厂里招工名额也规定必须是本地的城镇户口。"

韩天自嘲式地一笑,说:"李副书记,我知道未婚妻没资格当职工,我只想为她争取个家属工名额。"

职工和家属工的待遇相差悬殊,那些照顾当家属工的全是上年纪、没文化的人。李阿牛打量了对方一眼,怕是听错了没马上接话。

"李副书记,我未婚妻因后天中枢神经异常是个哑巴。"

本就为韩天这门婚事叫屈的李阿牛这下更是惊得像是掉了下巴,不过他马上恢复神情表态:"小韩,家属工这事我觉得不是问题,你是有功之臣,再说厂里每年也有助残名额,届时我会打招呼。"

"谢谢李副书记!"

本该就此打住,可想晚上把今天这些对话告诉傅抱石,她必定会让自己打听这门"反常"婚姻的原因。拖明天再探问,不如今天乘刚满足对方诉求直接问个明白。于是李阿牛故作关心地问道:"家人见过那姑娘吗?"

"我提过,但没细说。"韩天说到这里顿了顿,接着如倒豆般地说道,"李副书记,我明白您的意思。其实只有在前线才会明白什么最为珍贵。之前,我们有干部甚至与相恋快5年的女朋友都坚决提出分手,理由是我们无法保证活着回来,就算活着回来,也可能因残疾成为日后生活的累赘。"

韩天的坦率言语让曾经历过残酷战争的李阿牛脑海中瞬间闪过许多熟悉的身影,他一时无话可接,只能郑重地点了点头:

十四

"嗯。"

"也许命中注定我日后组建家庭有个是残疾人,现在我全身零件一个不少转业,我的未婚妻也仅仅是不能说话,这已是大幸。"韩天说这话时又是自嘲式地一笑,不过这次笑多少带有点苦涩的味道。

不尴不尬的李阿牛刚准备接话劝慰对方,门被轻轻敲响了,抬眼一看,是虞虹站在门口,身后跟着的是鸠山和翻译。李阿牛赶紧推椅起身招呼:"鸠山先生,快请!"

韩天知趣地起身向李阿牛告辞:"李副书记,那我先走了。"

"行,这事情我记下了,放心!"李阿牛隔着桌子伸手握了一下韩天的手。

"谢谢李副书记,您先忙,再见!"

"再见!"

等韩天离开办公室,鸠山和翻译跟着虞虹进门,简单寒暄坐定后,李阿牛愉悦地问道:"鸠山先生,我没想到您这么快就返程了,这趟行程还顺利吧?"

鸠山接过虞虹递来的茶水,听了翻译,微皱眉头问道:"李副书记,你给我的信息是不是错了?"

李阿牛一脸愕然地反问:"什么错了?"

"你给我的那个地方是有个叫许洋的女人,可和松岛寄给我的他俩合影照肯定不是同一人。"

李阿牛松了一口气,伸出四个手指自信地解释原因:"毕竟四十年了,现在和照片肯定有很大的变化。"

鸠山却断然摇头予以否定:"不对,外貌再有变化,国字脸也不可能变成瓜子脸,眉心痣更不会平白消失。"

李阿牛怔住了，对方这话没错，而且许师兄的脸就是国字脸，难不成那个河南的许洋真不是许师兄的孪生妹妹？但他马上又摇头否定了猜测，自己可能会搞错，鸠山也会搞错，但见多识广的许师兄肯定不会搞错，毕竟这是寻找失散的亲妹妹，没有把握双方怎么可能相认？不过这次李阿牛没有再否定鸠山的推测，而是婉转提议："鸠山先生，我这边的信息的确很有限，您看是不是回国后尽快把松岛和许洋的合影翻拍寄给我，我再找人确认是否有误。"

"好的！"鸠山说完像自言自语似的又加了一句，"我真希望是搞错了。"

听了翻译的话，李阿牛心一寒，该不会鸠山之前替松岛帮许洋的承诺反悔了。没想到翻译随后轻声对李阿牛说道："李副书记，那家人我感觉也不好，一味想要钱。"

李阿牛没接话，一来不想在日本人面前伤国人自尊，二来也觉得向日本人要钱没啥不对，他们本就该向我们忏悔和赔偿。见双方已约定，李阿牛和鸠山于是撇开原先的话题，又聊了会生产上的事，然后才相互告别。

元宵后，李阿牛终于接到一封来自日本的信件。拆开信封抽出信纸，里面带出两张照片。放在上面那张应该是毕业集体照，照片中一女生被鸠山用红笔标了个圈。另一张照片是两个人的合影，这两人李阿牛均没见过，但一身戎装的松岛让他眼里冒火，赶紧用空信封压住松岛。当目光聚集到许洋时，李阿牛一眼就能辨出有许师兄的影子。对方说不上有多漂亮，但国字脸上那弯弯的柳眉，让一对杏眼透露出婉约的美，使整个人灵动柔美，秀雅绝俗，诠释了那个时代的风华。展开那封信，李阿牛有些意外，

鸠山居然用的是中文。读完信，阿牛才明白鸠山的用心。原来这信并非鸠山所写，而是写好后请人翻译成中文再寄，目的就是不想让他人知道。信中鸠山再次陈述了之前质疑对方并非许洋的理由，同时提醒李阿牛验证真伪时，可以查一下其后脑是否有条半指长的伤疤。最后，鸠山直言那个女的无论是身材还是容貌，均不是松岛喜欢的那一种，说在集体照上标注的那人就是松岛暗恋的女同学。李阿牛再回头看那张毕业集体照，果然那个日本女学生挺像许洋，而且细看眉心恰巧也有一颗痣。

收起信，李阿牛打开抽屉望着那两袋钱，决定亲自跑一趟河南，力争把这件事早点处理完，以免夜长梦多。重新锁好抽屉，还没拔下钥匙，桌上的电话响了。

"喂，哪位？"

"李副书记，我是冷霜。"

李阿牛把钥匙往桌上一扔，伸手从笔筒拿起红头铅笔，握话筒的手肘往桌上一撑，"冷霜，你在哪里？"

"学校，不过我下月就要退休了。"

非急事肯定不会打长途电话，本想记地址的李阿牛把笔丢在桌面，问："什么急事？"

"你怎么比我还急？"电话传来史冷霜的笑声，但旋即收住笑问道，"阿牛，你知道许师兄去哪里了吗？"

"怎么了？"李阿牛心一下子提到了嗓子眼。

"我转给他一封信，可给退了回来。拨打他之前给我的电话号码，可接电话的人却说没有此人。我想你应该知道他去哪里了。"

"知道。"

"那去哪里了？"

"他去了天堂。"李阿牛透过窗户虚望天空，声音哑了下来。

"杭州？"

"不是。"

史冷霜咯咯笑出了声："那还有哪个城市叫天堂？"

李阿牛只好调整语速强调："许师兄是真去了天堂。"

电话那头一下子沉默了。过了一会，史冷霜轻声问道："怎么没的？"

"自杀。"

"为什么？"

"我也不清楚。"李阿牛还是想尽力维护许师兄的形象，即便是史冷霜，他还是对她第一次撒了谎。

"怎么一下子出这么多怪事，那我该怎么办？"

听史冷霜急中带慌的声音，联想刚才她说转给许师兄的一封信，李阿牛立即敏感地追问："谁让你转信给许师兄？"

"唉——"史冷霜叹了一口气后说，"是丁浩。"

丁浩犯罪的事自己第一时间在去信中告诉了史冷霜，李阿牛纳罕地问道："丁浩不是进去了？"

"我手中这封信是十年前丁浩来四川自贡时托付给我的。"

"十年前的信？"李阿牛觉得自己越听越糊涂，什么信要放十年再寄出？而且还要托人寄！

"对，那次丁浩在返程时，特意跑到学校找我，说让我保管好这封信。"

"那为什么要现在寄给许师兄？"

"这也是丁浩要求的，说一旦自己无论死亡或出事，这信可以救许师兄。"

李阿牛惊愕不已，几乎无法相信自己的耳朵。如果真是这样，那许师兄死得太冤了，自己更是有着不可推卸的责任。看来所有的罪孽都是丁浩所为，许师兄是清白的，起码是不知情犯罪。想到这里，李阿牛抖着手急吼吼地催道："快，你拆……"刚说到这里，看到桌上的钥匙，他蓦地刹住了倡议。既然一切已定局，不如让他人继续蒙在鼓里。于是他磕巴了一下后改口，"你把信原封寄给我，我去墓地烧给许师兄。"

"你信这个做法？"

李阿牛口气非常坚定地答道："信！"

"好！"史冷霜甚是奇怪自己怎么也会用同样的口气坚定答复。

在翘首期盼与煎熬中，李阿牛这天上午终于收到了史冷霜寄来的信。关上门拆开信封，里面除了史冷霜写给自己的信，还有一封信中信。李阿牛顾不上读史冷霜的信，快速撕开信封上没有一字的信中信，抽出里面三张信纸快速读了起来。还没读完信，李阿牛已泪流满面。信确是丁浩留给许师兄的，他在信中为欺骗对方一事内疚不已，希望他尽快割断与小包的关系。

真如鸠山所判，那个仍在河南的瓜子脸妇女其实连丁浩也不清楚其来历，只知是小包父母在山西逃难时所收养的孤儿，后来干脆做了小包弱智哥哥的老婆，而小包就是丁浩在山西相识的初恋。当初因有人给她父母说媒，在父母的怂恿下，小包果断和丁浩断了关系，并和那名河南籍的军官成了家，随后全家还随军官迁回了河南。本来全家生活也算可以，可没想到那名军官在一次交通事故中意外死亡。从此，小包靠在军工厂微薄的工资不但要养活刚出生不久的女儿,还要照顾父母和哥嫂四口,日子过得非常艰难。恰丁浩奉命紧急出差到河南,完成任务后准备赶往火车站时,在一个胡同口意外遇到小包。猝不及防的丁浩先是一愣,旋即礼节性打个招呼就想赶路,不料小包却上来一把拉着丁浩进了自己的家,像遇到了久违的亲人一五一十述起了苦。一个哭得梨花带雨,一个听得心如刀绞,旧日恋人终于又抱在了一起。因没了当初的羞涩,两人突破了道德的底线。

当一切归于平静后,丁浩整理好衣服看了眼手表,急吼吼挂上军用书包要去赶火车。可小包却攥着对方胳膊不肯放,说如果没有丁浩陪同,自己肯定活不下去。丁浩终于为刚才的冲动产生悔意,甚至还有些害怕,开始为如何安置小包发起了愁。也算是鬼使神差,就在丁浩翻包打算取钱和粮票给小包时,意外看到出差当天传达室交给自己的那封信。当时一看是许师兄的来信,就随手放进包里,直等上了火车才拆开来信。原来许师兄是托曾在山西工作过的丁浩帮忙打听有无人收养与自己同龄的女人,联想到李阿牛曾说许师兄有个孪生的妹妹被山西商人抱养,决定回厂后发动山西长治的同事设法找一下。可眼前的突发事件让他脑门一亮,于是全盘说出刚想好的瞒天过海兼偷梁换柱妙计。小包一开始有点怕,可在丁浩煽动下,在可以当上大领导妻子的诱惑下,还是决定配合丁浩编造嫂子就是许师兄孪生妹妹的谎言。信最后是些忏悔和道歉的话。

重新收好信,李阿牛已无心思看史冷霜的来信,抬手看了一下表,再过十分钟就要开政工调研会,他毫不犹豫拿起电话拨通了书记办公室,编了个紧急理由请好假。出门下楼,李阿牛没要车,自个骑上自行车就向许师兄的墓地赶去。当他气喘吁吁登上半山坡，远远看到有个人在许师兄墓前席地而坐。李阿牛很奇怪，这个时候怎么会有人来扫墓，又会是谁来祭祀孤身一人且戴罪的许师兄。细看那人侧影，李阿牛觉得很是眼熟，可又一时想不起是谁。为了避免吓到对方，同时也为了不让自己尴尬，李阿牛特意走出些声响，并故意干咳了一声。果然，那个人扭过头来，可就是这一扭，李阿牛惊得再也迈不开腿——眼前这个人竟然是瞿永雷！

相比李阿牛，瞿永雷倒是很是淡定地起身拍了拍手上的尘土招呼道："老李，是我，认不得了。"

认不得？就是把你烧成灰也辨得出！因为心中有气，加上口袋装有许师兄的"秘密"，李阿牛没有接话转身向来时路走去。

"老李，老许有句话让我对你说。"

呸！许师兄清楚我们的过节，就算有话也不可能让你带给我！李阿牛头也不回继续向下走去，并暗自提醒自己不能和对方纠缠。

瞿永雷双手拢成喇叭状，朝着李阿牛大声喊道："老许说他知道没找到真妹妹。"

李阿牛的脚就像是被钉在地面再也迈不动，不过脑子就像台高速运转的机泵在飞快旋转。瞿永雷是怎么知道许师兄有妹妹？更奇怪的是自己今天才知道许师兄没有找到真妹妹，可远在沈阳的瞿永雷又怎么会知道这个秘密？

"老李，不要胡猜乱想，是老许自杀前亲自打电话给我。"

自杀前的电话？李阿牛立马想起那天早上虞虹提醒自己一直有电话进来，看来最终没能接到的电话就是许师兄的来电。虽然来电是谁的谜解了，可更大的谜团反而裹得李阿牛喘不过气来。

许师兄在最后时间想对自己说什么？为什么联系不上自己不找傅抱石等人，却打电话给瞿永雷？许师兄清楚瞿永雷曾对自己的伤害，也知道自己和对方誓不两立，他为什么会这样做？难不成托付我的后事还有备选，而这第二人选竟是瞿永雷。就在李阿牛沉思之际，瞿永雷边走边说："老李，我赶来是晚了些，但好在我还是放下心理包袱来了。"

没有回头的李阿牛听对方朝自己走来，感觉就像是一条毒蛇正悄然袭来，他终于又迈开腿并加快了脚步。可还没走几步，只听瞿永雷加大了嗓门喊道："老李，我必须告诉你如何处理老许留在你手上的工资！"

李阿牛觉得一个响雷在头上炸响，要知道这件事除了如今已在阴间的许师兄本人，在人世阳间只有自己知晓。既然连傅抱石也没听到一丝的风声，那瞿永雷究竟是怎么知道的？更让李阿牛不安的是瞿永雷掌握这些秘密，极有可能给自己造成极大的麻烦。现在已来不及查明瞿永雷的消息来源，但必须在妥善处理办公桌内两袋钱前，对瞿永雷予以否认和回击，彻底断绝他的恶意念想。于是，李阿牛猛然回过头，对正靠近自己的瞿永雷发出了警告："我领教过你胡搅蛮缠的诽谤，但你也应该记得那些惩罚。如今的时代绝不允许造谣生事，如果觉得教训还不够，我可以成全你！"

驻足的瞿永雷耸了耸肩，歪着脑袋双手一摊："老李，以前我是做了些错事，但现在你不要误会，我没有任何的恶意。"

李阿牛本以为自己警告后，对方会立即与自己发生言语冲突，可没想到瞿永雷不但主动认了错，还给予了申明，这反而让他一时不知如何接招。瞿永雷不急不慢地说道："我刚才也说了，

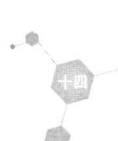

本来早点就该过来,以免你有麻烦,可我一时还真难放下心里的包袱,也是在去监狱看了丁浩后,才下决心过来,觉得不能再害了你这个好人。"说到这里,瞿永雷指了指天和许师兄的墓地,"也不知道是天意还是他本人,让我们在这里碰面了。"

看着对方驴脸上的那对水泡眼,李阿牛不为所动地问道:"你究竟想干什么?"

"老许叮嘱把他留给你的那两袋工资捐给红十字会。"

"嗯?"由于对方说得有鼻有眼,连袋数都没差错,不好否认又不好接话的李阿牛故意把应声拉长成疑问。

"唉——,看来我刚才的话还是白讲。"瞿永雷抱怨后又说道,"老许也担心你不会信我,所以不但告诉了我两纸袋的工资情况,还说在自杀前才无意从小包与家人的通信中,得知所谓嫂子加亲妹的婚姻是假象。因打不通你电话,于是考虑再三后还是托了我。"

"哦?"

虽然李阿牛的回应吐字有了些变化,语气和语调却和刚才一模一样,似乎在脸上画了个更大的问号。瞿永雷表现得有点不耐烦,说:"算了,不说了,我把话也都传到了,也算是完成了死者的托付。"

看瞿永雷说完转身就要往山下走,李阿牛既不道别更无挽留之意,不动声色地侧身让出一条道让对方从自己的眼皮底下走过。看着渐去的身影,李阿牛还是忍不住问了一句:"为什么答应并来转告我?"

瞿永雷停下脚步站在原地,扭头望了眼许师兄的墓地,终于不再犹疑地说道:"老许告诉我他受伤的部位,说非常理解我的痛苦，但希望我不要被人欺骗和利用。还有，他确定你和史冷霜没见不得人的事，说你是个值得信任的好人。丁浩也给我讲了些和你有关的事，你确实是个好人，我以前对你和冷霜做了许多……不该做的事。"

李阿牛没想到许师兄在生命进入倒计时后，会把严守数十年的伤残隐私告诉瞿永雷。更没想到瞿永雷会向自己和冷霜认错，即便在道歉时只是用了"不该"，但这足以带走既往的怨怼，就像眼下的风，吹散了头顶上的那片云，终于又露出纯净的蓝天。看着瞿永雷转回头脚步轻盈地向山下走去，他很想喊住对方，甚至有拥抱对方的冲动，可刚抬手张嘴，却又打消了念头，默默地望着瞿永雷瘦弱的背影远去。

当李阿牛下山时，他已打定了主意，暂不与史冷霜和傅抱石提及与瞿永雷碰面的事，有的事也许在时间推移中淡忘最好，何况自己也不清楚瞿永雷会不会去找她俩认错，即便瞿永雷认错态度再诚恳，那必定也会让她们在回忆中又添一次伤，尤其是史冷霜。

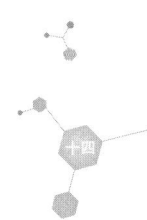

十五

1987年国庆，李森森和毕栋在浙江石油化工总厂宾馆举办了婚礼。

毕栋可谓是双喜临门，不但如愿抱得美人归，而且一篇党建论文发表在了省报上。节前虽然工作有点忙，加上结婚需操办的事很多，但人逢喜事精神爽，毕栋当晚还是神采奕奕的和李森森一桌桌敬酒。当敬到第三桌时，宾馆服务员上来和李森森说，餐厅外有两个人找她。

毕栋抢先对李森森说道："是谁？快请进来呀。"

"我也不知道，好像请的客人都到了。"

毕栋放下酒杯："走，我陪你去看看。"

"好。"李森森应声后和毕栋一起向外走去。

到门口，这对新婚夫妻情绪顿时大起大落，一个冲上了山顶，一个坠入了峡谷。抢在李森森和毕栋说话前，韩天拉着妻子的手迎上祝贺："祝贺两位新婚快乐！"

"太好了，你们也来了，快请进。"李森森抢前一步要去拉对方。

韩天松开妻子的手，从口袋取出一个精美的小布袋，双手递向李森森："吃了喜糖，我们俩一直想不出送什么礼物。这是我带阿岩离开云南时，她家人给的，权作大喜回礼。"

李森森接过，打开小布袋一看，忙不迭地往阿岩手上塞："这不行，这不行，我不能收。"

一旁毕栋也看清了，那是只玉手镯，虽礼物是给妻子用的，但毕竟对方也是作为结婚的回礼，于是帮腔着谢绝："心意领了，这太贵重了，真不能收。"

看阿岩急得朝韩天连打手语，李森森没再坚持着塞还，望着韩天等翻译。韩天"听"完妻子的意思后，头重新扭向李森森："阿岩说，这是我们俩的心意，你不收就代表不喜欢这东西，她会难过的。"

看阿岩愣了一下，然后迅速面带笑容重重地朝李森森点了点头，毕栋知道"翻译"内容被韩天明目张胆篡改了。可阿岩不予以纠正且点头，那只能怪自己不懂手语没法知道原话。这时只听李森森诚恳地回应："说实话，我是真的很喜欢，千万别误解……"

"喜欢我们更高兴，那就请收下吧。"

看丈夫打断李森森的话再次恳请，阿岩也配合着鞠躬。这仍让李森森感觉双手捏着的小布袋像烫手的山芋，她尴尬地看着毕栋。毕栋倒是像见惯了大场面，从李森森手中接过小布袋，先双手一拱致谢，旋即伸手邀请："那我就替森森谢谢两位了，快请里面坐。"

"我们就不进去了。今天我爸身体不舒服，我们去看看他。"

李森森问韩天："韩叔叔怎么了？"

"没事，说是血压有点高。"韩天正想打住话，可马上又加

了一句,"今天小岩到医院检查,医生说有了,主要是给他去报个喜。"

毕栋马上再次拱手接口道贺:"太好了,恭喜两位,恭喜两位!"

"那得好好加强营养,多注意休息。"李淼淼瞅了眼小岩的腹部,亲热地拉着对方胳膊叮咛。

韩天打断了小岩的手语,同李淼淼与毕栋分别握手后,带着小岩转身向外面的自行车车棚走去。

重新进宾馆餐厅,毕栋和李淼淼打个招呼后拐进了洗手间。毕栋其实根本没有小便的迹象,他现急需在应付闹腾的敬酒前回忆小岩刚才的手语,争取把每个动作的细节记下来。他决心要弄明白韩天想掩盖的秘密,不能让对方在暗中算计自己,当然他相信只要把心眼织成一张硕大的精细蜘蛛网,一定能捕捉到微妙的信息。

出宾馆骑上车的韩天内心的波澜依旧没有平静下来,他清楚自己内心没有完全放下李淼淼。那是第一个拥抱的女孩,是初吻的女孩,是愿终身托付自己的女孩,也是让自己深爱的女孩。可就因爱得深,所以担心自己在战场上不幸牺牲或致残会害了对方,不得不以最为绝情的方式斩断了联系。上次转业时,李淼淼的父亲说是以私人名义找自己谈话,那其实就是要以公夹私,且私是关键,是重点,而从其强调"你和淼淼、小霞都是关系不错的老同学"的话外音中,不难听出就是让自己知趣而退。现在这个女孩已成他人之妻,自己是该忘记过去,彻底抹去记忆了。

突然,自行车被路上的石子硌了一下,随着车身一颠,韩天扭过头问道:"小岩,没事吧?"小岩双手伸过韩天胳肢窝打起了手语。韩天单手脱把,把对方手捏回自己腰上两侧,小岩却顺势搂紧韩天,不但把脸贴在笔挺的背上,还深嗅了一口。一种温馨气息弥漫到韩天全身,他承认小岩不光身体有缺陷,而且因家境差没上过几年学,即便现在交流和对话还是有着鸿沟,但韩天相信爱情能弥合一切。父母之前在听自己"自作主张"定下这桩婚事后,气得浑身哆嗦,可因领教过自己报名参军的倔强,只能打掉了门牙往肚里咽——忍气吞声。不过这半年来,父母明显对小岩有了包容之心,不光能回应小岩的招呼,甚至还学懂了简单的手语。今天医生确定小岩有孕后,韩天就想把喜讯尽快告诉父母。考虑李淼淼婚事自己还没回礼,于是先带小岩来了宾馆。韩天不想参加李淼淼婚礼,就像自己婚礼不让初吻女孩来见证一样,他相信这是一种眼巴巴看着别人夺了自己珍宝的痛苦,是一种钢针扎心后却还要强作欢颜的折磨。当然,韩天最后索性连婚礼也不办,既然连父母都不认可,看笑话比祝福要多,何必弄个他人饭后茶余的谈资。

因小岩带来的怀孕消息,晚上家人团聚愈发融洽,就像在已磨光滑的轴承和轴套间,又添加了润滑油脂。更有意思的是韩天的母亲,第一次看到小岩打手语时,惊讶、愤懑、委屈、担心等情绪瞬时一股脑涌上心头,可今天看小岩"说话"时,感觉自在舒心,甚至认为那连续变化的手语,就像是在指挥一支无声交响乐,用优雅旋律辅助表达语言背后的情感。她一度还联想到了维纳斯,之前她无法理解断臂让人观看后,能想象出无数双秀美的玉臂,可现在似乎从小岩手势带来的语言之美中找到了答案。韩天母亲还潜滋暗长侥幸感,毕竟和断臂相比,哑巴算不了什么,对生活几乎没多大的影响。也许是心情愉悦,在一句对话中,韩天母亲居然闭着双唇也打起了手语。在小岩的羞涩、老韩的吃惊和韩天的意外表情中,一家人将融洽的气氛推向了高潮。

虽处于婚假之中,但毕栋没有被喜事冲昏头脑。本来他想直接找附近开电器修理店的哑巴,请他笔译小岩那段手语。可冷静一想,这样做并不明智,虽马上可知道答案,却存在让他人知道后的风险,也有让韩天知晓的可能。有心的他决定找机会到宁波聋哑学校找人翻译,毕竟早知和晚知真实的答案没多大关系,其意义在于知道后的应对措施。

休完婚假上班的第三天,毕栋刚好陪调研室主任去市委党校办事。办完事,毕栋找了个理由在中途下了车,谢绝主任等他的好意,车开远后,他才向聋哑学校方向走去。约走了五十来米,只见前面走来两个学生模样的人正比画着手交流,他迅速掏出棉衣口袋内的小本子,翻到提前写有"你能不能帮我翻译手语"一页,迎上两个哑巴,指着小本子递向对方。个子较高的哑巴看了眼上面的字后,指了指后面的校门开口说道:"我是这里的老师,你什么地方需要翻译手语?"

毕栋有点意外,收起小本子问道:"老师贵姓?"

"免贵姓陆,大陆的陆。"

就这片刻时间,毕栋已想好了理由:"噢,陆老师,有个哑巴和我们打了段手语,可我连猜带蒙,感觉好像还是不对。"

"他在哪里?若不远我可以过去帮你翻译。"

"他不在这里,是我们去外地慰问时碰到的。"

陆老师双手一摊:"那我可没法帮你呀。"

"陆老师,我记下了他的手语。"

说完,毕栋不等对方允诺,自顾自地打起了那段自己用心记下的手语。看陆老师认真看完后,露出惊讶的表情,毕栋心里咯噔一声,忐忑地问道:"陆老师,是不是手语不连贯?"

"没有,是你表达很精确。"

毕栋并不得意自己的记忆和模仿力,当即追问:"那说的是什么意思?"

"对方是说,我能在纺织袋厂上班全靠李副书记帮忙,我们结婚你们还送贵重的东西,是我太感谢你们了。"

"谢谢,谢谢陆老师!"

"没其他事那我们先走了?"

"没了,谢谢陆老师,再见!"

等陆老师带学生边打手语边向自己反方向走去后,毕栋内心犹如一池翻涌的湖水,根本无法平静。结合刚才翻译出的小岩手语,看来韩天那天说"权作大喜回礼"是真有出处和依据的。回礼就是有来有往,可现在只知来却不知往,更恼火的是自己现在还不知道送出的是啥贵重东西。

"咦,小毕,你怎么在这里?"

低着头走路的毕栋听到清脆的招呼声抬眼一看,迎面走来的是机要科的虞虹,就不答反问:"虞秘书,你一个人来宁波?"

"对,早上请了假,刚给孩子办完入学手续。"

其实毕栋本意是不想让虞虹知道自己的行踪,反问对方也没有打听意思,可现在虞虹主动这么一说,让他反而有些尴尬。之前听说过虞虹的儿子先天失聪,现在人家毫不回避,也只能敷衍着宽慰一句:"肯定会越来越好。"

"主任呢?你们什么时候回去?"

毕栋赶紧抬起拇指虚指后面编了个谎:"主任有事先回去了。

早上办事碰到大学同学聊了会,我这正准备回厂。"

"我还以为凑巧可以搭你们车呢。"虞虹笑着说完,指着毕栋反方向纠正,"厂里班车停靠点在那边,你走反了。"

"唉,我老没方位感,今天幸亏遇到虞秘书。"毕栋刻意拍了拍额头,转身和虞虹并排走去。

"小毕,你就别谦虚了,我可是很佩服你的才华。"

即便在单位常听到赞扬,但毕栋今天感觉类似的话还是有点异样,这也许是失落后的抚慰更能感受到温度。好比饱腹和饥饿接到同样食物会有判若天渊的感受。毕栋斜睨虞虹,对方一袭黑色贴身的呢大衣,配以一枚银色花型的胸针,围了条方格子围巾,头戴红色毛线帽,一袭披肩长发,虽然色彩差异明显,却没有突兀的界限,反而在视觉冲击下,有清晰的层次感,整体颇有民国淑女的风范。也许心情舒畅,两人一路聊得很欢。下车到单位,已过饭点时间,毕栋邀请虞虹一起到边上的小饭店吃个便饭,对方却说中午还得去看一下孩子,随后骑上停在厂车停靠点的自行车,急急往家里赶。毕栋也改变了计划,掏出小本子,撕下写有咨询手语的页面,撕成指甲盖大小的纸片后扔进垃圾箱,也向家走去。

上楼掏出钥匙打开门,毕栋看到李森森的鞋子又居中脱在门口,他用脚把两只鞋子顶到边上,然后脱下鞋子换上棉拖鞋向客厅走去。

"咦,你这么快回来了?饭吃了吗?"李森森和衣躺在沙发上,盖了床毯子。

毕栋不想提自己今天的安排,更不想问清送了什么贵重东西给韩天,于是摘下帽子往衣架上一挂,说:"一早事办得很顺。

还没吃。"

"冰箱还有牛奶,要么煮两个鸡蛋,要么吃点饼干。"李淼淼出完选择题后,又闭上了眼睛。

毕栋瞥了眼李淼淼,默默打开贴有双喜红字的冰箱门,取出奶瓶,又拿上柜上的饼干去了厨房……

十六

随着 1988 年新年钟声的敲响,浙江石油化工总厂陆续统计出了全年各种产品的产量。其中合成氨和尿素产量分别达到 33.4 万吨和 57.2 万吨,超过年设计能力的 10%,不但提前两年实现上级下达的"双达标"要求,同时刷新了我国化肥装置生产纪录。不久,尿素装置又喜获浙江省首个国家优质工程鲁班奖。

生产上的不断突破,让浙江石油化工总厂职工的福利待遇有了大幅的提升。当年春天,厂里不但投用了配有电梯的 14 层集体宿舍,让五百多名倒班职工住上了崭新的楼房,还在家属区又新建了 347 套住房。按照职务、职称和工龄确定的挑房排序,李家兄妹都因住房的调整,面积略有扩大。虽然小岩几乎没什么分可加,但韩天凭借职务的得分,两人在 4 月底喜得儿子的同时,也享受到了一套两室一厅的住房。双喜临门让小岩几乎天天笑得合不拢嘴。即便妻子发出的笑声有点怪,但在韩天听来还是非常悦耳。升级为爷爷的韩天父亲越看孙子越开心、越看媳妇越满意,一扫数年无法挣脱的低落情绪,而且对多年"忤逆"的儿子也越看越顺眼。

韩天自己也没想到这一年好运不断跟着自己,似乎要将过去的不幸补足。时隔三个月,一纸调令将他从保卫处的治安科副科长,升级成了即将开工投产的炼油分厂聚丙烯车间的党支部副书记。虽然还是副科级,却是从后勤到了生产一线,而且厂部调走了原聚丙烯车间的党支部书记,由他全面主持党支部的工作,相当于被组织予以了重用。

上任第三天,韩天参加完早会急回办公室拿图纸,刚到门口,发现里面坐着李磊磊。

"呀,李哥,什么时候来的?"

听对方在之前称呼哥上加了姓,推椅起身的李磊磊有点不适应,但旋即还是一如既往地伸手握住了对方:"刚到,先祝贺你当上了书记。"

"坐!"松开手的韩天请李磊磊重新坐下后,转身去倒茶水。

"快开工了一定很忙吧?"

"是有点忙。"乘递水之机,韩天探问,"李哥,你是找赖主任还是我?"

"都一样。"

韩天知道在国企若工作上没有针对性的对接,往往不是敷衍就是无结果,他只能坐下后继续探问:"李哥,有什么事?"

"聚丙烯车间现有三台换热器吧?"

虽然仅在现场摸了两天的流程,但韩天对一些大设备的位置如同当年战场上的地形,已经了如指掌,于是指着换热器的方向接口回应:"对,都安装在楼顶层。"

"嗯,之前我上去过。"

既然都已知道,那问我这些干吗?韩天突然暗自一惊,李磊磊是机修分厂的技术人员,难不成他发现这三台设备有问题?就

急问道:"装置马上要开工了,设备有问题?"

"没。这三台板程换热器是全厂最新的,气相转液相,介质也不复杂,我个人认为这样的设备机修分厂也可以制造。"

韩天放下心来,但新的困惑又涌上心头,这些设备都已安装到位,你这提法不是事后诸葛亮吗?他很直白地问李磊磊:"李哥,这用都用上了,你的意思是?"

李磊磊伸着食指说道:"你们聚丙烯车间向上申请一台换热器备用,由我们来制造。"

韩天觉得对方的要求听起来简单,难度与风险却让自己来扛,于是婉转地解释:"李哥,这换热器价格可不菲,而且我们三台平时并联运行,一旦有需要,流程可以随时打通串联,相当于两台可作备用……"

李磊磊打断了对方:"正因为知道换热器的价格,所以我希望机修分厂来尝试做成这个产品,更希望你这个老朋友能支持我的想法。"

韩天终于明白对方刚才说找主任和自己都一样,其实那不过是托词,明摆着让我这个"老朋友"出头。韩天觉得这件事上一定要讲原则,若碍于面子,那只能逼自己去打破规则,最后可能也不是李磊磊说的做成,而是落败。想到这里,韩天不怕李磊磊反感,索性坦言自己的看法:"这个想法不光我说服不了赖主任和设备主任,连我自己也说服不了。"

李磊磊不急不缓先喝了口水,放下水杯推心置腹地说道:"之前我冒出这样的想法时也说服不了自己,不光吃力不讨好,而且还有可能尽毁前途。但想到我们很多换热器还要靠进口,我们若还没有抢占制造换热器市场的意识,以及认识到自行研发换热器的意义，就会像打仗不懂抢占高地，永远只能被动挨打。"

虽然抢占制造换热器市场韩天听得不是很明白，但所经历的战争告诉他，抢占高地具有侦察敌情、战术协防和发起进攻多重意义。不过任何事物都有两面性，抢占高地也有风险，若无多大的实力，可能会在被围攻下成为囚徒。三国的马谡弃水源将营寨安扎于南山上，最后既没有如愿居高临下大败曹魏兵马，反而被张郃大军包围击溃，丢失了街亭，迫使诸葛亮只能率军退守汉中。如果盲目或念友情听从李磊磊的想法，有可能成为失街亭后连同马谡一起被斩的李盛和张休，就算不当劝谏无果、战中立功的王平，那至少也要成为局外人。打定主意后，韩天表明了立场："李哥，我只是搞党务，你说的这些我太外行。而且若是再申请设备，这投资概算就得大变。我看机修分厂如果真要制造换热器，不如托外面设计单位打听一下，有没有企业现正准备投资建设。"

李磊磊心有不甘地说道："韩书记，现在我们虽获得了国家的制造许可证，也添置了加工设备，但无论是技术力量、检验手段，还是产品投运效果，都没有案例可以去说服市场。之所以今天来找你，主要是想聚丙烯装置开工后，这个新项目就可以决算收官，然后就能以备用或大修的方式报一台换热器。可以说在全厂换热器制造中，聚丙烯车间是唯一具天时、地利、人和的单位。若没有你们的配合，不可能有制造换热器的机会。但一旦你们给了全力的支持，我们就可以在尝试成功后，让产品走向市场，甚至是国际市场。"

韩天哑然失笑，自转业进厂后，这是李磊磊第一次称自己职务，可这明显不是尊重的意思，也不是客套，而是为了体现出

公对公的架势。更有意思的是李磊磊的设想几近"疯狂",居然想让国外企业购买机修分厂的换热器。其所说天时、地利、人和的优势,除了因和自己较相识的人和,哪有什么天时和地利?所以,韩天几近刻薄地回应:"现在机修分厂连个简单的截止阀解体和维修往往都要折腾好久,封个釜盖或反应器人孔也不时有泄漏,这换热器就算你们造好了,我们也真不敢用。"

"我就是针对机修分厂有的职工上班出勤不出力问题出此对策,如果日后任务还是不饱和,闲人会更闲,忙人也会在比较中学偷懒,必须走出这个恶性循环的怪圈。还有,一旦有了合适的机会,领导要有容错的度量,不能看不起或否定自己人。"

韩天毫不客气地针锋相对:"化工生产容不得一点差错,往往看似小问题,却有可能是导致大事故的隐患。"

对于韩天的强硬态度,李磊磊颇为意外,也觉察到自己刚才应对的语句让对方心生反感。细想之下,韩天说得没错,只不过自己的容错本意并非韩天所理解,于是耐心解释:"韩书记,不要误解,我说的容错决不是设备制造上的缺陷,而是因为某些方面的原因,让有的职工存在懒惰、自私、贪婪、嫉妒和自满等人性缺点。如果视而不见,那就会让这些缺点放大或波及他人。但如果因为曾经的缺点,一味打击或处罚,可能会让他们在自暴自弃中丧失主动性和能动性。实不相瞒,我之前也是因为了解到聚丙烯的三台换热器既可并联又可串联,所以想万一真的不行,切换流程和更换设备有空间,不会影响到装置的生产。"

李磊磊的死缠烂打让韩天不得不声明自己的态度:"不说其他,光备用一台这么大的设备就绝对是严重的浪费行为。即便赖主任同意,我也会反对。"

"如果没有制造的机会,那我们永远只能被人牵着鼻子走。"

"打仗要以最小代价换得胜利,生产要以最小成本赚取盈利,不然都是空想、空话。"

韩天的话让李磊磊无语,他想起上次和父亲对话时也提过"盈利是企业生存的命脉,更是发展的基础,可不能再有不计成本的思想"的观点。看今天根本没有天时、地利、人和的优势,他有点赌气地说道:"我们会造出换热器!"

"李哥,我是真心希望你们能制造成功。"

话音刚落,韩天见李磊磊拎包起身,赶紧也起身并将手伸向对方。不料李磊磊视若不见,转身向外走去,好在还算留了句道别:"再见!"

"李哥慢走。"韩天跟着李磊磊走到楼梯口,看对方两个台阶连跨的下楼走姿,很是不解地摇了摇头。

十七

　　1988年8月7日，第7号台风正面登陆宁波市象山县，每秒达36米风力的台风像头肆无忌惮、带着毁灭性力量的猛兽，不但掀起3米多高的巨浪冲击海塘，沿途更是连根拔起树木，夷平简易房屋，似乎要将一切吞噬殆尽。虽然没有正面袭击浙江石油化工总厂，但肆虐的台风还是给厂里基础设施、林木景观造成破坏。不过万物皆有可圈之处，这场台风也给盛夏罕见的持续高温带来一丝凉意，缓解了一线操作工和机修分厂焊工的工作压力。

　　让李阿牛怎么也没想到的是刚结束抗台经验的总结，一场"舆情台风"挟裹着诽谤、妒忌、不满又扑向浙江石油化工总厂。先有当地的单身男同志吐槽浙江石油化工总厂福利过高，给他们找对象造成了困难。后有单位和企业在省里开会时，向上级反映浙江石油化工总厂滥造房子分给职工，还说为了炫耀，厂里还给单身宿舍造配有电梯的14层高楼，不但每层设有活动室，而且两人合住一间配有卫生设施的房间。

　　为职工做的大实事一时招来多方的非议与责问。好在上级经过调查，终于还原了浙江石油化工总厂兴建楼房的真实情况。即便分完这批房后,还是有60余对符合双职工条件的新人在等房源,需求远大于建设。而入住高层集体宿舍的均为单身职工,目的就是为了让他们在颠倒的作息中得以充分地休息,确保在工作时有良好的精神状态。在李阿牛和主管后勤的副总厂长的处置下,事件终于慢慢平息了下来。

虽然李磊磊没能说服韩天实施制造换热器计划,但他一直没有放弃努力,并在《换热器设计的新发展与应用》的理论基础上,动手设计新款的换热器。由于白天需处理手上的活,加上完成前不想让人知道,李磊磊只能利用晚上休息时间设计。这天晚上,李磊磊下班到父母家吃完晚饭,像往常一样骑车带着詹小霞和儿子回家。由于惦记着昨天晚上设计有个缺陷要改,李磊磊骑得挺快。可刚进门按亮灯,詹小霞边给聪聪换鞋边说:"磊磊,我明天要考试,今晚你带一下孩子。"

"啊?!"刚关上门的李磊磊傻站在原地,连个鞋子也没有脱换的意思。

换好鞋的詹小霞转身抬眼看着面前的李磊磊,极为不满地问道:"怎么了?你天天晚上回家不陪我也算了,聪聪都三岁半了,你有几次给他讲过故事,陪他玩过积木?你是教过他数数了,还是教过他认字了?"

"我不是……嗯,我今晚……主要是急着要改设计问题。我……"

向来好脾气的詹小霞手指小卧室粗暴地打断了李磊磊的话:"你自己听听,满嘴强调一个'我',你眼里现在除了自己和那堆无用的设计图纸还有谁?!"

李磊磊很是窝火,可看到聪聪一脸紧张地拉着詹小霞的衣

摆,就瘪了瘪嘴轻声回应:"你怎么能这么说,科技是……"

"别和我吹高大上的词语,你自己也清楚这些东西搞出来连本单位人都不信。"

李磊磊很后悔把韩天拒绝他的事告诉詹小霞,借换鞋动作低头无力地争辩:"韩天之前参军,现又搞党务,他又不懂科技。"

"难道还是你懂?"

李磊磊急得抬眼强调:"我还发了论文呢。"

"我们学校老师都发了好几篇,这有什么用?"

李磊磊感觉自己的脸被对方眼神狠狠剐了一刀,憋着怨气数落:"亏你还是老师,真是胡说八道。"

"我胡说?我看是你在胡扯!上次我就是因为没时间复习考试没通过,如果我有你这么闲,早就发几十篇论文了!"

李磊磊这才明白今天妻子为什么发这么大的火,像是被点中了穴,愧疚地上前一把抱起聪聪,说:"儿子,今晚爸爸陪你……"

不料聪聪听到这里,边身子扑向詹小霞,边双腿乱蹬打断了李磊磊:"不,我要妈妈,不要爸爸。"

詹小霞不但没有接抱孩子,甚至连个安慰和招呼也没有就向小房间走去。这下聪聪更是委屈地大哭大闹起来。自孩子出生后,一来双方父母都会帮衬,二来詹小霞相对空闲些,所以李磊磊几乎没独立带过儿子。面对今天聪聪的哭闹,他又气又恼可又没法子,为了不影响詹小霞,他抱上儿子躲进卧室,按亮吸顶灯开关,一脚关上了门。这下聪聪更是带着哭腔冲着门叫道:"我要妈妈,我要妈妈。"

李磊磊耐心地和儿子解释:"妈妈在,但妈妈今天要学习,你不能吵她。"

"我要妈妈,我要妈妈。"

李磊磊把儿子放在床上,说:"聪聪,爸爸给你表演一个鲤鱼打挺好不好?"

"我要妈妈,我要妈妈。"

儿子一遍又一遍的念经似的嚷嚷,让李磊磊越听越火,他强忍怒火举着手掌威胁:"你再叫,爸爸打你。"

"妈妈,我要妈妈。"聪聪不但没有止声,相反真哭叫起来,并且加大了声音,大有一副和父亲杠到底的气势。

李磊磊急得直挠头皮,弯着腰哄起了儿子:"聪聪,你不哭闹,爸爸给你吃奶糖。"

聪聪像是一根筋,根本不听父亲的话,坐在床上眼盯房门急摇双手,并恢复了之前的节奏:"我要妈妈,我要妈妈。"

李磊磊气得一把抓过儿子的手打了一下:"再闹打你!"

李磊磊呵斥声还没全落,聪聪就像是通了电的机泵,又开始高速转起来,扯着哭音大声嚷嚷:"妈妈,我要妈妈,我不要爸爸。"

李磊磊轻捂儿子的嘴,带着央求的口吻说道:"儿子,别叫,你妈妈要考试,我们不吵她,你想干啥都……"

李磊磊的话还没说完,只听身后随着门把手的拧开,房门一下子被推开了,旋即是詹小霞的呵斥声:"你能不能哄一下儿子?!"

李磊磊赶紧松开手直起身,扭过头委屈地解释:"我不是一直在哄吗?"

聪聪像是被打开栅栏的羊羔,跳下床扑向母亲:"妈妈,妈妈。"

詹小霞抱起儿子，一边替儿子擦泪，一边责怨李磊磊："有你这样哄的吗？要你有什么用？"

明明是儿子瞎闹，妻子却一点不讲理埋怨自己，而且话越说越难听，李磊磊终于也熬不住了，顺手拿起柜子上的花瓶，用力朝地上一砸，怒吼道："滚！都给我滚！"

当花瓶在地上摔响时，看着满地的碎玻璃，惊诧的詹小霞本能地退了一步。抬眼看到脸色铁青的李磊磊，不但双眼闪着无法遏制的怒火，连整张脸都扭曲得陌生又可怕。一直哭闹的聪聪先是哆嗦了一下，旋即抱着妈妈的脖子大哭起来。詹小霞流着眼泪转过身，一声不吭向门厅走去。

当关门声响起，聪聪的哭闹声像被绝缘体隔断了电流，再也传不到李磊磊耳朵里。望着空荡荡的房间，李磊磊心情很是复杂，虽然知道自己不对，却不知错在哪。就在他呆在原地不知所措，门外传来熟悉的敲门声，他飞速跑去打开了门，门外果然是抱着聪聪的詹小霞。李磊磊忙弯腰去替詹小霞拿拖鞋，不料对方根本没有换鞋的意思，径直走到小房间，利索取上考试用书，往包里一塞，连站在门框边的李磊磊都懒得瞥一眼，旁若无人抱着儿子又向门口走去。李磊磊一把拉住詹小霞，轻声问道："小霞，这么晚你去哪里？"

詹小霞眼皮都没抬一下，扭身甩开李磊磊，拧开房门跨过门槛，重重关上了门。望着紧闭的鹅黄色大门，李磊磊懊恼地抱着脑袋蹲了下去。听着妻子蹬响的下楼声，他开始琢磨小霞会带儿子去哪里。肯定不会去爸妈家，应该回娘家或森森家，如果这样倒不如先把矛盾搁一下，说不定明天等她气消了些，去赔个不

是,再在岳母或妹妹劝解帮衬下应该能处理好。但小霞万一不去娘家或森森家,那该怎么办?现在下楼去追?想必气头上的詹小霞肯定不会回家,相反在路上争吵会丢面子。唉!第一次吵架就离家出走,干脆当作教训让她吃点小苦头,避免以后再无理取闹。打定主意后,李磊磊起身拿上扫帚和簸箕去清理地面上的碎玻璃。李磊磊奇怪自己只是往地上砸花瓶,可没想到花瓶像是爆炸一样,到处是碎玻璃,不但柜子前有,甚至连床底下都有,有个玻璃碴居然还"跳"到梳妆台底座上。李磊磊不敢大意,不清理干净必定扎破脚。于是在扫了三次还是有玻璃碴后,他索性从柜中找出手电筒,趴在地上一点点向前看。电筒光是比吸顶灯效果好,玻璃碴在电筒光照射下反射出光,即便只有小小的闪亮点,也让李磊磊能够一一捡拾起来。不过捡着捡着,李磊磊有了些感悟,看来有的事若带情绪处理,带来的不仅仅是麻烦,还有心理上的痛苦。今天晚上自己看来是别再奢望改图纸,同样詹小霞此时估计也难复习好,真是两败俱伤。

"笃笃——"

门外又传来了敲门声,李磊磊心头一喜,这个时候不可能有人登门,肯定是小霞气消了又回来了,他立马扔了手电筒起身去开门。可随着门的打开,李磊磊傻眼了,面前不是小霞,而是父亲李阿牛。他这时才想起刚才独特节奏的敲门声,是从小听惯父亲用食指指节叩响的。李磊磊捏着门锁半挡着门问道:"爸,你来干吗?"

李阿牛眼一瞪,边推李磊磊往里走,边反问式地呵斥:"怎么?你小子翅膀硬了,连我也敢赶?"

李磊磊听出了味道,暗自高兴小霞去的是父亲家,现在应该母亲在帮着劝说小霞并带聪聪。他觉得小霞这样做非常对,既不会让自己在妻子娘家人面前丢脸,也不会让自己在毕栋面前拆了当哥的架子。父母都是自己人,这种由血缘建立的关系什么话都好说,什么丑都可露。

看儿子关上门跟在身后,李阿牛直接向亮着灯的小房间走去,看了眼后又转向也亮着灯的卧室。进门看到地上还亮着光的手电筒,就停下脚步问道:"你在找什么?"

"爸,没什么呀。"

李阿牛扫了眼簸箕,背着手又问:"把你妈给的花瓶摔碎了?"

李磊磊心虚地点了点头,要知道这花瓶可是你外婆刚参加工作不久后托人买的,很有纪念意义,可事已至此反悔也无用。这时只听李阿牛说道:"明天想办法去买个相似的,别让你妈看到。"

"噢。"李磊磊感谢父亲出的好主意,也感谢小霞没提自己摔花瓶的事。

"说说,为什么吵架?"

"我本想今晚解决掉想到的一个设计问题,小霞说今天要复习明天的考试……"

"小霞不容易,这时你的设计可以放一放。"

"嗯。"如果没有和小霞吵架,如果没有因吵架而懊悔,李磊磊不会认同父亲的说法。

"你现在的设计工作很有前景,作为父亲我也很高兴。"

李磊磊有点意外,父亲不但没有批评自己今晚的鲁莽,而且还肯定起自己的工作。他马上带父亲去小房问看了前段时间的设计图,并大致说了想法和计划,还吐槽找韩天碰壁的事。李阿牛

听后并没有接话茬，而是继续顺着自己刚才的话题说道："如今国际上科技革命方兴未艾，新技术、新手段、新理论层出不穷。十年前的全国科学大会上，国家已强调'科学技术是生产力'，前些日子邓小平在会见捷克斯洛伐克总统时，更是提出了'科学技术是第一生产力'的重要论断。把'第一'前置于'生产力'，是把科学技术之于国家发展的重大意义提升到了前所未有的高度。"

即便父亲的话很鼓舞人心，但李磊磊听了还是感觉怪怪的，似乎是在大会上听领导讲话。他有口无心地应了声："噢。"

"科技强则企业兴，也许现在你的所为很多人不理解、不支持，但你自己内心要坚定，不要受干扰。"

这次李磊磊听明白了，重重地点了点头："好！"

李阿牛语重心长地说道："家里也得要担起责任来，你是男人，应该是家里的顶梁柱。你看看打扫个地面卫生，又是手电又是扫帚。其实扫后再用扫帚反顶粘胶纸划一遍地，再细小的玻璃碴也会被粘走。"

李磊磊挠了挠头皮："这我怎么没想到？"

"生活上多动手对工作也会有帮助。对了，小霞去哪里了？怎么还没回来？"

李磊磊看着父亲一脸诧异地反问："她带上复习资料没去你们家？那你怎么知道我们吵架的事？"

"是你们楼下的邻居给我打来的电话，我还没让你妈知道呢！"

李磊磊急得满脸通红，说："爸，我现在就去找她。"

"走，一起去。"

父子俩换鞋下楼，李磊磊提议去妹妹家找，李阿牛却摇头，说小霞带复习资料不会去其他地方，应该在学校。果然姜还是老的辣，到学校一问门卫，门卫答复詹老师是抱着孩子在办公室。

一场闹剧终于在李阿牛的介入下悄无声息按了下来，也让李磊磊在教训中改变了原来的生活方式，不但晚上主动带聪聪玩起了游戏，有时还在聪聪进小房间找自己时，抱起儿子教他使用圆规和三角尺。詹小霞本就很支持李磊磊的设计，反而常把聪聪叫出小房间，叮嘱儿子别打扰爸爸。

1990年春节过后不久，李阿牛和傅抱石接连接到儿媳和女儿的报喜。詹小霞有孕并没有让傅抱石兴奋，但女儿有孕让她眉开眼笑，这并非有着壮族身份的詹小霞是再孕，而是女儿结婚都已两年半，肚子一直没见动静。一年前，傅抱石已心有不安，后渐渐升级到了紧张。傅抱石认为夫妻若长时间没有爱的结晶，那必定一方有问题。而无论是哪一方的问题，对女儿来说都是致命的。若女儿有问题，那女婿提出离婚自然"词正理直"，更何况毕栋来自农村，"不孝有三"的家庭压力会让他喘不过气来。若女婿有问题，那史冷霜活生生的案例就在眼前。也许是因为有了惶恐的心，原本从不信教的傅抱石一度见庙就拜，不管是佛还是妈祖，模仿他人敬香磕头。随着女儿的成功怀孕，她觉得心头的一块石头终于落地。

即将又添一丁的李磊磊怎么也没想到喜事接踵而至。进入5月，一个喜讯让李磊磊欣喜若狂，就像空中突然出现一道绚丽的彩虹，让坚守一年多枯燥的设计工作顿时变得五彩斑斓。原来总厂决定把换热器制造列为公司科技进步重点攻关项目。喜出望外的李磊磊误以为是向父亲抱怨后，父亲利用手中权力促使这个项

目的立项。可没想到当天晚上全家聚在一起吃饭时,李阿牛坦率告知李磊磊,这只是总厂在向国家科技奖励大会上报"年产52万吨二氧化碳气提法尿素装置机械设备"技术后,专门组织召开了次年申报国家科技奖励大会项目的会议。会上,李阿牛虽然起到了一定的作用,立项却是所有人认同下的结果。见毕栋也朝自己点了一下头,李磊磊为自己凭实力获得上级的认可而高兴。

就在一家人准备收拾碗筷时,突然客厅的电话响了。李阿牛起身进了客厅,等挂上电话,他狠狠地骂了一句:"真该把这个王八蛋关禁闭!"

傅抱石听到这里顾不得擦手,快步走进客厅问道:"阿牛,谁来的电话?你冲谁在发火?"

"生产处说海涂养殖的渔民向政府投诉我们外排的废水有问题。"

毕栋上来劝道:"爸,之前不也有类似事,后来化验都证明是养殖户过度紧张。"

"这次是废水中含有聚丙烯,不用化验!"李阿牛的口气显得有些愤怒。

李磊磊听得有点摸不着头脑,问道:"这聚丙烯怎么会在废水中?"

"聚丙烯车间没有及时包装废料入库,今天下雨,结果把2吨多的废料冲进了雨水沟,排水车间操作人员违规操作,结果流进了厂外的海涂。"李阿牛边说边走向大门。

"阿牛,你再两个月就要……"

"就是明天离休,我也得去现场!"

毕栋也跟着换鞋:"妈,我去陪爸,你放心。"

不等傅抱石接话，李阿牛马上接口决定："也行，你跟我去，小车队的车马上到。森森晚上就睡这里吧。"

李阿牛没想到这次环保事件处理如此棘手，等整个事件处理完，距他办理离休时间不到一个月。这天早上总调会结束，李阿牛把韩天叫到了办公室。等对方在面前坐下，李阿牛开门见山地问道："小韩，对这次处分有没有想法？"

"有。"

韩天直截了当的肯定让李阿牛有些意外，按以往经验，对方必定在摇头否认中配以惶恐表情感谢组织，可眼前的韩天不但连个客套也没有，甚至还有硬杠顶撞的味道。李阿牛打定了主意，如果对方认为落毛的凤凰真不如鸡，那我倒是要给他点颜色看看。于是他挺起上身板着脸说道："你说说看。"

"我不否认工作上有错，但无论是在事故处理上还是赔偿上，我觉得是在小题大做。"

韩天不但对自己的错轻描淡写，而且还指责总厂的处理方案。李阿牛有点动气，但还是面不改色地说道："上半年马上过去了，我们即便加工原油的品种达7种，平均每个月切换一次以上，加工计划外原油超过50万吨，外商直接来料加工也将超25万吨。可我们还是在确保装置平衡生产的基础上，发挥油化联合优势，保持了较好的效益。今年，我们将原油码头1号泊位提升到25万吨级，使之成为全国之最，并新建110.8万立方米储罐和相应的输转设施，使总罐容居全国前列。同时，厂还投资建立了管理信息系统和原油数据库，标志着向管理科学化迈出了坚实的步伐。"

韩天听得莫名其妙，李副书记现在说的话和刚才话题简直是

牛头不对马嘴，就像是在向上级汇报或给参观者介绍企业的生产情况。他暗想，难不成快离休了的李副书记想找个人"练"嘴皮子图个痛快？既然如此，索性静观对方的"表演"。打定主意后，韩天微歪脑袋匿笑没接话。

"目前可以肯定的是无论全年取得多大的成果，我们都将因外排废水含聚丙烯事件一笔勾销。"

随着李阿牛最后一句的语气陡然加重和抬臂一画，韩天这才明白李副书记刚才那些话不是百无聊赖的夸夸其谈或高谈阔论，而是巧妙的铺垫，把它们变成一支支削得锃亮的利箭、一根根擦得油光的"杀威棒"。他很不自在地挪了一下屁股，捂了下鼻子，说："李副书记，我一直承认这次环境事故我有不可推卸的责任，组织给我警告处分是应该的。"

"咦？你刚才不是说有想法吗？"

对李阿牛故作不解地反问，韩天在申明中强调："我是有想法，但不是对组织的处分不满，更不是认为自己没有过错。我只是说这次事故的性质与危害被人为扩大了。"

"胡扯！"李阿牛拍着桌子呵斥。

韩天毫无怯意地看着对方，心里暗暗揣摩其用意。按理来说，基层领导根本轮不到由总厂领导出面谈话，即便有需要面对面，那至少也有分厂的领导在场陪同。难道李副书记是听信了他家公子的谗言，借机对自己不配合换热器制造进行报复？若真是这样，一定要扛住这个压力。想到这里，韩天不亢不卑拖着长音："那李副书记的说法是……"

看着对方的表情，李阿牛蓦然想起1962年在北京出差碰到阳早时的对话，于是脱口问道："你该读过《伊索寓言》吧？"

"读过部分章节。如《狼和小羊》《龟兔赛跑》《狐狸与葡萄》等。"

对方的敏捷思维让李阿牛哑然失笑,《狼和小羊》故事就是讲述狼以羊把水弄脏和去年说自己坏话为由,不容对方的辩解,果断吃掉了在小溪边喝水的羊,揭示了统治者的残暴和虚伪。现在韩天把《狼和小羊》放在第一个举例显然不是无意,而是刻意与自己较劲。李阿牛心想,既然你不服并挑衅,那我就径直揭露你的小九九:"你这是想把我当作代表着权威统治者的狼,强权压榨你这头羊?"

韩天并没有因为李阿牛揣摩到自己的用意而慌乱,相反淡定地否定:"李副书记,我的表达可没这个意思。"

李阿牛自嘲一笑后学起了阳早的口吻:"炼油化工企业决不能随意往大海排放有污染的水,不能让大海成为没有生命的死海。"说到这里,他又意犹未尽地比画着手势加了一句,"保护水资源就像捍卫国家领土,你过去在部队是捍卫国家领土完整的英雄,希望今后在企业也能成为保护各种资源环境的英雄。"

韩天感觉心里最柔软的地方被人扎了一下,这次他只是点了点头没接话。坐在对面的李阿牛看得真切,等韩天点完头双眼下垂后,又接着说道:"我们厂地处海域和舟山渔场相连,涉及赖以生存的渔民的工作与生活,排出的水断不能有丝毫的问题。所以在建厂初期,我们就把污水的处理当作生产过程中不可或缺的一环,甚至把处理能力扩大了5倍,这么多年来,我们从来没有发生过环境污染事件,但这次……"

即便李阿牛的话戛然而止,但韩天自然明白对方表达的意思,他轻声应了声:"嗯。"

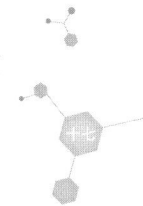

"别光应，可以继续说说你的想法。"

"李副书记，经您这一批评，我认识到了自己的问题，我们一定深刻吸取此次环境事故的教训。"

"这次污染可控、可治、可复，但要把坏事变成日后长进的动力，进一步筑牢安全和环境的防线。"李阿牛认为以韩天直爽的性格只需点到即可，认错后不需再批评。所以略作指示后还是决定打开话匣子，"小韩，上月24日发生了一起重大事件，你有没有关注到？"

重大事件？韩天眨巴着眼睛没有反应过来，思忖良久终于征询道："好像这天省总工会领导来厂慰问？"

李阿牛忍俊不禁地笑着启发对方："小韩，这算得了什么大事？我们虽然在地球的一角，但要学会放眼看全球。"

经李阿牛这一点，韩天略加思索后不自信地问道："李副书记指的是美国发射的哈勃太空望远镜成功进入地球轨道？"

"对！"

虽然猜对了领导的问题，可韩天心中反而更加迷惘。这刚刚明明谈的是厂环境污染事件，怎么又扯到美国的太空望远镜？韩天只好不解地"哦"了一声等对方解读。

"美国发射哈勃太空望远镜的前两天是'地球日'，第二十一个'地球日'。"

"地球日？"韩天话音刚落也想起了当时不光国务院总理头一天在电视上发表了环境问题讲话，而且中央电视台还播放了"只有一个地球"的专题报道。

"对。所以说我们炼油化工企业更要深切领会环境保护的意义。"

"好。我记下了。"敷衍应答的韩天心想,绕来绕去又回到了环境保护这一话题,该不是李副书记无事找个人侃大山吧。

"看来你对哈勃太空望远镜这一新闻事件也有所了解,那谈谈你对这事的看法。"

韩天哭笑不得,李副书记你现在是闲得无聊,可我们还有许多事要干,难不成陪你聊天就能让装置平稳生产?出于礼貌,韩天只好搪塞道:"李副书记,我只是知道有这么件事,具体情况不清楚。"

"哈勃太空望远镜取得了所有地基望远镜从来没有取得的革命性突破,可以更精确、更详细地观测和记录天文现象。"

韩天想尽快结束无意义的谈话,就一语双关地说道:"这些东西对我们又没什么用。"

"这就是科技,科技的力量是无穷的,它不仅在军事、生产、生活等领域发挥重要作用,更可推动国家的进步和发展。"

越扯越远,越说越离谱。韩天心里嘀咕后故意漫不经心抬腕看了看手表。可这样的暗示李阿牛好像并不理会,仍继续侃侃而谈:"也因为科技可以提高生产效率、减少资源消耗,所以先进国家善用科技来推动企业生产。可以说,科技战就是一场无边际的持久战,而且科技竞争容不得服软。总厂之所以在 5 年前召开首届科技论文报告会,就是要为我厂的发展插上翱翔的翅膀。"

说话听声,锣鼓听音。言到如此,韩天终于听明白了,看来自己之前的猜测没错,眼前这个总厂领导想在离休前为儿子所谓的科技发明铺路。考虑之前已和李磊磊表明过拒绝的态度,韩天果断了以正面回应:"李副书记,搞科技肯定是好事,当年我们若在前线没有强大的火力装备,胜利肯定会艰难些。但目前我们

厂底子薄，如果不切合实际搞科技，大鸣大放推进设备的制造，那可就不是为我厂的发展插上翱翔的翅膀，而是给脖子挂上大石头。"

李阿牛没想到还没完全开口就被这个天不怕地不怕的基层党支部副书记给顶了回来，不过对方越是这样，他越是觉得难能可贵，于是耐心开导："你的意思我清楚，但我们不能算小账，更不能只算一厂之账。"

韩天的情绪坠落到了谷底，看来今天上午的时间只能泡在这里了，于是人向椅背一靠直接追问："李副书记，那什么是大账？如何算厂外哪些账？"

"小韩，你进厂也有4年了，应该也看到我们国家炼油化工无论是工艺还是设备，都和欧美及日韩有着不小的差距，有时候甚至被人牵着鼻子走。像上次重整的一台压缩机，国外生产厂商说现在专家在度假，暂时不能安排人过来，我们最后只能被迫停车等专家。"

韩天听说过当时非计划停车事件，但因信息了解不够，无法和李阿牛对话，只能等着对方说下文。李阿牛看韩天没有接话的意思，于是接着又举起了晚清的事例："左宗棠与李鸿章同为晚清的两大股肱之臣，他们都主张向西方学习。左宗棠主张自我研发式自主建造武器，并创办了福州船政局，成功建立了中国首家西式舰船的工厂和海军学校。而李鸿章却采用筹资购买武器，认为这种方式简单又见效快。表面上看，李鸿章通过买船购炮快速促进了中国军事力量的发展进程。可事实证明，这样的虚华不堪一击，一场甲午海战就被打回了原形。"

韩天认为李阿牛所言才不堪一击，于是当即回敬："左宗棠的马尾造船厂岂不是更早被法国人给毁了?"

"不一样,他为我们留下不少造船和驾船的人才,更留下了自力更生的宝贵精神,为近代中国海军建设做出了巨大贡献。小韩,去年我们开工建造的'哈尔滨'号驱逐舰排水量满打满算也就 4000 余吨,其性能相当于"二战"时期美国的军舰,而且部分动力装置和武器装备还是从西方引进,但这让我们有了自主制造大战舰的能力。放眼全国,现在的中国炼油化工企业就是当初的船政,如果不在技术上奋力赶进,如果没有自己的产品,我们永远只能被人牵着鼻子走。"

听着李阿牛的言论,韩天不由得想起刚才提到伊索寓言中的《女人与母鸡》,故事讲述了不合理追求将导致反效果的道理,我们做事情要量力而行,只有在接受能力范围内,用对方法才会有好的结果。可能是心里有抵触,因此脱口而出的话也就带上了刺:"到车间接触技术后,我认为技术上的事不可能一蹴而就,盲目自信会陷入思维定式而不自知,从而影响看问题的全面性和灵活性。目前我们走路还是蹒跚阶段,断不能急着去学跑步,更不能乐观地想去学跨栏。"

韩天越固执越反叛,反而让李阿牛越觉得其为人品性可靠。此时李阿牛也想到了伊索寓言中的《风与太阳》,他坚信劝说比强迫更为有效。只见他身靠椅背十指交叉叠在肚子上,直接把李磊磊曾说服自己的观点也抛了出来:"如果我们一味进口,那不光会浪费大量的外汇,而且容易让国外厂家坐地起价,甚至有可能持货待沽,影响我们的建设和生产,那就会成为制约我们发展的瓶颈。"

从之前的必然否定到现在的可能,李阿牛的语气让韩天舒

服了许多。虽然有点认同这个说法，但他还是坚持自己的观点回应："李副书记，您刚刚也说我们国家现和欧美及日韩相比有着不小的差距，所以在我们还没相应能力时，只能借船出海、借风使船。切不可急于求成，不要企图毕其功于一役，而是应该因地制宜分步骤来实现目标。当下我们一无技术，二无指导，三缺制造设备，制造换热器可不是小孩架积木，大不了倒了重来。如果质量不合格，轻则造成经济损失，重则有可能引发装置停车，甚至人员伤亡事故。"

"小韩，你这话我不认同，我们是要借船出海、借风使船，也要借题发挥、借水行舟。你看，当年'两弹一星'不就是在独立自主下完成的？"

"这两者不可同日而语，'两弹一星'是举国之力，而制造换热器仅是一企之力，不但不可能汇聚成像搞'两弹一星'的磅礴力量，甚至不排除竞争对手使绊子。"

"商业竞争这种现象正常，但我们内部要形成共识和合力，不能出现使绊子的现象。"

韩天误以为李阿牛这是在提醒自己别干"坏事"，就马上表态："李副书记，您放心，现总厂不是决定把换热器制造列为公司科技进步重点攻关项目了吗？作为一名党员，我就算有想法，那也必定保留想法，坚决按总厂的要求履行职责。"

李阿牛没想到韩天这么敏感，而且巧妙的是他居然变被动为主动，就笑着说道："小韩，我刚才所说不是你所理解的……"

韩天打断对方自信地说道："说实话，我可能看得更远。李副书记想为国家省外汇，可就算我们成功制造出合格的换热器，国外厂商必定利用自己的成本、技术、销售和服务等优势打压我们，这就造成我们很难去抢占厂外的市场。而我们一旦上项目后，相关的设备添置和人员增加都会成为日后生产经营的包袱，加之对外部市场变化的适应能力差，到时候我们可能是叫天天不应，叫地地不灵。"

李阿牛吃了一惊，不能说韩天这些想法是杞人忧天，却是考虑相当细致，看得确实比自己更远。他连连颔首后继续顺着话题说道："商业竞争好比两军对垒，只有占据了至高点，才有机会不挨打并取得胜利。"

在前线打过硬仗的韩天听到李阿牛的贴切比喻感觉很亲切，似乎又回到了硝烟弥漫冲锋陷阵的岁月，不自觉也频频颔首。李阿牛乘机推心置腹地说道："小韩，你的心智远超年龄，看来你日后大有可为。不过我得提醒你，将来越有决策权，越不能过度顾虑，顾虑过重会让我们在举棋不定中失去先机。"

韩天并没有因李阿牛的高度肯定而自鸣得意，但也觉得眼前这个总厂领导有和其他领导不一样的地方，甚至比父亲还容易沟通。对于李副书记的提醒，韩天没有抵触或反感，相反觉得很有道理。由于不好接话题，又不能不说话，韩天只能按之前的思路接上几句："我另一个担心是上层决策烦琐，中层推进拖沓，基层执行乏力，如果真要上换热器制造项目，必须从财力、物力和人力上予以有力的保障。"

"效率低下、人浮于事一直是国企的通病，要根治这个通病，我们就要让每个人有事可干，有理想可追。这就要我们上下有容错的态度，尤其是对具长期性、艰巨性和不确定性特点的科技，少一些质疑和否定，多一分耐心和支持。"

"说得太好了！"韩天觉得这些话就是自己想表达的内容。

"我们现在太多强调对所有职工的关爱,其实这是错误的。越对无所事事、坐享其成的职工关爱,越是打击埋头苦干、同心发力的人,很可能消磨他们的工作积极性。所以带动全体职工奋进,对企业来说肯定不是坏事。"

结合李阿牛前后两句话,韩天推椅起身表态:"容错不是纵容,关爱不是溺爱。李副书记,您说通了我,我一定全力支持李磊磊的制造计划。"

望着韩天炽热的目光,李阿牛也站起身动情和盘托出自己的想法:"我从延安起就一直从事设备制造,现在就要离开工作岗位了。今天我可不是为了磊磊而找你谈这些,而是相信你们为了中国的将来,能同心肩负起制造大型设备的任务。我也许比你们更清楚中国当下的换热器制造技术处于什么水平,就是处在峡谷底。虽然向技术高峰攀登的每一步都会很艰难,但我想走过的每一步都值得将来回味和骄傲。当年的天安门诗抄就证明你们是有为的青年,是敢为的青年,必定也是乐为、能为的青年。"

韩天没有言语,含着泪花挺直腰板,面向李阿牛庄严地敬了个军礼,有些意外的李阿牛也挺身回了个已有些生疏的军礼……